快乐中国 HAPPY China
湖南卫视

亚洲电视节中国大陆唯一获奖节目《变形计》原创班底 全新力作
中国家庭421亲子关系新寓言
"模拟绝境"中的真情流露

亲子新智慧

——《我是冠军》全接触

编著	特邀心理点评	特邀推荐
中国湖南卫视	曾庆瑞　王允个	杨　澜　　蔡康永 张颐武　　张怡筠

随书附送两张节目DVD光盘

广东省出版集团
花城出版社
中国·广州

图书在版编目（CIP）数据

亲子新智慧：《我是冠军》全接触 / 湖南卫视编著.
—广州：花城出版社，2009.1
ISBN 978-7-5360-5575-9

Ⅰ. 亲… Ⅱ. 湖… Ⅲ. 家庭教育－经验－中国 Ⅳ. G78

中国版本图书馆 CIP 数据核字（2008）第 184053 号

总　策　划：欧阳常林
策　　　划：张华立　刘向群　梁瑞平　李　浩　王　鹏
编委会主任：徐　晴　李　萍　刘　蕾
编委会成员：李庆华　韩　炜　龚丹霞　李　哲　潘瑞芳
　　　　　　周燕妮　刘　樱

责任编辑：余红梅
技术编辑：赵　琪
设　　计：ATAI 工作室

出版发行　花城出版社
　　　　　（广州市环市东路水荫路 11 号）
经　　销　全国新华书店
印　　刷　广东广彩印务有限公司
　　　　　（广东省佛山市南海区盐步河东中心路）
开　　本　787×1092（毫米）　16 开
印　　张　13
字　　数　250,000 字
版　　次　2009 年 2 月第 1 版　2009 年 2 月第 1 次印刷
印　　数　1－6,000 册
定　　价　36.00 元（附 DVD 二张）

如发现印装质量问题，请直接与印刷厂联系调换。
购书热线：020－37604658　37602819
欢迎登陆花城出版社网站：http://www.fcph.com.cn

序：踩在时代的矿脉上

——写给《我是冠军》

我以为自己还算是一个严苛的人，一开始，我就对做《我是冠军》这个节目，出版这本书，有两个疑虑。第一，它能不能踩准这个时代的穴位？第二，我认为今天是一个读图时代、影像时代、信息超量时代，书籍文字特别容易过时和垃圾化，除非你只是自娱自乐或者是为证明自己来到这个世上想留点什么，否则，我们都要小心出书。

而现在我则很支持把《我是冠军》这个电视节目理成一本亲子教育的启智宝典。这里面有个最简单的道理，当电视的容量难以承载如此繁复的时代痛痒和微妙的情感肌理时，出书成了一种必然。

《我是冠军》这个节目究竟踩准了怎样隐痛的社会穴位，它触发了怎样一种震撼心灵的媒体力量？

第一，独生子女的独特切口刺中了当代中国家庭最敏感的隐伤，往大里说，这是一个历史上没有遇到过的课题，也是世界各国独此一例的教育难题。《我是冠军》以特定环境的设置、以残酷的淘汰机制、以携手共渡的亲子组合，迅速缝合横亘在两代人之间的代际裂痕，这种健康向善的媒体黏合力，被一些参与的家长赞叹为学校、家庭之外的第三种力量，龚庆国爸爸说，是媒体的力量使他们父子的手又握在了一起。

第二，《我是冠军》包括《变形计》成功解决了中国电视真人秀节目的动力感缺失的问题。一方面，中国电视真人秀不可能以巨额奖金的设置来解决参与者的动力感问题；另一方面，它也不允许以展露人性恶的取向来挑战中国的文化底线。《我是冠军》建设性地挖掘到了亲子教育这条比奖金更值钱的动力线，从而屏蔽了中国电视真人秀节目因缺乏动力感而衍生的要么无痛呻吟的作秀，要么是一些所谓的明星名人不痛不痒的玩票。

第三，节目组甄选的这些亲子标本对应了当今中国家庭独生子女教育的伤痛和缺失。从棍棒教子水火不容的龚氏父子到母爱缺位的山里娃孔小龙，从单亲离异家庭走出的天使少女欧阳倩雯到反叛传统学校教育独辟蹊径的赵雄父子，从望子成龙的博士妈妈的欲速不达到一心想把中国文化之根留住的美籍华裔父子……

一本书在亲子教育一个矿脉带上呈现如此丰富的色彩和鲜活的肌理，显然，这是一个强大媒体所能提供的组合力，因此我有充分的自信去期待它的二度传播。

湖南电视台副台长

《我是冠军》总体设计

梁瑞平

目录

家有美女初长成
——杨紫

她，少年成名，电视荧屏上，她青春美丽的脸庞，纯净如水的眼睛，让人过目难忘。

她，活泼开朗，生活舞台上，她纯美如花的笑容，靓丽如蝶的身姿，令人喜爱有加。

她，虽然年仅14岁，但在中国，她的名字，早已家喻户晓。

她就是家庭情景喜剧《家有儿女》中夏小雪的扮演者杨紫，这个一笑能撒落满地阳光的女孩子，早早地融入了社会，像一只风筝，努力翱翔在梦想的天空。而风筝的那一头，妈妈马海燕时刻紧张地抓着放飞的线，不敢有丝毫的疏忽。

女儿杨紫：我就是喜欢演戏，为了梦想，再大的苦我也能承受。

妈妈马海燕：演艺圈太复杂，我只要她平平静静过一辈子就好。

一个是中国传统观念洗礼出来的谨小慎微的妈妈，一个是特立独行追求时尚的女儿，一对性格迥异的母女，在为梦想努力的过程中，有矛盾，有争执，在不断地碰撞和消解中，彼此都在成长。这注定是一场爱与爱的战争。

1. 一不小心，就演上了戏

　　杨紫出生在冬天，她的性格却像夏天，活泼开朗，爱说爱笑，伶牙俐齿。每次看电视，只要看到屏幕上哪个主持人出来，她马上就能惟妙惟肖地模仿主持人的播音。爸爸妈妈看她有这方面的天赋，也有意培养她在演讲方面的能力，杨紫5岁的时候，就每天由爸爸陪着去少年宫学习朗诵。

　　一天，朗诵大班开文艺会，当时还在上小班的杨紫跟着大班的一个姐姐赶去看热闹。碰巧当时有位导演正为一个广告到大班去挑演员，台上的小朋友都极力表现自己，导演却不断地摇头。导演的目光无意中往台下一扫，忽然看到了正踮着脚，伸长了脖子往台上看表演的杨紫。她灵动清澈的目光，花朵般明净灿烂的笑容，在导演的眼睛里定了格。他马上走下台，对杨爸爸说："我选的演员就是你闺女了！"

　　杨爸爸当时还不知道选演员这回事，明白过来后也没往心里去，想：演就演吧，就当女儿去玩一回也好。

　　小杨紫听说自己要上电视了，开心地在家里又蹦又跳，看到谁就赶紧甜甜地打招呼，不管认识还是不认识。杨紫一下子成了名人，附近的人都知道这个小姑娘要上电视了。临到拍戏的前一天晚上，她仍然安静不下来，兴奋得整晚都睡不着觉。

　　女儿第一次去拍戏，全家人倾巢出动。片场纷乱而紧张，灯光，摄像机，道具，来来往往的人，小杨紫却丝毫不怯场，她认真地听导演讲戏，努力表现自己，不断地追问导演："导演，我做得好吗？""导演，是这样吗？"

　　一连拍了三个多小时，小杨紫没有叫过一声累，爸爸妈妈都暗暗称奇：女儿不但有演戏的天赋，而且对表演这个职业似乎还有特别的激情。

　　那个广告虽然到最后播出时杨紫只出现了一个背影，但是当她看到自己的身影出现时，还是非常兴奋地指着电视大叫："看，那是我啊。"

　　爸爸妈妈对女儿这次"捡来"的机会并没有抱任何希望，以为演完了就完了，日子还会像以前那样，女儿读书，考大学，安安稳稳地生活。但他们没有料到，就因为这次演出，让小杨紫从此踏上了学艺之路。杨紫自信的眼神，纯净的笑容令导演感到尤为珍贵，她强烈的表演欲也让导演非常欣喜。就这样，杨紫在圈内被导演相互推荐，踏上了漫漫学艺路。

心理点评：
　　杨紫的爸爸妈妈在她很小的时候，细心地发现了她对表演的喜欢,开始在这方面有意培养。杨紫父母对孩子的培养是建立在孩子的兴趣上,不仅善于发现孩子的兴趣,还能够为培养孩子付出自己的爱和精力。从杨紫5岁时起,杨爸爸就每天雷打不动地陪她去少年宫学朗诵,女儿学多久,他就陪多久,这让孩子亲身体验了为追求梦想要不懈坚持。

2. 梦想的道路上, 母与女的战争

尽管杨紫对演戏有着如火的热情,可妈妈马海燕却一直都不赞同她演戏。这位被中国传统观念滋养出来的母亲,觉得演艺圈太复杂,变数太大,女儿年龄又小,对人和事缺乏自我分辨能力。她不愿意女儿过多的接触到外面花红柳绿的世界,只希望她安安静静地读书,将来安安稳稳地生活。女儿过早地走入社会,整天跟一些成年人打交道,也让妈妈担心会造成女儿心理发育的不稳定。拍戏本身又不稳定,红的时候灿烂耀眼,背的时候倍遭冷落。一旦成为公众人物,你的言行举止,任何一点过失都会被无限放大,要承受难以想象的压力。

马海燕曾多次苦口婆心地劝杨紫:"演艺圈太复杂了,特别对女孩子而言,一定要格外小心。我曾亲眼看到一些女孩子的变化,一场戏下来,一切都被暴露无遗。不要拍了,静下心来,好好学习……"可杨紫却很委屈:"我就这一个理想了,你还要扼杀掉?"

一面是女儿的梦想,一面是对演艺界的隐忧。无奈的母亲,唯有尽可能多地守在女儿身旁,生怕她一步走错。她还给女儿定了一个基本的标准:学做什么都要从学做人开始。

马海燕把杨紫管得特别严,下戏后,剧组的人要一起出去玩,妈妈坚决不准杨紫一起跟去。有时候一起拍戏的小伙伴们要出去玩,妈妈也会寸步不离地跟着。起初,杨紫非常反感妈妈的行为:自己都这么大了,一点人身自由都没有。而且和小朋友一起玩的时候,妈妈在场,想说的话不敢说,想做的事不敢做,玩得很不尽兴。杨紫给妈妈提意见,妈妈却说:"你玩儿你的,就当我不在场。我不跟着,万一你出事怎么办?"

马海燕是位特别传统的母亲,最大的希望是女儿能够学习好,将来考个好大学,找份稳定的工作,安然幸福地过一辈子。每次杨紫在演戏时遇到挫折痛哭流涕时,妈妈就趁机劝她放弃:"如果现在放弃演戏,考清华北大还有希望。"杨紫爸爸却十分理解女儿对演戏的热爱,每次都鼓励她:我女儿是最棒的,加油!爸爸的支持和鼓励,让杨紫有了主心骨,也有了面对挫折的勇气。

杨紫的爸爸自己开了一家公司，平时业务繁忙，虽然一些小事无暇过问，但家里的所有大事由他说了算，是典型的幕后英雄。只是他不愿意过多地在公众场合露面，所以很多需要家人陪同的演出，就只能妈妈出面了。但杨紫和爸爸的关系却比和妈妈更亲密，爸爸性格开朗外向，幽默沉稳，那些在杨紫眼里过不去的坎翻不过的山，被爸爸一分解，就变得轻若鸿毛。

心理点评：

我们在这里看到在杨紫梦想的开端，杨妈妈却一直反对女儿走进演艺圈。她希望女儿能够走母亲为她设计的光明大道：好好读书，考清华北大。在中国，有多少孩子的梦想都被父母眼里的"清华北大"抹杀了？父母从小给孩子设计的这条唯一之路，成了禁锢他们的紧箍咒。这也是为什么那么多未成年的生命在中考、高考失利后，选择结束自己的生命。杨紫是幸运的，她的坚持"打赢了"和母亲的这场"战争"。

亲子感悟：

我记得channel MTV的一个宣传片断：一个三四岁的男孩，不知道和爸妈闹什么脾气后，一屁股坐在地板上不停地打转。就这样转到了七八岁，转到了十几岁，转到了画面中出现，男子独自在舞台中间耍着耀眼绚丽的街舞，男孩的周围充满了围观人的喝彩和无数闪烁的摄像机。

我想如果这样的男孩，可能会被很多家庭的父母在三四岁时就带到我们面前接受心理治疗。他们希望我们把孩子情绪的这种宣泄方式"治疗"抑制住，希望把孩子治疗成他们脑海里"好孩子模型"。

请大家再一起设想一下，如果每个孩子都按照父母定义的"好孩子"去成长，那么比尔·盖茨就会被我们的父母们"杀"掉！

当孩子出现和父母不一致的想法时，父母们不要习惯性地去打压。要知道，父母为孩子设计的路，是父母们以往的生活经历积累的结果，但，毕竟现代社会的飞速发展，多元化的影响，父母过去的经验也许已经应付不过来了。那么请听听孩子们的心声，用尊重的方式倾听孩子们对世界对自己的认识，放弃我们固有的经验去理解和评估你的孩子。

也许，跳出父母给子女设计好的圈，他们依然会有更加广阔更加展现自我的一片天空！

3. 妈妈是我的助理和保镖

对演戏的痴迷和热爱,让杨紫坚定不移地要走演艺之路。马海燕无法打消女儿的决心,只能尽全力支持她。为了能全心全意地照顾女儿,她狠心辞退了工作。刚辞掉工作后,马海燕很不适应,忧虑忡忡,心里没着没落的,感觉什么依靠都没有了。过度的焦虑,使她嘴唇起泡,半张脸都肿了。这件事,让杨紫记忆犹新,也让杨紫暗暗下定决心,将来一定要报答妈妈。

虽然不赞同女儿选择的道路,但爱女之心仍然让马海燕对女儿全力以赴。夏天拍戏很热,妈妈就准备了小风扇,杨紫一下场休息她马上就把风扇端过去;冬天妈妈准备了厚棉袄,给冷得哆嗦的女儿及时披上。刚开始,杨紫认不全剧本,妈妈还给女儿讲解剧本,有时也帮女儿搭搭戏。

由于拍片的需要,杨紫早上通常5点就必须起床,晚上过了12点才能睡。妈妈总是比杨紫提前一个小时起床,整理好所有的东西,给女儿准备好早餐,再叫女儿起床。晚上杨紫睡下了,妈妈还得帮她洗衣服,收拾东西。剧组有时要通宵拍戏,妈妈也总是寸步不离地守在女儿身边。杨紫毕竟还是个孩子,接连不断的拍戏让她吃不消,中间一有休息的机会,她就会跟妈妈说:"妈妈,我想睡觉,让我靠着你的肩膀睡一会儿。"每当这时,心疼万分的妈妈总是静静地抱着女儿,连哈欠也不敢打,生怕惊醒了梦中的女儿。

杨紫拍戏很累,但最累的人其实是妈妈。杨紫说:"妈妈就是我的助理和保镖。"

在拍《女生日记》时,杨紫和妈妈连续在深圳呆了四个月,工作压力让杨紫身心俱疲,她发疯似的想念自己的同学和朋友。那天,她终于忍不住打通了班主任的电话,跟每个同学讲话,听着电话那头同学们温暖熟悉的声音,杨紫早已哭得稀里哗啦。旁边的妈妈看着泣不成声的女儿,也忍不住流下了眼泪。她心疼,女儿正是如花的年龄,同龄的孩子还在父母的怀里撒娇,女儿却过早地承受着压力,体会不到同龄人的快乐。如果可能,她真的愿意为女儿承受这一切,让她享受这个年龄应该有的快乐和欢悦。

心理点评:

我们在感动杨妈妈为女儿全部付出的同时,还是忍不住很想说点什么。这种父母为孩子一手包揽的现象在中国比比皆是。我的一个邻居,老来得子,偏偏不给他们争气,从小到大尽给他们添麻烦,大了好不容易托熟人找了个工作,可是这宝贝儿子不是迟到早退,就是打架斗殴，每犯一次错，老两口就是拎着礼品赔着笑脸，帮儿子打扫"战场"。这就是"中国式父母"！

从小时候我们入什么学校、长大了考什么中学、上什么大学选什么专业、到毕业托关系找工作，以至于找什么对象、儿子的儿子入什么学校、考什么中学……一切都由父母全权处理。

中国式的母爱充满了包办，充满了设计，也许设计的东西让人们羡慕，但这却是一种"快乐并痛着"！

妈妈的淑女计划，女儿的特立独行

像所有的妈妈一样，在马海燕的观念里，女孩子要安静文雅，体态柔美，穿曳地长裙，留如瀑长发，步步生莲。但杨紫的性格却偏偏像个男孩子，大大咧咧，丢三落四，让妈妈特别头疼。

杨紫从小就喜欢男孩子玩的东西，刀枪、玩具车都令她爱不释手，妈妈特意给她买的洋娃娃，她却看也不看。杨紫不喜欢逛街，不喜欢化妆品，更不喜欢试衣服。平时不演出就老穿着校服，一成不变。学校开春节联欢晚会，女孩子们一个个打扮得漂漂亮亮的，杨紫依旧穿了校服就去了，妈妈身旁的朋友提醒说："你们家杨紫怎么老穿着校服？这么大的女孩子了，也该打扮打扮了。"妈妈无可奈何："她不愿意穿我有什么办法。"

为了让杨紫去逛商场买衣服，马海燕费尽了心思，威逼利诱的招儿都用了。有一次，她对女儿说："妈妈要去买些日用品，可能太多，你跟我去帮我拎一下，我一个人拎不动。"连哄带骗地把杨紫骗出房间，到了商场，杨紫大呼上当。还有一次，爸爸和杨紫一起逛商场，爸爸看中一套粉色的裙子，想叫杨紫试穿时，突然发现女儿已经不见了。原来杨紫发现爸爸看那套衣服的眼神不对时，就洞穿了爸爸的意图，悄悄逃跑了。

无奈，妈妈只好一个人跑到商场帮女儿买衣服，但却常常因为不合身而不得不回去换，一套衣服有时会换上两三次。来来回回地跑让妈妈非常恼火。更让她生气的是，她买回来的衣服女儿都很少穿，有时不得不强制她穿。

为了培养杨紫细致温柔的性格，妈妈开始要求杨紫学十字绣。她耐心地教女儿针应该怎么握，针脚应该怎么走。杨紫看着那些漂亮的图案，还真动了心，跟着妈妈学着绣了起来。但是很快，杨紫就坐不住了，一会儿看看电视，一会儿拿拿这个碰碰那个。马海燕看到了，就会忍不住指责：一个女孩子怎么这点耐性也没有？但是说归说，杨紫对十字绣始终难以产生兴趣，她觉得坐在那儿不说话一直慢慢地绣花，对她而言简直是场苦役。杨紫的十字绣自然半途而废，张扬自由的性格也丝毫未改变。

有时，马海燕急了，一定要女儿学淑女的样子，杨紫不想让妈妈生气，也会按照妈妈的要求装斯文娴静。但是不到三天，女儿就装不下去了，大叫：累死我了，太难装了。

杨紫对吃特别感兴趣，每到一个地方，她最先做的就是向人打听当地有哪些小吃，平时一闲下来就开始吃零食。妈妈担心女儿会发胖，也免不了要指责："这么大的女孩了，注意点形体好吗？"杨紫却毫不在意："我爸说了，我现在正在长身体，要多吃。"

真正让杨紫乐此不疲的是跟小伙伴们一起到野外去玩，在外翻围墙，爬树都是她的拿手好戏，翻围墙比很多男孩都顺溜。

女儿的特立独行，让马海燕打造淑女的计划以失败而告终。为此，母女俩还专门坐下来讨论。杨紫不明白，妈妈为什么一定要压制她的个性让她做淑女，难道一定要像一株病梅一样，为了别人眼中的"曲为美"，就将自己削枝弯曲吗？妈妈也有自己的忧虑：女儿这样的性格，将来长大了，男孩子都对她敬而远之怎么办？不过最终杨紫还是说服了妈妈，淑女不淑女有什么要紧呢？女儿能快乐自由地成长就好。

亲子感悟：

在一次家庭教育交流会上，主办方请来了几个优秀孩子和他们的父母。坐在我身旁的男孩，桌子前的名字告诉我他就是即将上台分享经验的尖子生，白净的脸庞上架着眼镜，从眼镜的玻璃圈能数出至少是上千度了。男孩进场后，一直乖乖地坐着一言不发，胆怯的目光不敢向四周看。一旁的母亲则扭过身子和后面的家人谈笑风生，似乎在谈论哪家奥数班不错之类的事情，一边还不停地和进来的主办人员打着招呼，显然她和孩子已经是这类报告会的常客了。

现在的孩子大都是独生子，是父母唯一的生命延续。这种延续依然不应该以抹杀孩子个性为代价，每个孩子都是一个独立的个体，他不仅仅是家庭的一员，也是社会的一员，和父母一样，是平等的社会人。所以父母对孩子的教养：

（1）要尊重孩子的独特个性，不要将自己的个人意愿强加在孩子身上。在孩子成长的过程中，做父母的不能为了满足自己的虚荣让孩子仅仅成为可以炫耀的作品，而违背了孩子独特的个性。这样的孩子虽然可能成为父母的骄傲，也有可能永远迷失了自我。

（2）孩子成为什么不要紧，最要紧的是能活出内心的自我，而不是成为完成父母心愿的工具。孩子不仅有自己独立的想法，也有不同的兴趣爱好、个性发展，即使不能如父母所愿，也应该允许并支持他

5. 天上掉下个《家有儿女》

《家有儿女》在全国展开轰轰烈烈的海选时，马海燕一家并没有放在心上。海选接近尾声了，导演对海选出来的几个"小雪"一直不太满意，当时剧组有一个人看过杨紫的表演，就向导演推荐杨紫，于是导演就打电话给马海燕，要杨紫过去试镜。

那时候马海燕并不知道"小雪"是个什么人物，后来才知道"小雪"原来是个高一的学生，而当时的杨紫才刚上五年级。那天房间挤满了来试镜的人，其中大多是北影中戏的大学生。马海燕一看这阵势，就觉得女儿不可能入选了，她跟杨紫讲："估计没戏了，但是既然来了总不能什么都不做，你就去试试吧。"试完后，导演看了马海燕一眼："你们回家等电话吧。"

母女俩下电梯的时候，马海燕跟女儿说："这个电话估计不会有了，我们今天算是白来了。"

没想到第二天导演就打来电话说："杨姐，带你们杨紫过来跟其他人搭搭戏吧。"一头雾水的马海燕只好再次带着女儿去剧组，一推门，她就看到宋丹丹等几个老演员都在场，看到杨紫是和他们搭戏，马海燕知道，女儿被选上了。

直到杨紫真正进入了剧组，马海燕还是觉得跟做梦似的：导演到底怎么选中自己女儿的？他到底看中了我女儿的什么？后来她还真问导演了，导演告诉她：他觉得杨紫表演的时候非常自信，眼神纯真，行为大气，跟剧本中小雪非常吻合。

虽然导演欣赏并认同了杨紫的表演，但要一个刚上五年级的孩子演一个高一女生，年龄、心理、阅历上的差距，都很难逾越。为了演好这个角色，杨紫跑到高中校园里，和那些大姐姐一起上课，起居，认真揣摩她们的言行举止，让自己尽量认知小雪，理解小雪。一段时间后，杨紫还真像个标准的高中生了。由于没有经过任何专业的表演培训，杨紫的表演完全是出于自己对人物的理解，导演评价她的表演自然、真切、恰到好处。小雪这个角色也为她赢得了一片喝彩。

《家》剧第二部热播后，作为剧中夏小雪的扮演者，杨紫变得家喻户晓，走在路上，经常会有人叫：小雪。然后要求签名合影。粉丝的热情让杨紫感到很高兴，但是也会因此引来不少麻烦，再后来，当人家问：你是小雪吧？

杨紫马上就否认：我不是，小雪怎么会到这大街上来呢？粉丝想一想，也是，人家怎么会随便在这大街上走呢？

《家》剧第三部的影响远远小于前两部，很多人都认为是因为杨紫没有参加的缘故，但是杨紫却说："不可能因为我的没参与而使整体下降了，我觉得第一部、第二部拍得太好了，成为经典了，第三部、第四部就是挑战，因为前两部把该写的都已经写完了，还有小朋友也已经长大了，跟刚开始认识的有些不一样了，观众可能就会接受不了，很多因素凑起来才会这样，不可能因为一个人的。"

演而优则唱。杨紫在演艺之路上的出色成绩也赢得了唱片公司的青睐。2007 年 11 月份，她的第一首单曲《加油，小乖》成功出炉，轻松的旋律在杨紫清澈嗓音的演绎下，让人感觉到了梦想的童话世界。这首歌被收录在今年发行的专辑里，赢得了众多粉丝的好评。

亲子感悟：

兴趣是孩子的最佳老师。

因为兴趣，孩子内心的鼓励机制被积极调动，他们会主动地学、认真地做，即使遇到挫折也不气馁。当孩子通过自我努力获得成功时，反过来又能强化他们的兴趣和热情，形成良性循环。这样，要远比一些家长为了应试教育，把孩子硬塞进这样那样的兴趣班来得有效。

 璀璨的光环下，
凝聚着泪水与无奈

演艺之路从来都不平坦，在很多人眼中，年少成名的杨紫是个幸运儿，但事实上，璀璨的光环下凝聚着太多泪水与无奈。试镜的失败没什么，最令杨紫及家人难以接受的是"空降兵"的影响：明明已经被选定了，却突然会被莫名其妙地涮掉。

有一天晚上，马海燕陪女儿到预定的地方去拍一部新戏，在来之前，母女俩花了很大功夫去研究剧本、对台词，两人都觉得这次演起来一定会轻车熟路。

到达片场后，杨紫就开始认真地和其他选手对台词，找感觉。过了好一阵子，副导演出来了，一看到他们，就迎了过来说："不好意思，让你们久等了，原来确定由杨紫演的角色现在发生了一点点变化，让你们白跑了，不好意思。"

母女俩当即就懵了，两人准备了那么久，这么晚了跑过来等了半天，却被一句"不好意思"就给打发了。马海燕气得一句话也说不出，脸涨得通红。想质问副导演，转念一想：也不能怪副导演，人家只是执行导演的意思，他也很无奈。她看着副导演，好不容易从干涩的喉咙里艰难地吐出一句话：没事的，我们知道你也很难做。

回去时已经是晚上11点多了，一上出租车，杨紫就忍不住大哭了起来。马海燕看到女儿哭了，只好强忍着要哭的欲望，不断地安慰女儿：没事的，下次还能接到更好的，我们不跟他们计较。

等进了家门，马海燕一看到丈夫，就再也忍不住，嚎啕大哭起来，丈夫问明原因后，也对天长叹：让妻子和女儿受这样的委屈，自己却无能为力。他紧紧地抱着大哭的妻子和女儿，眼泪也不由自主地流了下来。但是他很快擦干了眼泪，站了起来，向妻子和女儿展开了一个明朗的笑，拍拍杨紫的头：不要哭，他们换人是他们没眼光，并不代表我们杨紫不行，我们杨紫是最棒的。

杨紫尝试用各种技巧，通过无比艰苦的轮胎阵

光怪陆离的演艺圈经常会跟这善良本分的一家开这种玩笑，每次遇到这类事情，都是爸爸最先从郁闷的情绪里走出来，鼓励妻子和女儿。然后，一家人抱在一起喊加油，给自己鼓劲。

虽然杨紫的戏拍得很成功，但在爸爸妈妈心中，女儿的学习永远都是主线，其他的任何东西充其量也就是支线。支线可以丢，但主线绝不可以丢。

马海燕早就看中了北京市的一所重点高中，杨紫初三升高中的那年，正遇上《家有儿女》第三部开拍。接到剧组的通知后，妈妈跟剧组商量是不是可以让杨紫上午学习，下午晚上拍戏，哪怕拍晚一点都可以。但是由于剧组一天要拍三集的量，根本无法保证杨紫的学习时间。

这次，爸爸妈妈达成了共识："好好上学，不拍了。"听到爸爸妈妈的决定后，杨紫低着头沉默了，良久，她抬起了头，眼眶里溢满泪水：好，我听你们的话。

回到自己的房间，杨紫就扑到床上痛痛快快地哭了起来，万种委屈随着眼泪恣意横流，拍了那么久的《家》，感情也有了，成绩也出了，现在说不拍就不拍了，她觉得难受极了，她当时真的有些恨爸爸妈妈。到后来，《家》剧的新剧照出来后，看到别人站在了本应该属于自己的位置上时，杨紫有说不出的别扭与难受。

而做出这个决定，爸爸妈妈也很有压力，不知道这个决定到底是帮孩子还是毁了孩子，但是他们的另一个目标很明确：绝对不能耽误学业。

那年杨紫顺利考上了妈妈理想中的高中。

心理点评：

读书还是拍戏？是许多童星成长过程中必须面临的选择。在初中升高中的关键时候，杨爸爸、杨妈妈意见一致，共同开导杨紫暂停拍戏，最终杨紫考了"妈妈理想中的高中"。从这个结果可以看出，杨紫也不完全是一个特立独行的任性孩子，她在一些关键问题上还是会尊重爸爸、妈妈的意见——这应该是她对爸爸、妈妈一直尊重她兴趣、个性的一种回报。

亲子感悟：

从这一段，我们可以看到一幅温馨、和谐、有力量的家庭图画，妈妈随时呵护，爸爸在她受挫败时坚强鼓励。多么感人！这幅图对于孩子的成长至关重要。

心理学上有一个实验，把两只性情温和的猩猩放在两个截然不同的家庭群体中，一个群体的各个成员相处不错，另一个整日争斗厮打。一个月后，我们发现生活在和睦相处群体中的猩猩毛发光亮、生命力旺盛，另一个则毛发稀落、脾气暴躁。

孩子在成长过程中，和谐的家庭关系可以给予支持、鼓励和足够的安全感、自信心。按照马斯洛的自我实现理论，人的最低层需求是生理需求，接着是安全需求，归属需求和爱的需求，自尊需求和自我实现需求。其中自我实现需求是超越性的，基于对真、善、美的追求，将最终导向成为一个身心健康的人。

和谐美好的家庭关系，需要父母间关系和睦，家庭成员间有良好的沟通，彼此尊重和爱护。当孩子拥有足够的内在安全时，他才会怀着良好的情绪去探索外部世界，内心充满爱地健康成长。

杨家有女
初长成

妈妈从小就教育杨紫：一个人成功与否不重要，重要的是一定要有一颗善良的心，要品行端正，尊老爱幼。爸爸妈妈的实际行动也为杨紫做了很好的表率，每次带她去奶奶姥姥家，都要给老人买东西。妈妈说必须得买，这是孝敬老人的一份心意，她有是她的，但是你买了是代表你的。杨紫看在眼里，记在心里。到后来每次去奶奶姥姥家，她就会主动提醒爸爸妈妈：给我姥姥买什么，给我奶奶买什么。爸爸妈妈特别欣慰：不管她的拍戏现在怎样了，单只是看女儿做人这方面走到这一步，就挺知足了。

良好的家教，让杨紫早早地就有了一颗体贴孝顺的心。每年爸爸妈妈过生日，杨紫都会特别放在心上。但是，有一回爸爸过生日，她似乎并不在意，早上起来就走了，没跟爸爸讲生日快乐。爸爸有些懊恼，跟妈妈抱怨：你过生日她都记得，问你要什么，我过生日她都不理我。妈妈就替女儿解释：女儿现在大了，有她自己的生活圈子，可能忘了。下午杨紫放学回来，说要跟同学出去买东西。爸爸很生气地说：去吧。谁知道等她回来敲门，一进来就给爸爸一束鲜花，怀里还抱着一个大蛋糕。原来，杨紫放了学之后是去定蛋糕了。爸爸的眼睛立刻就湿了，激动地抱着蛋糕，妈妈在旁边打趣：女儿还是没有忘了你，她现在会调节气氛，会玩突然袭击了。

马海燕对杨紫很严格，平时不大跟女儿说笑，杨紫打心眼里有些怕妈妈，妈妈经常会说：杨紫，你怎么可以这样；杨紫，你应该那样。在妈妈面前，杨紫总是不够自信，老觉得自己会做错事，做事很不自然。拍戏的时候，杨紫不时要拿眼睛瞥一下妈妈，妈妈很奇怪：你拍你的戏就好，老拿眼睛瞥我干吗？杨紫很委屈地说：我怕你会骂我做得不好。

杨爸爸也经常跟马海燕讲：你不要老是挑女儿的毛病，你这样会给她造成压力的，你看女儿从来都不跟你讲心里话。

马海燕也觉得自己过于严厉了，这样下去女儿会对自己有心理障碍。后来，她开始尝试着改变自己的教育方法。她有时也陪女儿看看电视逛逛公园，会笑着叫女儿：杨紫，陪妈妈聊聊天。杨紫一开始不习惯，忐忑不安，后来发现妈妈

杨紫和妈妈在比赛中商量对策

杨紫妈妈虽然身体不好，但依然用最积极的心态陪伴女儿

真的变了，变得和蔼可亲了。杨紫的心理防线逐渐消除，母女俩的距离越来越近了。

有一次，母女俩外出拍戏，马海燕看着一大堆行李发起了愁，她跟杨紫开玩笑说："要是我有一个大儿子就好了，那这些行李他一个人就可以拖走了，我就轻松了。可惜我的是个大闺女。"杨紫听了当即就不高兴了，她"呼"地一下站起来，背起大行李包，再斜挎一个包，两个大行李箱，她一手拽住一个，"噜噜噜"就往机场外走，路上硬是不要妈妈帮忙，就这样一个人把行李弄到酒店。一进门放下行李，杨紫一边擦着满脸的汗，一边挑衅地看着妈妈："谁说大闺女就不行了，大儿子能做的事情大闺女不一样也做得很好吗？"

杨爸爸陪杨紫出去试戏，制片人根本不把他们放到眼里，跟杨爸爸说话的语气很高傲。看到爸爸还在耐着性子听着，一旁的杨紫忍不住了，"呼"地一下站了起来，拉着爸爸的手，"爸爸，咱们走，不拍了。"然后她回头瞪着那名制片人大声道："别以为你自己有什么了不起，你连起码的对人的尊敬都不懂，我们不拍你的戏，我多的是戏拍。"

爸爸公司的效益不太好，杨紫看到爸爸每天为应酬交际忙得团团转，她很心疼，就对爸爸说："爸爸，你别工作了，也不要看别人脸色，我努力工作，我来养你们。"

女儿越来越懂事，这让杨紫的父母很欣慰。虽然只是一点小小的回报，也总会让父母感动不已。他们觉得虽然为孩子付出那么多，但都是值得的，并深深地感觉到：女儿的懂事是他们最大的成功，女儿是他们的所有骄傲和希望。

亲子感悟：

现在很多父母都抱怨独生子女自私、冷漠，但自私和冷漠并不是独生子女的专利。要培养孩子的优秀品质，我们不用学习太多，只要做一点：不求回报，为人表率。

 ## 放弃负重，才能飞得更高

湖南卫视《我是冠军》节目暑假开拍，节目组邀请杨紫过来参加，这让喜欢户外冒险的杨紫非常开心。但是妈妈一听说她自己也要参加比赛，就有点发怵。从来都习惯于站在女儿后面默默无闻，一下子要从幕后走到台前，她有些犹豫。但看到女儿渴望的眼神，妈妈心一横，豁出去了，为了女儿，就拼一把吧。临行前，她跟女儿商量好：母女俩一条心，努力战斗到底。

杨紫和玛尔法

16对选手，16个小伙伴，天南海北的朋友聚在一起，杨紫感觉自己好像一只飞出牢笼的小鸟，正在飞向蓝天。她跟小伙伴们很快就打成了一片，她快乐地和大家说着笑着，明媚灿烂的笑脸像花一样绽放。在一旁的妈妈看在眼里，忽然间感到无限欣慰，她知道这趟行程是对的，因为她看到女儿在这里释放了压力，而那种久违的欢愉和快乐，正回归到女儿身上。

比赛第一天是豁免赛——抢滩，赛场设在郴州东江湖，两对选手共划一条划艇，最先到湖中间小岛的就可以得到豁免。杨紫母女的搭档是柔道运动员胡伟父子，马海燕身体不好，加上从来没有参加过锻炼，本来已经觉得没希望了，但当她看到胡伟父子，觉得又有了希望。

由于体力不支，马海燕划到中途就不行了，她跟杨紫说："我真坚持不下去了，我想使劲也使不上，咱们放弃吧。"但杨紫坚决不同意："不管怎么样也要划，何况后面还有两选手呢。"看着女儿决然的眼神，马海燕心里一阵欣慰，当时就一个想法：冲着我女儿，我也要使劲。

最终，他们成功登陆了。尽管没有得到豁免权，但是母女俩都很开心。

第二天是淘汰赛，母女要一起闯过三关：平衡木、钻圈、逃生墙。杨紫首先顺利通过了全程，但是妈妈在第一关过水上平衡木时遇到了麻烦，在两次跌落水里之后妈妈决定放弃。已经顺利过关的杨紫在劝说无效之后，只能拿着"放弃"的牌子跟妈妈回到"雷区"。

妈妈的放弃让杨紫很懊恼，为什么别人家都可以坚持，而我的妈妈就不可以。她一个劲地责问妈妈："人家都没有放弃，你怎么可以在第一关就放弃了，哪怕你到第二关放弃也行，也证明你会点东西。"跟妈妈坐在雷区，前面立着写有"放弃"的牌子，一向争强好胜的杨紫觉得如坐针毡，从来没有这样失败过。她坐在雷区，低着头，眼泪不由自主地掉了下来。

妈妈默默无语，任凭女儿抱怨。她觉得解释也没什么用，更不愿意当着那么多人去跟女儿费口舌。直到回房间，马海燕才说明原因："不是妈妈不愿意坚持，妈妈有恐高症，一站到平衡木上就头晕，选择放弃也是迫不得已。"杨紫当即就反问妈妈："平衡木离地面只有50厘米，这么低，你也会恐高吗？"杨紫的反驳让妈妈哑口无言，其实，妈妈选择放弃的真正原因是怕失败了在女儿面前失去权威，更不愿意在那么多人面前掉下去出丑。看着女儿委屈的泪水在眼眶里打转，妈妈又心疼又懊悔。但她开导女儿："坚持到底固然很好，谁都想争第一拿冠军。但有时候你也要懂得放弃，放弃对名利无谓的追求，你的人生会更轻松一些。女儿，你一定要懂得哪些东西是你必须珍惜的，哪些是需要放弃的，这样，你才能飞得更高。"

重重叠叠的青山倒映在微波荡漾的湖面上，在火红的晚霞下看上去有些迷幻。傍晚美丽的湖光山色让马海燕看得有些出神。突然，她转过头看着女儿："这次回去后我一定要加强锻炼，锻炼好了我们再来参加《我是冠军》。"杨紫满目惊疑地看着母亲，马海燕不由得再次强调："你别不相信，这次回去你看我的表现。"杨紫有些吃惊，在她的记忆里，妈妈从来都没有这么低姿态地跟自己保证过一件事情，眼前的妈妈就像一个做错事的小孩。

妈妈走上前抱住女儿，无限愧疚地说："妈妈这次让你的粉丝失望了，他们都希望你能拿冠军的……其实如果当时让你走细的，我走粗的，我们时间还够，应该可以完成。"这时候，杨紫反过来安慰妈妈："没有关系，能坚持到现在已经不容易了，以后我们还会有机会。"

回到北京的家里，杨紫的情绪久久无法平静下来，她在自己的博客里写道：

> 在小岛上的训练很艰苦，而且湖南的天气非常热。妈妈由于水土不服，很早就出现不舒服的征兆了。可是她却坚持着，她的脸颊和胳膊上的皮肤都已经被强烈的阳光刺激到晒红脱皮，然后又出现了严重的热伤风现象，头疼得不行。妈妈一直很努力地去完成任务，但因为身体原因，很遗憾地错失了能继续走下去的机会。不过，我不怪妈妈，妈妈很勇敢，很厉害，她的表现在我眼里已经是个冠军了，想对妈妈说句：谢谢您一直陪着我成长，我为您感到骄傲，您的爱是我翔翔的翅膀，我会飞得更高，加油！

心理点评：

在一个人的发展历程上，只有面临挑战才能暴露我们的内心，这种暴露无疑也是一种成长思考。我认为这就是《我是冠军》栏目对选手们心理内涵的要求。

我们看到当杨紫向着自己冠军梦去冲击的时候，母亲的表现令她黯淡很多。她对母亲"恐高"的立即质问，让母亲开始面对她的内心，母亲是害怕在女儿面前失去权威，顾及自己的面子，就像她担心女儿让她的粉丝们失望一样，这里面似乎嗅出了母亲一丝丝虚荣的味道。在女儿开始大红大紫时，杨妈妈也成为了被人关注的"星妈"，在众多诱惑之下，也许我们会偏离自己的航道，为别人成为自己。可是，当我们为了别人而生活的时候，就会迷失了自己！

如果杨妈妈能够将自己内心的顾虑淡然地告诉女儿："如果妈妈失败了，会不会让你失望，你会不会担心你的粉丝因而对你失望？" 我想，借这个机会，母亲可以勇敢地讲出自己内心真实的想法，这不但让孩子明白，她最亲爱的母亲也有不完美的一面，但更重要的是孩子从那一刻开始接受这不完美，开始去思考究竟是为别人而活，还是要活出自己！

得到冠军固然让人兴奋，可如果借此机会，母女之间能够进行真诚的对话，这将引导她们面对内心真实的自我，这种面对本身就是一种成长！

入住湖心岛上的小木屋，杨紫对一切充满新奇

成长讨论

杨紫的妈妈是典型的中国传统贤妻良母的形象，虽然也有一些性格上的缺陷，比如思想保守、谨小慎微、不苟言笑、爱挑女儿的小毛病等，但除了对女儿的学习要求说一不二，杨妈妈对杨紫的兴趣、爱好等还是比较包容，主要扮演了守护者的角色。

杨紫和贾武凡一起到河边选豆角

杨紫的爸爸是家里的"幕后英雄"，在一些关键的时候站了出来，给了母女俩必要的鼓励和精神支持，但这种"幕后"还是让杨紫的成长似乎缺失了什么。父亲为了事业进行的打拼，也体现了对女儿的爱。但我们知道，父亲、母亲在孩子成长的过程中扮演着不同角色，对孩子的健康成长都起着重要作用。尤其是对于青春期的女孩，母亲的角色固然重要，父亲的作用也同样举足轻重。

杨紫的妈妈一直想把女儿打扮成美丽的公主，虽费尽百般努力却仍然希望落空。其实要让女儿变成公主的秘密很简单：就是杨爸爸多花些时间陪女儿，这样杨紫就会自然而然不再充当"大儿子"，而会如母亲所愿变成美丽的"大闺女"。

对于一个青春期的女孩，父亲对女孩的性别认同起着非常重要的作用，是带领女孩进入男性世界的重要领路人。如果女孩的身边总是缺少父亲的身影，她就只能在成年以后，再依靠自己的摸索去学会与异性相处。如果女孩的困惑长期得不到及时解决，有可能会在将来与异性相处时遭遇困难。

大山深处的父子

在中国960万平方公里的土地上，在那些层峦叠嶂的大山背后，遍居着勤劳、善良、朴实、纯粹的一群人，他们保持着日出而作日落而息的简单生活，他们也有着属于自己的情感、努力和不为人道的琐碎故事，或许简单、或许辛酸、或许贫苦、或许安逸，但这却是他们真实存在过这个世间的珍贵记忆。

我们记录，是为了不忘却。

儿子孔小龙："爸爸纯朴，老实，忠厚，心里承受了很多的压力，却像大山一样屹立不倒。"

爸爸孔庆纯："儿子叫小龙，女儿叫小凤，我没什么文化，就是个粗人，但是希望孩子们能好。"

神秘莫测的湘西大地，道路崎岖、群山环绕。这里，是宋祖英歌里的小背篓，是黄永玉画中的吊脚楼，是沈从文笔下"边城"、"长河"中那些个山水人物、青石板路，是世世代代居住在此的土家、苗家山民赖以生存的美丽家园。

一位普通朴实的父亲，一个坚强懂事的儿子，他们就在这大山的深处，日复一日地生活着。这片贫瘠、闭塞却无比美丽的土地，滋养出他们顽强不屈的性格。在他们不多的语言下面，流动着父与子之间真挚热烈的爱。

10. 古丈的家，
曾经的温馨与幸福

小龙的爸爸叫孔庆纯，和他的名字一样，是位纯朴的湘西汉子。孔庆纯出生在古丈县双溪乡大塘村，在这个他祖辈一直耕耘的大山里，有两样东西全国闻名，一个是古丈毛尖，一个就是著名歌唱家宋祖英。古丈县城很小，但是县城所辖的乡镇范围却很广泛，它们零星地散布在连绵起伏、险峻陡峭的崇山峻岭中，村与村之间是几个小时的泥泞山路。

小龙的爸妈是经别人介绍认识的，之后，两个同样质朴的男女便牵手走到了一起，也把两个原本相隔很远的家庭连在了一起。组了新家，房子还是那个简陋的老房子，生活也依然延续着原来的简单平和，守着几亩薄田，放牛砍柴。

1993年6月15日，土家孩子孔小龙就在这个土家木楼里呱呱落地，4年后，妹妹孔小凤也出生了。家里条件很差，土夯兀地面的两层木板房，是孔小龙曾爷爷搭建起来的。年久失修的木板潮湿、简陋、蛛网密布，第二层的阁楼用来储备红薯、土豆和过冬的大米木炭，一楼的四个木格间白天都很昏暗，中间的堂屋里摆着一张发霉的八仙桌，墙壁上挂着砍柴、赶集的竹篓。堂屋右边有两间小房子，靠近牛棚的一间是80岁耳朵有些聋的爷爷的房间，另外一间则是全家人吃饭、聊天、活动最多的饭堂，厅中的地上刨了一个一尺见方的土炕，加个铁架也就是全家人的灶台。家里最大的房间给了小龙和小凤两兄妹，由于靠山而居被褥总是潮湿的，时间久了还有一股棉絮腐烂的味道。家里唯一一张能称为家具的柜子里，摆放着全家人为数不多的衣服。

兄妹俩的出生，给本来就贫瘠的家庭带来了更大的开销。小龙妈妈身体不好，甲状腺肿大，但是山里没有好的医生和医疗条件。妹妹小凤也因为长期睡在潮湿的床铺上，9岁那年就得了类风湿。一贫如洗的家，根本不可能为她拿出更多的钱去治疗，太疼的时候，只能擦些药。

贫穷的家庭和羸弱的身体，并没能锁住小龙妈妈想要到外面去看看、多挣些钱的想法。为了改善生活状况，2001年，一家四口人到了附近保靖县毛沟的一个化工厂打工，两个孩子就在附近上学，当时小龙8岁，妹妹小凤只有4岁。妈妈身体不好，专门负责给货物封口的工作。爸爸做的却是厂里最重的体力活，上货下货，一百多斤的货物，两个摞起来比他都要高。他却扛在肩上，疾步如飞。几乎每天都是挥汗如雨，一天下来，身上的衣服被汗渍渗得硬邦邦的。

每天最温暖的时候是下班后一家人聚在一起，兄妹俩趴在小桌子上写作业，妈妈忙着做饭，爸爸靠在椅子上，一边舒舒服服地抽着烟，一边眯着眼睛看着两个活泼可爱的孩子。儿女如花的笑脸，是爸爸最大的欣慰，一天的疲劳，就在这温馨的一刻悄然逝去。

心理点评：

　　曾经看到过这样的一则报道：一位山东沂蒙老区的农村家庭，家里的四个孩子个个都考上了名牌大学。记者找到老人的家里采访，想看看究竟这个家庭给孩子们提供了怎样的环境让他们能安心读书。进屋发现，这个贫穷的家里，唯一的家具就是一张巴掌大的、四四方方的桌子。孩子们说，在他们成长的印象中，最大的幸福就是一家围在这张小小的方桌前写作业。那时候，母亲在他们中间做着针线活，父亲就蹲在他们的身旁抽着烟斗。

　　采访的记者落下了眼泪，她似乎看到这张煤油灯下的小小方桌幸福的一幕。

　　在孩子成长过程中，幸福感是父母送给孩子的最好礼物，这礼物会成为孩子一直向前的动力。即使是贫穷家庭，父母也可以给予孩子富足的爱，爱是不以物质作等价的。反之，生长在富裕的家庭中，父母贫瘠的爱，会让孩子一生都苦苦去寻求缺失的幸福感。

　　当然，这种幸福感的最起码前提是家庭结构完整。父亲和母亲的完整的爱，会满足孩子成长中对父母的需要，将来自父亲的爱内化为坚定勇敢，将母亲的爱内化为善良和温存。这种幸福感，给予孩子足够的安全感，使孩子在成长的道路上敢于接受更多的挑战和挫折。

一个人撑起的无雨天空

　　然而，这种境况只维持了三年。为了多赚一些钱，2004年，妈妈把小龙兄妹俩送到外婆家，自己去了外省打工。妈妈的突然离开，对小龙爸爸是个很大的打击。丈夫失去了温柔体贴的妻子，孩子在成长最关键的时候失去了亲爱的妈妈，虽然只是暂时的失去，却几乎摧毁掉这个原本温暖的家。

　　那段时间，孔庆纯又做爹又做妈，心情自然好不到哪儿去。但他甚至来不及有什么埋怨，就把所有的心思都投入到孩子身上去了。家虽然不是一个完整的家，但孩子还要成长，他必须给他们一个安定平静的生活环境。2004年，在妈妈外出打工之后，孔庆纯带着两个孩子转学回了古丈县城，为了更好地照顾孩子，他没有再外出打工，而是安安稳稳地守在山里做着家里的农活。孔庆纯说："孩子们需要依靠，我不能再离开他们了。多做点农活，生活困难点，但还是要守在孩子身边。"

心理点评：

像小龙这样的家庭，父母为了挣钱养家，独自出去打工，一年仅仅回十几天，把家扔给了未成年的孩子和年迈的老人们，在目前农村成为一种普遍现象。

留守儿童比普通家庭的孩子更早成熟懂事，但更多因为疏于教养阻碍了孩子身心健康的成长。他们比起其他孩子来也许更富有责任心，因为要照顾年迈的老人和更小的弟妹；他们也许会比其他孩子更懂得谦让和照顾人，但不完整的家给幼小的孩子心里留下了残缺的爱，这给他们的成长带来了很多心理的阴影。

残缺的家庭，由于自小缺少完整的亲情温暖，会让他们性格变得压抑孤僻，很难和同伴建立良好的人际关系，在成长中的人际互动中也显得冷漠，无法正常地表达自己内心压抑的情感和爱。因为在他们的成长中，留守儿童应对自己渴求的爱时，选择了隔离，他们将自己的情感与外在世界隔离了起来。

孔小龙、孔庆纯二人二足比赛配合默契

孔庆纯对孩子照顾得很细心，家里来了客人怎么称呼、进门拿椅子一类的细节，他都会耐心地教给孩子。一直担心缺失母爱给孩子造成伤害的小龙爸爸，很希望通过自己的努力，能给孩子一份完整的爱。孩子是他毕生的精力和全部的希望，他用自己长满老茧的双手，为膝下的孩子们撑起了一片无雨的天空。

孔庆纯虽然没有读过多少书，但对孩子却有着智慧的教育方式，他很善于在孩子们身上发现优点和长处。

孔庆纯一个人，既要做地里总也做不完的农活，又要管两个孩子。孩子的顽皮也曾经让他心碎、失望，甚至想过要放弃。2004年，孩子们从保靖县转学回古丈的时候，小龙一直在外婆家呆着。外婆年龄大了，根本管不住每天吵着往外跑的小龙。县城里有一个网吧，对游戏的好奇让小龙无法自拔。沉迷于游戏的小龙，在网吧里流连忘返。年迈的外婆在县城里找了很久都没有找到小龙，四处寻找的小龙爸爸也心急如焚。第二天，上了一通宵网的小龙疲惫地回到家，瘫倒

荒漠行走，孔小龙用指南针定方向

在床上就呼呼大睡。气急败坏的外婆，上去就给了小龙一巴掌。而小龙爸爸心里更是无比失落，他说他这么多年的辛苦培养，不希望培养这么一个孩子。但是孩子毕竟还小不懂事。于是小龙爸爸强压心底的怒火，想了一个办法。他没有打也没有喝斥，而是平静地说："这样吧，只要你每门功课能拿到95分以上，这一顿打就免了。"

小龙没有辜负爸爸的期望，等到成绩出来，他果真每门在95分以上。爸爸的原谅也让小龙更加警醒和自觉，他决定用自己的成绩来回报一直为他操心担忧的父亲。

除了对两个孩子学习上的管教，孩子对母亲的思念也常常让孔庆纯无奈而难堪。妻子外出打工几年才回来一趟，妈妈对于两个孩子来说，只是一个渴望而又陌生的名字，长久以来对于团圆的想念，没有随着时间的流逝而冲淡，反而日益强烈和明显。有一次，小龙回来问爸爸："为什么班上别的同学妈妈都会给他们买衣服和玩具，我妈妈却没有？"孔庆纯看着他，心里一阵酸涩。他抱住儿子，认真地说："你想要什么，爸爸给你们买。"有时候孩子们也会追着他问："妈妈在哪里？什么时候回来？"孔庆纯只好无奈地跟孩子解释：咱家里没有钱，爸爸做农活赚不了多少钱，你妈妈出去赚钱了。

每当这些时候，孔庆纯就觉得很失败。作为一个男人，留不住自己的妻子，自己孤独落寞倒也罢了，让孩子们承受失去母亲的痛苦，是他不愿意看到的。在无数个清冷的夜晚，他抽着自己卷的草烟，一次次彻夜不眠。这个质朴的湘西汉子，把坚强快乐的一面留给孩子，把无尽的感伤留给了自己。

"我表面上很坚强，但是内心很脆弱。"当这个坚强的山里汉子说到这里时，深情凝重而话语哽咽了。

小龙这么描述他的父亲："每天天还没亮就出门，天黑了才回家。农民想要过好一点，就必须勤劳，家里地里总是有做不完的活儿。我觉得爸爸很纯朴、老实、忠厚，心里承受了很大压力，却屹立不倒。"

这个像大山一样屹立不倒、稳重憨厚的男人，这么多年一直用自己的坚持和默默付出，守候着孩子们的成长。他用自己宽厚的胸怀，给了孩子一个安宁温暖的家。

日渐懂事的孩子，真切地感受着父亲默默的关心和独自承受的孤独和压力。小龙很心疼这个又当爹又当妈的父亲："每个星期放学回家，发现爸爸5天的胡子都没有修，每天忙着种田，没有时间照顾自己，显得老了好多，心里很不是滋味。"

心理点评：

父母和孩子之间至深的情感联接，是建立在孩子成长过程中双亲对他的日夜哺育上。这种联结要一直到孩子青春期结束才能稳定，才能建造起一个深层至爱的心理关系。小龙的妈妈撇下11岁的儿子和9岁的女儿独自去打工，一去就是7年。她的表现和我们现在社会上的很多父亲一样，以为生下了孩子，剩下的最重要的就是挣钱，为以后的抚养积攒更多的钱。但她也许万万没有料到，这种方式的爱，最终会让孩子和自己越来越陌生。

做惯农活的孔庆纯摘起棉花来也是驾轻就熟

亲子感悟：

在我们门诊的"老病号"中最多的是被父母硬拉过来接受心理治疗的青少年。他们大都是逃课、上网、叛逆、不回家……每次，我看到父母们指责着这样孩子的种种劣迹，我都在思考是什么让孩子逃离温暖的家四处游荡呢？

青春期的孩子充满能量和好奇，最开始他们接触网络是因为可以淋漓尽致地挥洒他的能量，满足他的好奇，但这不足以让他们沉迷，真正沉迷的背后原因是没有爱的家和父母的指责、呵斥，网络就成为逃离家的唯一乐园。

对付沉迷网络等外部诱惑的最好武器是：父母给予孩子充分的爱和信任！

面对茫茫戈壁，孔氏父子不知前方的路还要走多久

3. 穷人的孩子早当家

孔小龙是大山的孩子，山里生，山里长，大山培育了他来自山涧的灵气和如大山般塌实沉稳的性格。但是由于长年的营养不良，14岁的他，身高只有1米5，瘦小而单薄。

小龙3岁的时候开始跟着爸妈上山锄地，10岁

清晨的日出，照亮父子二人前进的道路

时，他像山里的其他孩子一样，开始帮家里放牛。第一次骑在牛背上，牛慢悠悠地迈着稳健的步子，青翠的群山潺潺的流水从眼前依次闪过，在如诗如画的景色里，挥舞着藤条的小龙，心里无比雀跃。

像所有的孩子一样，小龙小时候也贪吃。有一次，邻居孩子拿着一块蛋糕在吃，小龙馋得直流口水，便回去缠着爸爸要。对于穷困的家庭而言，蛋糕无疑是奢侈品，被小龙缠得一心是火的孔庆纯，忍不住伸手打了他。但打过之后，爸爸马上就后悔了。一块蛋糕而已，孩子的要求并不过分，孔庆纯为自己的无能而愧疚。

家在山里，劳动也都在山里，田里种水稻，地里种玉米、红薯，山上种茶，一年四季，都有忙不完的农活。小龙渐渐懂事之后，便开始帮爸爸分担家务。爸爸做农活时，家里只剩下小龙、妹妹小凤和80岁高龄的爷爷。妹妹有病在身，爷爷也年龄大了，于是，砍柴、放牛、生火、做饭、洗碗、照顾妹妹和爷爷的家庭重担，都落在了年仅14岁的小龙身上。这个本应该被疼爱、被照顾的孩子，稚嫩的肩膀上早早地就担起了家庭的重担。

由于家里穷，爸爸七拼八凑地给两兄妹交了学费之后，就再也拿不出钱给妹妹交伙食费。没有钱交伙食费，只能用家里的大米去顶。每个星期背10多斤米到妹妹学校充伙食费，也成了小龙的固定任务。

小龙家离学校有几十公里，一路上都是蜿蜒的山路。除了当地的村民，很少有人进山。为了上学，小龙要走一个多小时满是石砾的山路，再到邻近一个村花2块钱去坐不定时开往县城的中巴。

上学的这段距离，是小龙走过的最远距离。古丈县城，也是他到过的最繁华的地方。从保靖县转学到古丈，小龙在县城的古阳中学上课。课堂的时光是小龙最开心和最宝贵的，这里有他渴望的知识和可爱的同学们。但是，拮据的生活却让他过得很艰辛。一个星期30块钱的生活费，除去4块的车费，26块钱要吃7天，仔细算算一日三餐一共不能超过3块钱。无数个晚上他的肚子饿得发慌，却只能压制着自己的食欲，用睡眠遮掩过去。班主任介绍说："他每次都是打一些最简单的菜，基本上见不到荤菜。"

除了每餐的小菜拌饭，小龙的一件衣服更是被他缝缝补补穿了7年。那件衣服还是小龙七八岁时妈妈买的，现在小龙14岁了，因为长期营养不良，那件衣服依然能套在小龙的身上。

家庭的重担并没有压垮这个坚强的孩子，小龙一直用他的开朗感染着别人，用优异的成绩来证明自己。小龙的数学老师说："他做作业积极主动，考试都能够进入班上前五名。"而在同学眼里他也是个勤学好问刻苦努力的好学生。英语老师也忍不住要表扬他的爱徒："满分120分的英语，他最高分达到110多分。他还说我这次没有达到满分，我会再接再厉的，您不要失望。"这个内心强大的孩子，最大的梦想是将来能当一名英语老师。

春节，对于所有孩子和家庭来说都应该是幸福团圆的代名词。而对于小龙来说，因为没有妈妈，所有团聚的节日对他都意味着加倍的凄凉和孤独。

以往的春节，他们会跟着妈妈回到几十公里外的外婆家，虽然说吃点肉，加几个猪脚，放几个炮竹，就是过年的全部内容。但一家团团圆圆的，浓郁的家庭气氛，让小龙感到很幸福。如今，妈妈已经7年没有回来过年了。而这几年，爷爷年龄也大了，虽然经常上山砍柴放牛，但是腿脚和身体已经大不如前了。小龙一家都改在大塘村自己家过年，人更少了。爷爷、爸爸、妹妹和自己，四个人，到处布满蜘蛛网的家，锅里一年四季一成不变的白菜梗，过年最多加两块腊肉或者肥肉填个荤。没有新衣服、没有礼物、没有庆祝、没有欢声笑语、没有妈妈，大山中的木楼里，孤单的灯光，屋子里只有寒风无情刮过时留下的彻骨的寒意。

一个举家团圆的节日，在小龙一家人的心里，却是个萦绕多年挥之不去又无法梦圆的隐痛。这个遗憾和隐痛不知道还要绵延多久？

保罗即将被淘汰，孔庆纯和保罗一起等待小龙点火成功，结束比赛

亲子感悟：

　　我曾经参加过《变形计》的拍摄。看到小龙，我想起了陕北山窝窝里的诚诚和帅帅。十三四岁的他们一边要完成中学学业，一边还要承担起照顾家中老小的重任。在众人眼里，无不称赞他们成熟懂事。

　　然而在一个人成长的历程中，每个阶段理应赋予不同内容。对于十三四岁的孩子，应该是在操场上驰骋奔跑，张扬自我。现实生活艰难又不得不让小龙、承承、帅帅和山外面的同龄人有所不同，他们迅速成熟，当这些孩子用稚嫩的语言说着大人的话时，掠过我们心头的除了赞叹，还有悲凉。

　　这样的一群孩子，应该被叫做"成人式孩子"。因为过早地背负起家庭的重任，远离同龄孩子的无忧无虑，他们原本开放的内心，也许从此会变得压抑封闭；即使快乐真实来临，也无法用心体会到。

孔庆纯十分不舍保罗，虽然和保罗语言不通，但彼此的交流却好像已经认识很久

4 多年的父子成兄弟

形容一下你们的父子关系。

兄弟！——小龙。

兄弟吧？！——小龙爸爸

父子俩不约而同地用"兄弟"这个词来概括他们的父子关系，但是两人却给出了不同的注解。

"我和爸爸平时交流得比较少，但是心里却总在为对方着想。我每个周末回来，就去放牛、砍柴、做饭、洗碗，我多做点，爸爸回来就会少辛苦点。而且我这么大了，也完全可以做了。"小龙还在做孩子的时候就开始学做大人了，小小的他开始帮着爸爸来分担这个家里的事情，真正成了一个小男人。而小男人小龙也不是一直这么懂事的，他也曾贪吃，贪玩，顽皮，叛逆。但自从那次通宵上网，却被父亲放了一马后，他开始更加尊敬他的父亲。他觉得自己的老爸很有智慧，以前觉得农民没有什么文化，只会种田，但现在不会再这么想了。

一言一行、身体力行的教育和督导，让小龙开始发现朴实甚至有些粗犷的父亲，其实也有细腻温柔的一面。爸爸不是很严厉，也不约束小龙。别的同伴回家晚了，都会被打，但他不会。爸爸甚至不去问他晚归的原因。父亲对他的充分信任，让小龙感觉自己很男人。

而在爸爸心里，平时乖巧听话的小龙就是他的弟弟，他们可以平等地聊天。爸爸教小龙做农活，教给他做人处事的道理。小龙也教爸爸说普通话，告诉爸爸网络对生活的改变。但是一旦小龙犯错误的时候，爸爸一下子就变得高大威严神圣不可侵犯。

对于这个从小失去母亲的家庭来说，小龙对妈妈的概念很模糊。小学6年级的时候，妈妈就离开古丈去外省打工，中途妈妈只回来过一次，并且很快就离开了。小时候和妈妈上山锄地，妈妈也曾经抱过他、疼爱过他、亲吻过他，但是小龙的记忆里却很稀薄。渐渐长大后的小龙，对母亲是怨恨的。爸爸说妈妈出去赚钱了，可是这么多年来，妈妈并没有往家里寄过一分钱。她甚至好几年都不回来看他们一眼，小龙不能明白，难道妈妈对他就没有丝毫的想念吗？他恨妈妈的狠心，也恨爸爸的无能。但看到爸爸终日辛勤劳作的身影，又觉得心疼。

缺失的母爱，让小龙变得沉默寡言。他常常默默地看着起伏的远山，没有人知道，这个沉默的少年心里，有着怎样的苦涩的酸楚。

心理点评：

男孩成为男人，父亲起了最重要的作用，当男孩成为男人时，父子之间也就成了患难与共的兄弟。

亲子感悟：

相对于父亲，在男孩的成长过程中，母亲也是举足轻重的。母亲的爱，让男孩能够感受到自己是讨人喜欢的；母亲的抚摸，让男孩懂得人与人之间的亲密关系；母亲的赞扬，让男孩内在的自我不断强大。

母亲长期离席，在年幼的孩子心中，还不太能分辨是因为不得已的原因造成了母亲不得不离开。缺失母亲的孩子，无论再小，都会在同伴的面前感到抬不起头。在他们的潜意识中，认为是因为自己的不好，让母亲选择了离开。这样，会让孩子从小对自己的自我意象很差，导致自卑。

孩子自卑的根源并不是生活在一个贫穷的家里，而是生活在一个缺失爱的家庭里，如果这种爱的缺失来源于母亲，这将会导致孩子一生都在和潜在的自卑抗争。

这就是，为什么很多贫穷的孩子长大后拼命赚钱仍然在内心深处有挥不去的深深的自卑。因为，在他贫穷的家里，父母将仅有的爱紧紧地收了起来。

乌镇比赛，孔小龙父子二人互相鼓励

孔庆纯和孔小龙一起用指南针确定前进的方向

5. 意外的变形生活，
失而复得的母爱

一次偶然的机会，《变形计》到湘西古丈寻找小孩，小龙的故事和他善良、向上、乐观的性格吸引了编导。于是，小龙开始了他奇妙的 7 天互换之旅。他和郑州叛逆少年张寓涵进行 7 天的互换生活。

第一次离开这片他生活了 14 年的土地，虽然只有 7 天，小龙仍然放心不下。年迈的爷爷，有病的妹妹，要砍的柴，该放的牛，还有家里的一日三餐，他离开了，这个家怎么办？

带着重重顾虑的孔小龙，就这样来到了中原郑州。陌生而繁华的都市，温馨舒适的家，和蔼可亲的爸爸妈妈，在这里，小龙度过了他 14 年里最快乐的一段时光。阔别多年母爱的小龙，在张寓涵妈妈那里收获了妈妈的温暖。在郑州的家

东江湖开场，孔庆纯一个人若有所思

里，全家人一起包饺子、去清明上河园、吹糖人、全家合影。那个家庭里有奶奶、爷爷、爸爸、妈妈，还有表妹，一时间幸福铺天盖地地涌来。这个质朴、不善言语的山里孩子，终于打开了心扉，露出了一个14岁少年应该有的纯真笑容。他亲热地对张寓涵的父母喊着"爸爸妈妈"，似乎只有这四个字，才能表达自己内心如岩浆一样奔涌的感激之情。

当张寓涵从古丈打听到小龙的妈妈在辽宁省海城市某处打工时，两个孩子便北上冰城寻找。一路辗转、一路反复，在茫茫人海中他们不断地搜寻。张寓涵的执着和坚定，也激发了小龙埋藏了多年对母亲的渴望。当到最后一个宰鸡场，面临最后一线希望时，小龙浑身发抖默不作声，整个人事处安静得只听见工作人员翻查花名册的声音。"你妈妈在。"当工作人员欣喜地告诉小龙这个消息时，寻找了这么多天的小龙，突然呆住了。他只是简单的"噢"了一声，剩下的全是发抖着的沉默。多年的愿望突然实现，日思夜想的妈妈就要出现在面前，小龙居然失语了。他是害怕再一次失望，还是对这个多年未见的妈妈手足无措？

"咚咚咚"，清脆的高跟鞋声音越来越近，"嘎吱"，门打开了，一个穿红棉衣的妇女推门进来，两个人的视线一下子交汇在一起，彼此都沉默着……

几秒钟后，"娘……"小龙一声撕心裂肺的叫声终于划破了平静，多年来郁积在心头的思念，多年来隐藏压抑的情感，终于得到了宣泄和爆发。

母子俩抱头痛哭了许久，妈妈开始帮几年未见的儿子擦拭不断涌出的眼泪，温柔地安慰着儿子："不哭啊，不哭啊。"当妈妈看到儿子为了寻找他，被寒风吹得已经结冰的头发和那双冻得红肿裂口的手时，妈妈再一次心疼地流泪了。妈妈不停地抚摸小龙的脸和头问道："家里怎么样？妹妹的病好些了吗？""家里很好，妹妹好些了，还在吃药。"

整个过程中，妈妈的眼睛始终没有离开儿子，她不停地仔细地看着，"长好高了，站起来我看下。"小龙立即起身，妈妈感叹说："和我差不多高了，认真读书啊。"

海城的夜很冷很干燥，但是见到妈妈之后的小龙，心里有无限的温暖和快乐。这个失去太久母爱的孩子，变得那样贪婪，他一步也不肯离开地依恋着妈妈，唯恐一离开，妈妈就会不见了。

现在，妈妈已经回到古丈家里。希望孩子的天真和家人的努力，能够让这个曾经不完整的家，继续完满起来。

心理点评：

一声撕心裂肺的"娘"，让已经成为男人的小龙，打回了孩子的原型。

在我们看来，男人一生都在追逐幼儿时和母亲的情感关系。男人们一刻都不愿意离开母亲温暖的怀抱。

我们熟悉的大导演张艺谋，他喜爱的女主角巩俐、章子怡、董洁……细心的观众都能发现她们之间的相似，曾经有一个圈内人曝光，走进老谋子的家里，发现他的女主角竟然都和张妈妈有几分相似。

在童年缺失母爱的男孩，会在他成年以后永不停息地追逐"变形的母爱"。如果在成年后的追逐中，再次体验到抛弃，男人也许会走向寻找母爱的另一个极端，向所有的女性投注所有的恨。

孔小龙在荒漠休息

技巧和实力完满结合，孔小龙父子获得第一个豁免权

6. 我是冠军，
快乐之旅

参加《我是冠军》节目时，小龙爸爸一直担心和操心着家里的田地，牵挂着女儿小凤和80岁的老父亲。孔庆纯说："我们农民不管年龄多大了，只要能做得动，都会到田里去。我就担心我的父亲，年龄那么大了，肯定还会下地干活。小凤在外婆家，但是一变天，我就想着她的手肯定又红又肿。"一个粗糙的山里汉子，说起家里的责任和牵挂，显得那样敏感和细腻。

能来参加节目，父子俩都非常开心。一直忙碌在田间地头的小龙爸爸很少走出大山，以至于快40岁的他，还羡慕小龙去过周边的很多县城。和很多父母一样，能和儿子一起扎扎实实地呆在一起一个多月，获得一次走进对方心灵深处的机会，对于他们来说是多么的宝贵和幸福。而对于小龙爸爸来说，去很多电视里才能看到的地方，长长见识，也让他人生无憾了。

戈壁前行，没有多余的语言，只有前进的信念

在《我是冠军》的所有选手中，和小龙爸爸关系最好的就是意大利的保罗了。一个是操湘西土话的农村人，一个是说意大利语的老外，两个生长环境完全不同，甚至语言都不通的男人，却经常手肩相搭靠着手势相谈甚欢。"我完全听不懂他在说些什么，但是一直在试图去听懂他说什么。"小龙爸爸见到保罗就开心地给他点上一根烟，然后双方手舞足蹈地交流着。"以前在电视里看见过老外，现在这个老外还搭着我的肩跟我说话，这感觉太奇妙了，哈哈！"一个坦率的老外，

一个耿直的中国农民，可能就是被彼此这种率真互相吸引。而保罗和儿子森龙无话不说，直白表达爱的方式，也让小龙爸爸尤为吃惊和震撼。

一路4站的比赛，他们从一开始就淹没在16队选手中。小龙爸爸开始时说："以前，我跟儿子走出大山，觉得我们在农村生活的人，跟城里人根本走不到一块儿，更别提老外了。我很自卑。"

但是，这对自卑的父子，很快就在"抢滩"中脱颖而出，赢得了第一个豁免权。而在获得胜利之后，小龙爸爸却没有喜悦，而是呆呆地望着湖水，一言不发。

小龙爸爸说："经过这段时间的相处，现在我的心态有了变化。我不再自卑了，以前是自己瞧不起自己，实际上，他们并没有用那种眼光看我。"

一路比赛，一路晋级，小龙父子以一种超越常人的信心和实力在证实和突破自己。他们也一路收获快乐，收获他们丰富精彩的人生阅历，收获他们真诚的朋友、对手，收获他们的自信和对彼此的重新审视。

在《我是冠军》的颁奖晚会上，节目组特意邀请了选手的家人与他们团聚，大家一起欢聚庆祝胜利。鲜花，掌声，灯光，小龙和爸爸站在颁奖台上，幸福得有些眩晕。小龙的目光一次次在人群中搜索，何阳的舅舅来了，胡伟的妈妈来了，妹妹小凤也来了，可他始终也没看到自己的妈妈。在这个幸福的时刻，小龙多么希望他们一家四口能快乐地团聚在一起，多么想让妈妈看到，他和爸爸成功了！可是，这份期盼，似乎注定只能成为小龙的遗憾了。

心理点评：

从山里面走出来的父亲，在众多的城里人中间，担心自己的没见过世面，会让他和儿子被取笑。而当小龙父子，一路相互扶持共同努力的拼搏让他们脱颖而出的时候，父亲从原本的自卑中站了起来，他告诉了所有的选手，我是最成功的父亲，因为我有儿子对我永远的支持！

在《我是冠军》的路程上，我们看到了一对真正意义上的父子。他们在内心里，是互相扶持的患难兄弟。儿子可以在父亲遭遇困难的时候，立刻伸出他的小手用尽全力拉住他的父亲。

这和很多的父亲，利用他们的暴力让儿子屈服于他，树立自己不可挑战的威严比起来，更来得感人。

真正的父亲是可以勇敢地在儿子面前示弱的，你真诚的示弱绝不会让儿子蔑视你的尊严，反而能够让他更尊重你。

当做父亲的你们，可以放下你们不可一世的面子时，会让你的儿子永远支持你。所以，树立你强大的尊严，请做一回你儿子的儿子吧！

成长讨论

来自大山里的小龙，成长得像山一样坚强，也比同龄孩子更加早熟、懂事。他的坚强、懂事来自无时不刻、全心全意地照护他的父亲。他的父亲为了照顾好单亲的儿女，主动放弃了在山外的工作，踏实本分地守着两亩薄田。很显然在他眼里，儿女的成长比挣更多钱还重要。他是对的，孩子成长的过程中，幸福感才是父母的最好礼物，即使是贫穷家庭，父母也可以给孩子富足的爱，爱并不以物质作等价。

小龙爸爸在小龙妈妈离家的7年中，既当爸爸又当妈妈，但即使小龙爸爸再好，也无法替代妈妈的角色。一个家庭中，妈妈的作用是至关重要的。如果孩子从小缺失母爱，内心深处会无意识地产生一种自卑感，而且这种自卑感会影响到他成人后的人际关系。

小龙家的状况，还让我们从另一个角度去思考：一个家庭中如果父亲不能成为在外打拼的主力，母亲就要代替父亲来为家庭承担这个任务，因此小龙母亲的离开，也是这个家"运行机制"导致的一种无奈的必然。

身体瘦小的孔小龙父子，过梅花桩易如反掌

第一个完成梅花桩比赛，孔小龙父子激动不已

"绝情" 老爸
放养儿子

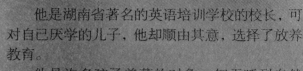

　　他是湖南省著名的英语培训学校的校长，可对自己厌学的儿子，他却顺由其意，选择了放养教育。

　　他是许多孩子羡慕的对象：每天睡到自然醒，不必担心上课迟到，没有考试的压力，听不到老师训斥，自己喜欢什么就学什么……这位12岁的少年，在父亲的另类教育中，越飞越高。

　　儿子赵铭："父亲是我的朋友和赞助商，精神上的。"

　　父亲赵雄："他是他，我是我，对自己负责，他的任何决定与我无关。"

1. 人人都要为自己的决定承担后果

赵雄冷淡地挂上了电话。尽管电话那头是只有16岁的女儿，尽管这个女儿一个人孤身在北京，现在已经身无分文，尽管女儿在哭，哭得很伤心，但赵雄还是决绝地挂了电话。

在女儿从长沙去北京之前，赵雄一次性给了她5000元，作为这半年的生活费，但她不到两个月就用得精光。做一次头发300多，买一件衣服也是300多。

其实对一个16岁的大姑娘来说，这样的消费并不算什么。赵雄自己也清楚，比起同龄人，女儿甚至算得上节俭了。更何况赵雄并不缺钱，这位湖南长沙著名的英语培训学校校长，在全省拥有十多所连锁分校，同时个人藏有400多块各朝代的雕花木板，部分寄存在长沙左宗棠故居，正准备建立一个家庭博物馆，可以称得上是豪富了。

赵雄不能容忍的是女儿这种非理性的消费方式。赵雄在1984年曾经以全省口语、笔试两个华中第一名的成绩，成为中美教师交换计划的成员，在美国留学多年，见识了美国人对子女的教育之后，非常欣赏。在他看来，女儿作为一个纯粹的消费者，如此毫不节制地乱花钱，甚至没有想到钱花光之后的后果，这种习惯一旦养成是很糟糕的。更令他失望的是，女儿在钱花光后，唯一想到的办法就是打电话回来，哭着跟他要钱。所以，他毫不犹豫挂掉了电话。

但整整一个下午，赵雄都心神不宁。他烦躁不安地在房间里转着圈子，隔一会儿看看手机，甚至忍不住想打电话过去。最后他还是忍住了。晚上，他终于等来了女儿的第二个电话，但在电话里，他仍然只听到哭声。赵雄沉默了一会儿，冷冷地说："你哭我就挂，哭不能解决问题。"随即又挂掉了电话。

紧接着电话又打了进来，这一次女儿不再哭了，只是说没钱了。赵雄问："什么原因？"女儿迟疑了一下，说："因为我自己。"然后又哭了起来。

赵雄点头说："既然是你自己造成的，我帮不了你。但我可以给你出主意，比如你把300多块做的头发剪下来，卖30多块钱，可以混顿饭吃；衣服300多块买的，转手卖给同学行不行？或者给同学做做按摩，洗洗衣服，也能挣到钱；最后还有一个办法，你挂个牌子'长沙英达学校校长女儿没钱了，请求帮助！'北京人特同情你这样的学生。"

早在6年前，女儿就领教过父亲的这种冷酷和决绝。她在10岁之前，一直是由祖母带着的。祖母的溺爱养成了她以自我为中心、任性而为的性格。回家之后，保姆一句话不对头，她拿起东西就砸，赵雄看到了，不骂也不打，只是勒令让她当了三天保姆，照顾所有家里人，包括保姆。为此她哭了好几天。

更绝情的是，进入贵族学校上小学一个月后，女儿在电话里哭，一定要赵雄到学校去一趟。赵雄跑去一看才知道，原来是同学笑她穿得不好，笑话她像个"非洲难民"，气得她要跳同升湖。

赵雄说："你可以直接跳，你的后事老师会来通知我，你在浪费我的时间，如果你觉得别人对你的取笑，值得你这样做的话。"

听了父亲这样的"主意"之后，女儿知道没指望了，这时候家里已经闹得天翻地覆。祖母听说了之后一边唠叨儿子，一边拿出1000块钱，要给孙女汇过去。赵雄没有反对，但有一个前提，这1000块只能算借，女儿必须还给祖母。一个星期之后，女儿坐飞机回来了，还余下了80多块钱。赵雄松了口气，女儿终于学会省着花钱了。

转眼两年过去了，女儿满了18岁，赵雄说："你应该自立了。"随即毫不犹豫地把她赶出了家门。

这些年来，这个小丫头摆过地摊，开过小精品店，用赵雄的话说，"和工商斗智斗勇一圈后又去学钢琴了，因为没有赚什么钱，就只买得起一台旧钢琴，也没开口向我借钱。"

不过赵雄知道那台旧钢琴是女儿找祖母借了一万块钱买的，他对此的评价是，"父母跟儿女的关系更像是银行的借贷关系，在他们没有成年的时候，我会借钱给子女，与银行的唯一区别是不需要抵押贷款，但只有一次机会。成年之后，能讨人喜欢借到钱，这是她的决定，也是她的本事，我不会去干涉，只要她能承担由这个行为带来的结果，人人都要面对自己决定的后果。"

"人人都要承担自己决定的后果。"这个典型的存在主义论断，不仅在赵雄与女儿的博弈中表现得淋漓尽致，在对待小儿子赵铭的教育上，赵雄也是一视同仁。甚至比对女儿走得更远。

心理点评：

在美国留学多年的父亲赵雄，十分认同美国家庭的教育模式，将美国人教育孩子的观念和方式用在了自己女儿身上：

（1）为了惩罚女儿乱发脾气，勒令她当三天保姆，照顾家里所有人；

（2）为了让女儿知道生气没有意义，在她遇到同伴嘲笑赌气要跳同升湖时，不阻拦、不劝说；

（3）为了让女儿学会独立，18岁时决然把她推出家门；

（4）为了让女儿学会理性消费，在她花光所有生活费时，绝情地不予援助，让女儿独自承担；

这些事情让孩子较早地体验到惩罚的刺激，让她学会警示自己的行为，但采用这种教育方式时，要特别注意"度"。

亲子感悟:

　　人人都要为自己的行为承担后果，这是成人世界的准则，让孩子提早接受这一准则，有利于培养他的独立意识和责任心。但是在面对孩子的一些行为"错误"时，我们除了让他学会承担后果，做家长的还要更深层次地思考：孩子这种行为的背后究竟在给我们传达什么情绪？

　　邻居家有一个5岁多的男孩，经常会很享受地"偷偷"拿着妈妈的内衣嗅。这个行为让父亲坐立不安。因为羞于让周围人知道，他偷偷带着孩子跑了各大医院，要想尽办法"治疗"他的这种行为，他还告诫孩子会"发现一次打一次"。而事实上，孩子之所以会沉迷于这种行为，也许只是为了表达对早出晚归母亲的思念。

流水线教育，扼杀快乐的源泉

　　2001年9月，长沙的天气炎热而潮湿。赵雄不耐烦地在沙发上坐直了身子，看着横拖着书包站在那里的儿子赵铭，沉默了一会儿说："你确定不再去学校？"

　　"我不想上学了，我只想回家。"赵铭很确定地回答。虽然只有6岁，在爸爸面前，他却丝毫没有害怕的感觉，眼睛直视着父亲的眼睛，看上去理直气壮。赵雄在心中无奈地叹息着，他托了朋友好不容易才把这个臭小子塞进长沙最有名的贵族小学读书，想不到才一个星期，就得了这样一句话。

　　"为什么？"赵雄深吸了一口气，极力控制住自己的情绪，压低声音，使自己尽可能看上去显得和蔼可亲。

　　赵铭却没有意识到父亲的忍耐已经渐渐到了极限，他一屁股坐在父亲身边，脸上满是愤恨："一天到晚都上课，我太累了，讨厌我们的老师，他把我最喜欢看的漫画书给没收了，还罚我站在课堂上。我不喜欢上课！"

　　赵雄微微愣了愣，虽然早在7年前去美国留学时，赵雄对国内的教育模式就已经有些不以为然。他曾跟朋友发牢骚说，现在的学校不是为我们的孩子办的，是为老师办的，老师规定了你必须做什么，如果违背了他就强迫你。这是大工业化产品流水线生产的后遗症，人才也成了流水线生产的标准零件。

　　作为一个学校的校长，赵雄对教育这个词理解得实在太深刻了。这种流水线教育实际上是为社会竞争设置的一个最低成本的制度性手段，就像一台机床，符合它标准的零件就定为合格，不符合它标准的零件就定为不合格。当所有的零件都在这架机床上挣扎着期望成为合格品时，他实在不敢想象，自己这个6岁的儿子跳离这个机床后，未来会走向哪里。

赵雄犹豫了一会儿，脸上挤出温和的笑，用一种他自认最亲切的语言开始慢慢说："铭铭啊，所有的小朋友都要去学校读书，而且要遵守学校纪律，人家都能做到的，咱们家铭铭也一定能做到。对不对？"

赵铭睁大的眼睛逐渐黯淡下来，低下了头，沉默好久，才点了点头。赵雄笑着拍拍儿子的肩膀说："这才是好孩子。"

不过这个好孩子并没有令赵雄省心，虽然第二天赵铭仍旧上学去了，但赵雄开始明显感觉到了儿子的不满。赵铭上的是住宿小学，只有周末回家。一个多月来，赵铭每次回家都是无精打采的，他耷拉着脑袋，哭丧着脸，老师也不断给赵雄打电话，说他不做作业。

赵雄开始焦急起来，几次试图和儿子沟通，然而赵铭总是沉默着。以前父子一直是无话不谈，现在的赵铭似乎逐渐在自己的周身建起了一道城墙，有意把自己挡在外面。

于是，在10月的一天，赵雄来到儿子所在的小学，在那里呆了一整天。晚上回到家，他对妻子肖萍说："我发现赵铭的老师讲课太拘谨，教学方式很刻板、专制。上体育课时儿子有一个动作做错了，老师竟罚他重做20遍。体育本来应让孩子感到轻松愉快，可现在孩子感到的却是压力。再说，上课时间太长了，上午和下午都是四节课，晚上还有两节自习。我记得我以师资身份去美国做老师的时候，发现那里的小学非常注重营造自由多样、轻松愉快的学习气氛，老师很注重和同学交流、互动，非常尊重孩子的想法和要求。"肖萍担忧地说："要不咱们给孩子转学？"赵雄想了想，摇摇头说："不行，换一所学校也是一样的，不过是把晚上在学校由老师监督的晚自习改为由家长监督做功课罢了，实际上没有什么区别。"

此时的赵雄，对儿子的学习实在没有更好的办法。

心理点评：

6岁的赵铭，是因为老师对他行为的限制而萌生对上学的厌倦。6岁，正是开始建立规则的时期，学校教育可以帮助他很快地学会适应社会规则，逐渐地与幼年时期以自我为中心的无所约束告别。

这个过程中，孩子自然地会表现出对外界行为限制的厌恶，甚至表现出抑郁情绪。作为家长，我们首先应该理解此时孩子的两难，并给予鼓励和支持，陪伴他逐渐走出以自我为中心，建立起遵守良好秩序的行为习惯。但一些家长可能忍受不了孩子承受"苦难"，会迁怒于学校制度，这对孩子的健康成长并不可取，有可能留下一些后患。

亲子感悟:

中国的教育制度确有许多不尽人意之处，应试制度、排名制度、大班制度……不同程度地扼杀了一些孩子的创造性和独特性，一些素质较高的家长对此颇有微词。当自己孩子的个性由于学校的刻板教育受到压制时，一些家长会选择让孩子回家自学。这其中确有成功者，但并不是人人都适合走这条路，而且很容易导致另一个结果，那就是使孩子失去和同伴交往的机会，在他完成社会化过程的关键时期把他孤立、封闭起来。

面对目前中国"分数决定命运"的教育体制，家长应该采取什么态度呢？

首先，不要过分强调分数。培养孩子价值观的第一摇篮是家庭。父母应该让孩子学会理性地对待分数，不过分追求高分，否则容易在得到低分时产生沉重的心理压力。

其次，吸取西方好的教育经验，弥补中国教育体制的薄弱之处。欧美国家在对幼儿的教育中，的确有很多东西值得我们借鉴：在学习之外的各类运动中培养孩子的品质。中国父母往往认为，孩子参与学习以外的活动是浪费时间。欧美国家则更看重运动过程中对孩子耐力、勇敢、主动、团体等各种精神的培养；他们很看重启发式教育。

最后，过度的批判是不可取的。孩子会接受父母思维的投射，如果父母过度地批判教育体制的问题，孩子会慢慢学会将自身问题转嫁于外在问题，而放弃对自己行为的纠正。

任何一种制度都有其弊端和优势，一味地否定或一味地崇尚，都不可取。

做"投知商"，你的人生你做主

半个月后，赵铭突然病倒了，他头痛、恶心、浑身乏力。赵雄把他送到医院治疗。医生经过一系列检查后，这样告诉赵雄："你儿子的生理指标都很正常，我们怀疑他的症状是由心理压力导致的。你要让他放松，让他做一些自己喜欢做的事。"

赵雄给儿子请了病假，让儿子在家里休息，儿子想做什么就做什么。一个星期后，赵铭总算好了，恢复了爱说好动的性格。不过，赵铭说什么也不肯再回学校了。赵雄考虑再三，决定让儿子退学。

给儿子办完退学手续后不久，赵雄带儿子去了一个建筑工地，以从未有过的严肃口吻说："铭铭，退学是你自己选择的，现在我再让你做一个选择。回家后，你可以不学习，每天只是吃、睡、玩，我和你妈妈会无条件养你到18岁。但是，18岁后，我们不会再给你一分钱，你必须自己养活自己。将来如果你没有知识，就得像那些民工一样，每天日晒雨淋地靠干重体力活挣钱。如果你想将来像爸爸这样凭知识去创造财富，那就得在家里继续学习。当然，你还可以去做理发、修自行车等简单的工作，不过爸爸得告诉你，越是简单的事，很多人都有能力去做，竞争会越激烈，挣钱也会越难。"赵铭当即不假思索地大声回答："我不当民工，我要用知识去挣钱！"

赵雄很慎重地对年仅6岁的儿子说："那么，以后你就是'投知商'了，是知识的知。从现在起，我可以让你用知识挣钱。以后，我和你妈妈只为你提供最基本的生活条件，你要想过得更好些，就得花自己用知识挣来的钱。而且，我不做你的老师，只做你的'投知'顾问，也就是给你提建议的朋友。你愿意吗？"这种新鲜的模式让赵铭感到好奇，想到自己马上就可以挣钱，还是"投知商"，他兴奋地说："我愿意！"

回到家里，赵雄拿出功课清单，对儿子说："学什么，怎么学，你自己作主。"赵铭将信将疑地选择学语言、拉小提琴、画漫画、描木雕画、读科普小论文等五门课。赵雄当即认可了。

紧接着，赵雄顺手拿出一块小黑板，在上面用图表的方式画出"投知"挣钱的学习方案——按分数计算金钱，每得一分可以得到1元。例如：画漫画，四幅小画为一组，每幅可以得一分；语言学习以阅读为主，每篇5分；拉小提琴，不管难易，每行乐谱2分；读科普小论文，也是每篇5分；描木雕画难度大，所以一幅就5分。在图表的下面，赵雄特意注明：做得好的加分，做得差的扣分。也就是说，铭铭每周有六天必须完成五项学习，如果每项能得5分，一天就能得25分，即可以拿到25元。另外，赵铭"投知"挣的所有钱，一半存入银行作为成年以后的创业资金，另一半拿现金，可以自由支配。

给儿子详细解释完这个"投知"学习挣钱方案后，赵雄用征询的口气问儿子："你同意这个方案吗？"年仅6岁的赵铭哪会想那么多，而且他对这种"投知"挣钱的学习方式非常好奇，拼命点头说："我同意。"

随后，赵雄和对日常生活开销完全模糊的儿子商量，制订了一个基本生活标准，例如，买衣服不超过50元一件，鞋子不超过30元一双，多余的开销由赵铭自己负担。如果他不想在家里吃饭，那么，在外面的开销也由他自己负担，玩具和零食也需要用他"投知"挣来的钱去买。

赵雄和儿子这边"投知"挣钱方案搞得热火朝天，肖萍却非常担心。虽然在此之前，女儿也大多是以自学为主，但还是读了7个星期的小学、1年初中和1年中专，而儿子却是完全的自学。

赵雄用坚定的口气说："我只是提前用了一种很现实的方式，让孩子认识到知识对人的生存有多重要，所有的金钱必须通过对知识的求索来获得，这是知识至上。这与简单用金钱来奖惩孩子的做法完全不同。我要教给孩子最重要的只有两样东西，一是保持个性自由，二是学会对自己及他人负责。"肖萍半信半疑地接受了他的决定，于是赵铭成为了真正意义上的"投知商"。

赵雄从不陪儿子学习，而是让儿子自学，让他用自己喜爱的方式去学习。上阅读课，赵铭有时会写点提示在本子上，通过提示把阅读的文章复述一遍；上科普小论文课时，他又自封为小老师，通过写在手卡上的提示给父母讲课。

心理点评：

赵雄跳出中国传统教育的"圈养"模式，对儿子赵铭采取"放养"模式。

"放养"过程中，赵雄一改普通父亲的角色，做起儿子的"投知"领路人，教他学习做一个"用知识赚钱"的人。他给儿子设计了精细的"赚钱"价目，并且为了培养儿子的自由个性和自我负责的态度，从不陪他学习，让他用自己喜欢的方式自由地学习。

赵雄的用心可谓良苦，他用这种现实的"投知"方案让儿子直观地感受到"知识至上"的道理。但如果一味采取这种方式，不辅以其他方面的引导，也会有其弊端，很可能会让孩子将来把赚钱当作自己唯一的目标。

4. 选择你爱的，爱你选择的

一开始，赵铭对做"投知商"很有兴致。但两个月后，小孩子贪玩的本性就显露出来了。这一天，长沙街头开了一家魔术道具店，全城仅此一家。赵铭被那些稀奇古怪的道具所吸引，便迷上了变魔术。他连续三天提出不想学习。赵雄毫无异议地表示同意，只是提醒儿子："你的收入会减少。"

到了第四天，赵铭只画了两幅漫画就打电话向父亲请假，说自己要玩。赵雄很大度地说："可以，可以，你要玩就继续玩、痛痛快快地玩吧。"结果这一周，赵铭只挣到两元，没钱买零食和玩具。直到这时，他才真正体会到不学习就会过得很惨，所以他很快就自觉恢复正常学习了。

一年半后，赵铭向父亲提出："我想把拉小提琴作为业余爱好，上课改学数学，行吗？"赵雄还是表示同意，他买来数学课本，让肖萍教儿子。这时，赵铭的自学能力已经得到了很大提高，从一年级到四年级的课程，他只用半年多时间就学完了。

学完四年级的数学课后，铭铭又向父亲提出："我不想学数学了，想学营销。"赵雄再次同意儿子的选择，并陪儿子去书店，让儿子自己选书做教材。铭铭选了《营销小故事100个》。

买完书回到家，赵雄问儿子："你将来想做什么？"铭铭神气十足地回答："我要做魔术师，或者当老板。"他又歪着头想了想，说："我还想研究古时候的木雕。"赵雄说："当魔术师很好，学的人少，但社会对魔术师的需要也少；当老板也很好，但想当老板的人很多，竞争会很激烈；研究古木雕自然也是很好的选择，这样的人才国家一定需要，可这门知识的学习难度很大。"

赵铭不禁有些垂头丧气，他颇不甘心地问："那，我的选择没一样是容易的吗？"赵雄语气很肯定："当然，要想做成任何一件事情都很难，你必须要有这样的心理准备。所以，你在学习上得有所偏重。"铭铭认真地想了一下，说："那我就偏重学习木雕画和营销。"赵雄点点头："好。你一定要对自己的选择负责，不能半途而废，否则只会失败。"赵铭表情认真地说："我保证。"

果真，赵铭学得最认真、得分最多的就是营销和木雕画。此外，他还很喜欢给自己的魔术超人编故事，有时甚至把营销故事也编进去，按故事情节自己动手给超人布置场景，甚至做衣服。

但没过多久，赵铭迷上了电子游戏，而且根本控制不住自己，他每天连吃饭、睡觉都没有心思，只是想上网。赵雄深知网毒危害的严重，但他只是以调侃的语气说："我可是提醒过你，上网多了不好，如果你还是坚持要上，那就上吧，痛痛快快地上，让你一次上个够。"

几天后，赵铭上网上得眼睛发红。肖萍急得不行，决定用强制的方法制止。赵雄坚决不同意："我们大人总是强迫孩子不能做什么，这是没有意义的，得让孩子自己去体会为什么不能做，让他在自身实践中得出经验。"

一个星期后，赵铭因为上网太多了，眼睛红肿、恶心、呕吐，比大病一场还难受，他终于对上网玩电子游戏产生了厌恶感，说："爸爸说得对，上网多了真的不行。"从此，他玩电子游戏开始有节制。

心理点评：

在父亲的"放养"模式下，赵铭可以自由地选择喜欢的东西学习，也可以自由地安排自己的生活和学习。这种学习方式，让赵铭更加自主、自觉。这给我们很多严格"圈养"孩子的父母打开了另一扇门！

我的小侄子刚刚上小学3年级，从进入校门的第一天开始，他每天放学都要在爷爷、奶奶、妈妈的"监视"下写完作业，即使是这样严格地看管，也没有养成他自觉学习的好习惯；反而，看管的时间越来越长。这引起我们的思考：强逼无法帮助孩子建立自觉的行为习惯。

　　对于赵雄"治疗"赵铭上网的方法，我却不十分赞同。的确，有一种治疗方法叫"厌恶疗法"，临床上治疗师也会用这种疗法为病人戒烟或戒酒，但如果用在孩子身上也许过于极端。赵雄认为任何事情得让孩子自己体会，让他在自我实践中得出经验——这种"只信自己"的观念或许带有很大的冒险性，有时甚至会带来严重后果，对孩子造成巨大伤害，不可盲目采用这种方法。

　　其实生活中的很多知识，并非所有都是来自于自己的实践，也可以从别人那里得到。

老爸大撒把，我对自己负责

　　一晃几年过去了，在这些年里，赵雄对儿子可以说是完全放纵。儿子学什么，喜欢什么，他从来不去干涉，甚至连儿子的生活习惯，他也从来不去过问。

　　赵铭可以说是完全的自由，他可以睡觉睡到自然醒，根本不需要去担心上学会迟到，他想什么时候上街就什么时候上街，愿意玩到什么时候回来就什么时候回来，一切视他的心情和他的自我控制力而定。

　　赵铭的爱好在不断变化着，从一开始的玩魔术到小提琴，再到唐诗和绘画等等。赵雄对他的这种喜新厌旧视而不见，他对肖萍说："一般他看见什么东西很喜欢，做了一段时间又不做了，我是允许的，因为我知道这肯定不是他真正喜欢的东西。"

　　赵铭真正喜欢的是绘画，这也是他自始至终坚持下来的课程，他画画的方法很有性格，自己选景，凝视一段时间后，用钢笔在纸上一气呵成。赵铭的画很受湖南省著名画家颜新元的欣赏。说："这孩子的笔触太好了，将来能成为大师。"他希望收赵铭为徒，还说要为他出一本画集。赵雄没有头脑发热，他再次把选择权交给儿子。没想到，赵铭根本不买大画家的账，他说："你们不是说画画最重要的是保持独特风格吗？我才不要向别人学呢。"

　　赵雄只好婉拒颜新元的美意。很多人对此非常不理解，认为小孩子缺乏判断力，大人应该代替他做出决定，以免在人生转折的关键时刻错失大好机会。赵雄却很坦然，说："机会如果不是他自己争取的，他就不会懂得珍惜和利用。"

　　赵铭就在这种自由的选择中悠闲地过着日子，但他也有烦恼的时候，最烦的莫过于很多人对他不上学的唠叨。

爷爷奶奶和外婆不用说，几乎是见一次面便要重复一次，而且想尽了办法要把赵铭送进学校，赵铭也只有苦笑。不过更令他哭笑不得的是，2007年春，长沙一家电视台来赵家采访，直截了当地对父亲赵雄说，他们不相信是孩子自己不愿意上学的，肯定是家长施加了自己的意愿。于是他们要求对赵铭进行单独采访，整整"拷问"了他两个小时。最后，不肯善罢甘休的他们还将赵铭送到了离家不远的望月湖小学，让他跟班上课，看看效果如何。

他们试了一个上午，开着镜头，赵铭在教室里上课。第一节课是语文课，赵铭表现差了一点，后来就很不错了，数学课他很快理解了老师讲的东西。

中午休息的时候，好奇的学生们全围在了赵铭跟前，他们教赵铭玩刮卡片，但赵铭明显对此不感兴趣。他心里想：这么没意思的东西，他们也玩，大概是被压迫久了，所以玩这个带来的快乐就更大了。想到这里，他甚至有些怜悯这些同学了。

在此之前，赵铭似乎并没有意识到自己和这些孩子有什么不同，他和他们一样喜欢潘玮柏和成龙，但他现在发现，自己比他们快乐，甚至幸福。因此最后赵铭还是没有回到学校里去，依旧回家过着自己的幸福生活。

心理点评：

　　一直以来对"放养"赵铭的担心，最终显现了出来。

　　赵铭在父亲完全的大撒把中，习惯了自己独自生活，独自学习。凭借父亲设计的"赚钱"方案，赵铭不但完成了同龄人的学业，还培养了学习之外的很多特长。但是当赵铭和同龄人在一起时，他显得不合群；在和同龄人交往时，他似乎找不到可以和他们一起"沟通"的共同爱好，最终他还是回到家里独自过着自己的"幸福"生活。

　　回顾赵铭的"放养"生活，似乎很难看到妈妈的身影，这也许是因为父亲的"校长"角色让妈妈放弃了对赵铭的照顾。但事实上，在孩子成长的过程中，母亲也是不可缺少的，通过和母亲的互动，孩子可以更好地学习如何与他人进行情感互动，这对于长期孤立于学校教育制度之外的赵铭尤其重要。

亲子感悟：

　　从这里，我们看到了学校在孩子社会化过程中的重要功能，在学校这个舞台上，可以让孩子更自然地学会人和人之间的沟通、互助、欣赏、鼓励……更多的人际间的情感传递，这对于以后要走入成人社会的孩子来说，是比学习成绩更加重要的。

现在社会上有很多"啃老族"，这些孩子在成年以后，因为无法适应社会人际，只能拿着高学历文凭躲在家里，吃着父母的辛苦钱。

在孩子成长的过程中，我们应该看重的是让他们学会健康地与社会接触，让他们在接触中学会人和人之间的交往与沟通，这样才能顺利实现孩子从"个体人"到"社会人"的角色转变

6. 《我是冠军》中的另类父子

2008年6月23日，湖南卫视举办《我是冠军》活动，邀请了12岁的赵铭和45岁赵雄。这对父子在整个节目中都表现得相当另类，赵铭无论谈吐还是思维，都显得早熟和理智，而父亲赵雄从头到尾都像一个理性的旁观者。从节目举办方来说，本意是要促进父母和子女之间的关系，但最后他们发现，这对父子的关系根本不需要促进，他们相互之间的了解要比任何人都深刻。

东江湖开场比赛残酷，自身体重又处劣势，赵铭父子与尤浩然母子却以较好的成绩完成比赛，大家兴奋不已

从比赛一开始，赵雄就用敏锐的目光，观察着身边的人。他看到有的父母对孩子嘘寒问暖，照顾得小心翼翼，他们的孩子通常都很虚弱，连20分钟都站不住。还有个妈妈对着镜头声嘶力竭，情绪很不稳定，只从自己的角度考虑问题，她的儿子也效仿，以自我为中心，甚至没有和人交往的能力。有个孩子跑来跟赵雄借笔，也不打招呼，就说："把笔给我用一下！"赵雄问："为什么？"孩子回答："我已经想好怎么写。"赵雄说："这不是理由。"后来，这孩子又来了，非常客气地说："叔叔，可以把你的笔借给我用一下吗？"赵雄这才借给了他。

赵雄说："孩子的这种状态，长大后是会到处碰壁的。他以为所有人都会像妈妈那样对待他，永远迁就他，但社会有社会的评价标准。妈妈平时对孩子保护得太多了。经常有些父母对孩子说：我一切都安排得好好的。这句话的潜台词其实是：我儿子什么都不会。这样孩子会反感，又会形成习惯，要求所有人都如此对待他。"

这对异常冷静的父子，终于登上了PK台。对于这个由对方组投票产生的结果，老爸赵雄显然很不满意，儿子赵铭则淡然相对。暴烈的阳光照在父子俩黝黑的皮肤上，对手是来自甘肃会宁、像胡杨一般坚韧顽强的李晓母子。比赛进行到三分之二的时候，"心手相牵"的同时，双方沙袋的重量不断在增加，已经到了极限的边缘。李晓和赵铭的手都在颤抖，这时，老爸赵雄问儿子："你还撑得住吗？撑不住就放弃算了。"儿子回答："再坚持一下。"

就在此时，一只黄蜂在李晓的身边盘旋，一只蚂蚁爬到了赵铭的手背上。"啪"的一下，赵铭的手松了，沙袋落在地上。赵铭淘汰，李晓胜出！老爸赵雄牵着儿子的手，各自背上背包，转身而去。他们的背景有些落寞，又有些冷淡。

回来的间隙，胡笑城走过来和赵铭拥抱。胡笑城是赵铭在这次比赛中唯一的同龄朋友，他非常羡慕赵铭的生活方式，主动和赵铭攀谈。一开始赵铭觉得和同龄人说不到一块儿去，也不想和胡笑城交流。后来他发现自己犯了主观上的错误。没有深入地了解他，就认为会合不来，这是不对的。最后，胡笑城又一次拥抱了赵铭，依依不舍地说："祝你一路快乐。"

旁边的人都认为赵铭不应该松手，而赵铭则认为：力气用多了没必要，力度的掌握很重要。他认为这个活动并不苦，而且很好玩儿。他看同龄人的眼光有些不同："这些小孩背景各不一样，物以类聚，人以群分。有的孩子觉得一个人玩没意思，要找个假想敌，组织投票就是针对我，理由也简单，我曾经用大人的口吻和他说话。而我和爸爸看得比较淡，我只是要参加一场比赛，获得一个了解他人的机会。"

赵铭似乎并没有把那些孩子放在眼里，他说话像成年人："有的孩子还不成熟，将来他会明白，这些做法都没太多意义。有人说我12岁过于早熟，其实人生每个层次都要经过，我只是提前经过，更快地经过。就比如进入一个村庄，我手上有一张地图，即使是老版地图，有总比没有好。就是说，先从理论上来理解，再从别人的实践中得到经验，然后再实践，这样成长更快。这和直接尝试的感受是不一样的。一开始不一定成功，但有地图，即使路很危险、有陷阱，因为建立在别人的经验之上，所以容易成功。他认为学校的教育有很多弊端，上学就是把一堆孩子放在教室里，听老师讲，沟通时间仅有几十分钟，而且沟通应该是相互的，而不应该是老师硬塞。"

对于这些在不同教育模式下成长的选手对他的另眼相看，赵铭似乎很平淡："我对他们没有什么看法，我们类型不同。爸爸提醒过我，说话一定要仔细考虑再说，要经得起时间的推敲。将来爸爸作为帮助者和协商伙伴，甚至精神上的赞助商，给我赞助的钱会越来越少，精神力量会越来越大。"

心理点评：

　　这对父子在《我是冠军》中显得与外界有些不协调：当其他父子因为没有过关懊悔时，因为被淘汰伤心时，这对父子似乎对什么都很冷谈。赵铭有着超乎寻常的理性思维，把他和同龄人推开得远远的，他不知道该如何同他们交谈，他只会用理性的头脑去分析周围的人，挑剔他们，所以我们惊人地发现，12岁的赵铭已经全部认同了父亲的观念。

　　看到这里，我们除了要赞叹赵铭的绝顶聪明，也会对他今后的成长有一丝悲凉。这种悲凉是父亲从小给儿子的，是儿子和社会的隔离，还有对外在世界的挑剔……似乎，我们看到了一对衣着华丽的父子，但在他们华丽外衣的里面，是否有着如常人般敏锐感知的心，能够和他人共情？

父子新关系：甲方乙方

　　赵雄和赵铭，这对绝版另类的父子，为父子之间创造了一种新关系：甲方和乙方。在记者的采访中，他们清晰地展现了各自的观点和理念。

采访赵铭

　　记者：平时爸爸对你提要求吗？

　　赵铭：他不能对我提要求，他不帮我负责，我是自己对自己负责，他不能提要求，只提建议，不能强迫我去做。

　　记者：网上有人评论你是中国最幸福的孩子，你怎么看？你觉得你和其他孩子有什么不同吗？除了不在学校上学。

　　赵铭：我们心理上不同，想事情的层面不同，我可能更成熟，而他们好像不太为自己以后着想，这个以后指的是几十年以后的终极目标。我理解我爸爸放养我的理念，很多爸爸妈妈为孩子设计一条路，可社会很快就变动变化了，路要自己走，所以我理解我父亲的想法。

　　记者：你觉得父亲为什么同意你离开学校？

飞天山亲子赛，赵氏父子顺利完成比赛，摆脱直接待定的命运

赵铭：爸爸是把生活的主动权交给了我自己。我们是朋友，爸爸是我身边一个重要的出主意的朋友，精神上的支持者。

记者：你的学习和别人最大的不同是什么？

赵铭：我在学习中可以赚到钱，自己处理钱。

记者（看了看赵铭脚上那双球鞋，不是名牌）：你喜欢名牌吗？

赵铭：鞋的本质是用来穿，用来保护脚的，太多的名牌只是加了个名字，很有必要吗，我不觉得。本质的东西很重要，比如手机，手机是用来通讯的，其他功能就不太重要了。

记者：你和爸爸有意见分歧怎么处理呢？比如这次参加节目。

赵铭：参加这个节目，我开始很拒绝，父亲提了个建议：参加节目是个蜕变，有个变化的机会也不错，可以观察别的同龄孩子怎么生活。如果你确定不参加，我也不勉强，听你的，但你一定要确定你决心已定。

记者：这么些年在家自学，其中，你的选择和变化好像很多？

赵铭：我自学有5年了，一退回来就还是画画、魔术、小提琴、房屋设计，尝试很多，也放弃很多，如果不试，永远有好奇心，这也是寻找自己真正爱好的一个途径。

爸爸教我一个办法：选择太多时，列个表。两个评判内容：你喜欢吗？大家评价你擅长吗？再做决定。当事情特别多的时候，列表必须做好的事情，效率很高。

记者：一直在家自学，有困难吗？

赵铭：如果真正喜欢就会接受挑战面对，很执着，有时候求助问别人，我觉得有偷懒的感觉。

记者：举个例子？

赵铭：比如小孩玩游戏，就非常奋进，不会求助别人。学习时老是想着问别人，实际上是对学习的东西没有兴趣。

记者：你对你的兴趣，比如说绘画怎么看？

赵铭：画画是我将来发展的方向和专业，我现在12岁，将来作为设计者，就必须有个文凭，而作为艺术家，这个拍门砖有点费时间，也不需要这个文凭，虽然付出会更多，钻研也苦，但喜欢才会快乐。

记者：你的意思是你选择追求艺术？

赵铭：这个问题我想了4个月，去河西看了一下，画室人山人海，下课时街道上人都走不动，仔细一看，画的水平也参差不齐，更多是为了弄个文凭，可见将来的设计者竞争会太多。艺术家是个艰难抉择，从现在开始追求就没有问题。

记者：会一直这样执着追求下去？

赵铭：对，肯定会。

记者：艺术追求很辛苦，以后怎么自己养活自己？

赵铭：天无绝人之路。

记者：你觉得你和姐姐都很另类吗？

赵铭：我们是以社会人的方式成长，不是无忧无虑的学生。学生在学校比什么？比手机，比衣服，比名牌。其实人是很聪明的，对自己负责，当他为自己考虑的时候，他会很慎重，很谨慎。

记者：你什么时候开始接受父亲对你的这种方式？

赵铭：原来不同意，不接受这个方式。外婆把我带到3岁，却带不住了，她每顿饭都事先问我想吃什么，后来，我点菜的手指都懒得伸出去，太溺爱了。爸爸就把我带回来了。

爸爸最聪明在于：理性，但不保守。不足就是：脾气有点急，不过现在慢慢磨出来了。

记者：你怎么形容你和父亲之间的关系？

赵铭：父亲是我的朋友和赞助商，精神上的。

东江湖轮胎阵，赵铭咬紧牙关，誓要完成比赛，直接晋级

采访赵雄

记者：你和孩子之间沟通多吗？

赵雄：我们经常长时间交流。有些亲子之间没任何交流，孩子把社会人都理解成他妈妈，容易碰壁。

记者：你儿子赵铭想搞艺术，你觉得这个容易成功吗？

赵雄：不用儿子证明我教育的成功，如果那样，不是为了儿子，而是为了自己的面子。儿子的幸福比一切都重要。

记者：你怎么理解儿子的幸福？

赵雄：儿子觉得在家里很幸福，我就尊重他，爷爷奶奶四个人都来和我争执。我就说："我的决定是从赵铭出发。"每天必须完成5个任务，他现在已经存了8000多元。

记者：您儿子手上好像戴了个戒指？

赵雄：他戴戒指我不放眼里，社会允许就戴，等社会不允许了他就会摘了。就像所有人下河游泳，早点先游一游，软着陆，成为游泳高手，比18岁再推入水里呛水，比硬着陆好得多，因为，终究要用社会标准来衡量。

记者：你不担心赵铭没有文凭未来会找不到工作吗？

赵雄在东江湖轮胎阵比赛开场

赵雄：不担心，找不找工作是对自己的责任和判断的问题。比如，收藏家协会就曾经对儿子的作品很满意，做成了杂志的封面。另一方面，在找工作上，竞争对手很重要。物以稀为贵，工业化教育培养出一模一样的人，找工作有困难，都是同质化的竞争，所以，有很多高材生学了很多东西，却没有一门赖以存活的本事。人才应该是为社会服务，现在学校教育和社会需求有脱节，才会有财会班、英语业余培训班、

厨师班等等的门庭若市。大家都走的路，看似很安全，其实很危险。大家都不走的路，看上去很危险、其实很安全。比如"台球王子"丁俊晖的人生选择。

举两个例子：有个浏阳的学生考上了香港大学，在过深圳海关之前，孩子突然失踪了！找了三天，才通过警方在网吧里找到。当时父亲非常惊讶，这个高材生却回答：我只是想自由地玩一下，不想有人管。还有个香港大学的高材生，读了博士却自杀了，是因为他害怕走出校门后，面临的生活压力，有恐惧感。这种对社会、家庭没有责任感和使命感的高材生实在太可悲。

记者：你不认为赵铭有些早熟、甚至不合群？

赵雄：这些天我看到了很多种亲子关系，活生生的版本和素材。因为野外生活两天比生活10年，更能了解一个人。我更偏重于让儿子观察、了解社会，我希望儿子成为观察者和思考者。合群并不很重要，也不是很有意义。有意义的幸福的生活，不是用琐碎和稀里糊涂填满的，而是按自己的想法，过自己想过的生活。比如我收藏雕花木板，我认为它就是古代历史的画卷，可以和古人对话，了解古人的所思所想。至于幸福感，这个比赛让我有点不舒服，我就离开，它就是个游戏。生命和人本身，才是第一位的。

心理点评：

从这段与记者的对话可以清楚地看到，赵雄因为受西方教育思想影响，在自己孩子的身上做了一个大胆尝试。就目前来看，在他为孩子设计的方案下，孩子具有了一些超过同龄人的明显优势。但与此同时，赵雄的"西方教育"也似乎走了极端——仅仅将外面的世界用"竞争淘汰"定义，却丢失了西方教育中的其他一些精华，如温情、鼓励等。

亲子感悟：

前不久休假回家，我带着侄子一起参观刚刚落成的西安大唐芙蓉园。刚进门的时候，一个三四岁大的蓝眼睛、黄头发男孩吸引了我的视线。这时，他突然重重摔了一跤，我下意识地要去扶他，旁边一个高大的美国男人温柔地蹲下来，用鼓励的语言告诉儿子"just try your self, you can!"（试着自己做，你能做到的）孩子在父亲的鼓励下站了起来，拍拍身上的土，继续向更远的地方跑去。

这个美国父亲并没有像我们中国父母，在孩子摔跤的时候急忙地把孩子扶起来，而是鼓励他自己站起来。同时不能忽略的是，孩子站起来的时候，他一直在旁边给予孩子温暖、坚定的鼓励，孩子站起来的力量是父亲传递给他的无限温暖的情感支持！

很显然，西方教育除了独自自主的理念，父母依然要对年幼的孩子倾注无限的情感支持。

成长讨论

对于赵雄的教育方法，我们既要拍手称赞，也应谨慎施行。

同很多其他家长一样，赵雄也面临了学校教育和自己教育的矛盾，以及该如何处理儿子一日三变的兴趣等问题。他对自己"投知商"的定位，外加"自己对自己负责"的社会大规则，让儿子赵铭不仅比同龄人更多更快地获得了书本知识，在绘画、营销、写作等方面的天赋也得到了挖掘和展露。

东江湖淘汰赛最后一关，赵铭用自己弱小的身躯托起发福的爸爸

赵雄曾经留学并对美国的教育方法推崇备至，当今人们最崇尚的三种特质是成功、富有和犹太人；犹太人是美国最富有的族群，他们认为家庭是教育孩子的主要机构，让孩子留在家里忙于功课，希冀通过父母的影响帮助孩子建立可靠的学习能力模式，并把追求高成就内化成孩子的本性或主观意识。赵雄的做法恰恰与犹太家长们有些不谋而合！

从另一个角度看，因为人不是孤立的个体，而是生活在社会之中，所以在对孩子施行个性化教育时，还要注意其社会化过程的培养，注意不要把"独立"变成"孤立"，"个性"变成"自闭"。

东江湖开场比赛，赵铭父子与尤浩然母子奋勇向前

现代社会里，每个人若要求得有价值的生存和发展，就必须充分发展个性，增强自主性。这种个性和自主性，除了要像赵雄父子那样努力地营造有利个性发展的家庭小空间，还要与群体意识、合作意识等结合在一起，才能在未来的社会里实现其最大的生存和发展价值。

一个人要成为社会的强者，首先就是要成为能够适应社会的人，这种适应不仅仅是智力上的能力，还是与外界情感的互动——即情商。一项调查告诉我们，一个人的成功，智商占到20%，情商占到80%。

疯子爸爸
和快乐儿子

身居美国的福建人赵利坚，曾经是一个严谨、传统的中国父亲，将大儿子培养成了曼哈顿的高级白领，却在小儿子出世后突然激发童心，变得"疯癫"起来，并誓要保护儿子的音乐创造力。

外人都认为赵杰伦是一个音乐天才，他却深知道自己的天才来自父亲的培养。他很喜欢父亲陪自己一起疯，一起听美国爵士音乐，一起跳街舞，一起到电视台参加比赛。他觉得父亲越活越年轻，已经越来越接近自己的年龄了。

父亲："我要做儿子的第一观众，称赞他好！给他自信！"

儿子："我觉得我爸第一很开放，第二很活泼，第三就是我觉得他的行为比他的年龄小20年。"

父亲对儿子孜孜不倦、全力以赴，儿子也很喜欢父亲，但由于儿子从小生活在美国，受到西方文化熏陶，已经不认同自己是一个中国人，这成了父亲的一块心病，他努力通过让儿子参加国内的电视节目来改变这一切。

16. 我爸爸是个疯子

"我爸爸是个疯子，我的朋友们都这么说，他怎么越活越年轻呢，我也不知道为什么？他三年前看上去老多了，现在越来越接近我的年龄了，哈哈。"11岁的赵杰伦摇晃着鸡冠一样的脑袋大笑着说。他背着一个行囊，挥舞着小手，两只脚像水银一样的活泼，看上去就像一只会跑的香蕉。

56岁的赵利坚很自然地勾着儿子的肩，那种亲昵劲看上去像是赵杰伦的同班同学，只是皱巴着的笑脸和略有些佝偻的背，才让他像个父亲。

医学上是这样形容疯子的：精神病患者的俗称。特征是不能自控，自我陶醉，脑中不断重复一些思想或意念，无法停止，或长期情绪高昂，过度活跃，自觉精力过人，对事物反应过敏。所以有这样一种说法：疯子皆是"智者"。

赵利坚不知道自己是不是"智者"，但和儿子在一起的时候，绝对是情绪高昂，过度活跃，精力过人。

"有次，我和朋友玩音乐，一兴奋起来爸爸在一旁开心得不得了，大喊大叫，蹦到桌子上，表演他了不得的中国功夫，还模仿迈克·杰克逊。"赵杰伦笑说。真不知道56岁的迈克·杰克逊会是什么模样？不过在赵杰伦的描叙中，绝对的疯狂。让赵杰伦更高兴的是爸爸和他一起跳街舞，在狂野的节奏中佝偻着背摇头晃脑。

2008年6月，这对父子参加湖南卫视《我是冠军》活动，比赛第一战——抢滩刚刚结束，父子俩就直接瘫倒在泥水坑里，因为实在太累了。转眼几分钟，父子俩又在泥坑里相互打闹起来，足足折腾了半个多小时，玩得一身是泥，直到编导催促他们："大家都走了，你俩打算今晚睡这里么？"父子俩才恋恋不舍地离开。

在"浑水摸鱼"的游戏中，这对父子的对话令人喷饭，那种认真似乎他们不是在做游戏，而是一同在拯救地球。

儿子：爸爸，你不要贪心。

爸爸：我们把手做成这个形状，能抓到更多的鱼！

爸爸疑惑地看看鱼篓：篓子里只能放鱼不能放石头吗？

儿子答道：鱼是活的呢！

儿子皱了皱眉头：一次拿三条，我拿不了，用嘴叼鱼回

赵杰伦父子与李晓在乌镇PK，为争取最后的晋级用尽全力

来可以吗？

爸爸弯下腰，很认真地回答：当然可以，不要说话！嘘——

"我觉得我爸第一很开放，第二很活泼，第三就是我觉得他的行为比他的年龄小20年。他像个小孩子一样，天天哈哈大笑，蹦蹦跳跳的样子。"赵杰伦对记者很认真地评价父亲。

"爸爸平时只和你玩，不太管你吗？" "不，我要管他，管他少喝啤酒。"赵杰伦一脸坏笑，很得意。

其实赵利坚原来也是一个很严谨的人。这位福建人1979年移民到美国，一开始开餐馆，后来通过维修房子并出租给别人开餐馆，靠收房租维持生活。他和太太是在美国认识的，她是国内80年代的第一批留学生，在餐馆洗盘子，赵利坚经常帮助她，后来两个人就在美国结婚了。

夫妻俩的第一个孩子出生时，赵利坚并没有这样"疯"，对儿子也相当严格。生活的压力令夫妻俩忙得几乎喘不过气来，对儿子也是很传统的期待，就像大多数的中国父母一样，希望他读博士，考医生、律师或者成为体面的商人，因此一放假就让大儿子去补习，后来这个儿子主修经济；毕业后进入了纽约曼哈顿的房地产公司，现在和他叔叔一起在做钻石生意。

45岁的时候，赵利坚有了第二个儿子赵杰伦。也许是生活的好转，也许是被小儿子感染，赵利坚开始有些"疯癫"起来，越活越小，似乎永远也没有烦恼。

心理点评：

快乐的父子关系，是来自父亲对儿子的极端认同和关爱。有这样一个父亲，小杰伦是幸福和幸运的。

赵爸爸之前是一个严谨的人，对大儿子相当严格，可为什么对小儿子却如此"疯狂"呢？

我们可以看到，杰伦是赵爸爸在45岁时生下的。45岁，即将结束中年迈入晚年，这时候的男性会开始对自己的"衰落"感到恐惧。"中年危机"感在潜意识里让他们开始"拒绝死亡"。为了对抗这种潜意识中的恐惧感，往往心理发展会出现大逆转。

此时小杰伦的出生，给父亲带来了生命的新生机。父亲和杰伦一起成长，一起玩。他对杰伦极端认同，儿子的成长就是自己的重新成长。此时的赵爸爸，把自己对生命再生的渴望通过杰伦来实现。

"疯"其实是赵爸爸在潜意识中想扭转"衰老"的一种行为。

2. 我不是天才

不过这一天赵利坚却烦恼起来，完全没有了平时的活泼，一脸烦躁不安，因为他费尽了口舌，也没有能说服妻子。

妻子一向很严肃，这位北师大的中文系毕业生虽然来美国多年，仍然很传统，就像大多数中国母亲一样，希望小儿子赵杰伦也能像大儿子一样，多读书，考医生或者律师，这样才会有社会地位。

然而小儿子在很小就表现出了惊人的音乐天赋，对音乐有着一种狂热的执着。妻子对儿子的这种爱好不大乐意，在她的印象中，艺术家多数是穷困的，她不希望自己的儿子将来也在街头拉提琴。赵利坚则认为，儿子的爱好应该被尊重，他试图说服妻子，夫妻二人闹得很不愉快。

赵利坚十分不舍地和朝夕相处的队友道别

赵利坚看了看儿子的房间，里面隐隐传来赵杰伦调试音乐的声音，他沉默了一会，走进卧室，对妻子说："不如这样，咱们先听一听，看我们的儿子到底有没有潜质？"

妻子白了他一眼，说："我不会去听。"随即扔下他自顾自出去了。赵利坚苦笑着摇一摇头：这个太太真是固执。

当天夜里，已经是12点多了，赵利坚一直睡不着，他看了看儿子的房间，里面还亮着灯，他沉思了一会，推醒妻子。

"你要干什么？这么晚了还不睡？"妻子打着哈欠。

"我们的儿子也没有睡，怎么样？我们偷偷地去听一听，你的儿子很棒的！"说话间拖着妻子就走。

妻子又好气又好笑，只得由他拉扯着来到了儿子的房门外。夫妻二人悄悄地推开门。

赵杰伦、赵利坚与队友挥手道别

8岁的赵杰伦已经在电脑前呆了三四个小时了，早在一年前，他就开始编曲了，现在他正在电脑上编他的第十支曲子，由于人太小，电脑有些高，他只能趴在那里，但他根本没有感觉到门外有人进来，只是反复地调试声音，一遍又一遍。

"他为了一个音，已经在那里呆了五个小时了。"从儿子房间里出来，赵利坚沉声对妻子说。

妻子愣了一愣，沉默了一下，点点头，说："那就随他吧。"

"你真可爱。"赵利坚一改这几天的沉默，顿时跳了起来，手舞足蹈地大嚷。妻子被他的兴奋吓了一跳，摇摇头，关上了门。反正从小儿子出生后，丈夫就变得疯疯癫癫的，好像小孩子一样，她已经见怪不怪了。

2006年，赵杰伦以美国赛区第1名的身份成功晋级中央电视台《全家总动员》决赛。在节目现场，他左手弹吉他，右手弹钢琴，演唱自己作词作曲的原创歌曲《Set me free》，博得了热烈掌声。这时候他已经有13首原创歌曲，正好9岁，与当年9岁开始写歌的周杰伦一样，被称为音乐小天才，号称"小杰伦"。

不过赵杰伦知道，这个世界上没有天才，他的天才很大程度来自那个"疯子"爸爸。

心理点评：

这里我们看到了一个父亲为捍卫儿子的兴趣而作出的努力。赵爸爸为了支持杰伦的音乐爱好，坚持不懈地说服妻子，引来和妻子之间的矛盾。

赵妈妈反对儿子玩音乐，她认为这不是成才的正道。幸运的是，小杰伦有父亲支持。赵爸爸为了支持孩子，积极努力地劝说妻子。

殊不知，赵爸爸现在正克服重重阻力，保护"重生的自己"快乐地成长。

亲子感悟：

在这里我想说，父母双方对孩子的教育问题发生分歧时，需要彼此都先放下自己原有的观念，要知道固定的思维模式不一定对一切事情都正确，僵化的教育观念在生活中需要不断调整，父母们不能被它所左右，而是要从孩子的实际情况出发，观察他的爱好，分析他的性格，从孩子身上找到适合他的教育方式。任何一种教育方式的最后主体都是孩子，所以需要从他的角度考虑，而不要犯许多父母都犯的经验主义错误。

正如小杰伦，从小就表现出对音乐的酷爱。8岁的他，可以为了调一个音在电脑前坐三四个小时，9岁时已经拥有自己的13首原创歌曲。这些都表明，杰伦可以成为音乐的主宰着。

3. 爸爸也喜欢美国流行音乐

第一个发现小杰伦音乐天赋的人，就是赵利坚。当时，赵杰伦刚生下来三个多月，爸爸把他放在水盆里洗澡，只要一开音乐，他就在水里面跟着音乐动。爸爸很奇怪：这孩子怎么跟着音乐动呢？后来把音乐关掉，小杰伦就不动了。再一开又动。爸爸当时就觉得，这个孩子的音乐细胞发达。

赵利坚第一次给儿子请的是一个教古典钢琴的中国老师，也是他的朋友。结果儿子对古典音乐没有一点感觉，因为他不喜欢看曲谱，老师给他谱，他坚决不看，只用耳朵去听，听完了去蒙，居然也能蒙着弹出来。

老师对此很不高兴，于是强迫赵杰伦每次做功课回家一定要看曲谱，但他回家就把谱扔在一边，然后把声音开在那里蒙，第2个星期去上学的时候，他假装把那个谱放在那儿，装模作样地看着谱在那里弹，虽然弹得很好，慢慢地还是被老师发现了，赵杰伦于是明确表达：我不喜欢那种音乐。赵利坚只好把儿子领回家，由此得罪了朋友。

赵利坚没有放弃，他在网络上给儿子到处找着，看什么音乐他比较喜欢，终于找到了爵士音乐，这个不需要曲谱，只靠感觉。随即赵利坚给儿子请了个爵士老师，从那时候起，赵杰伦一直喜欢这种音乐，从7岁的时候就开始编曲了。

虽然得罪了自己的中国朋友，赵利坚仍然很高兴自己的决定："我知道小孩的创造力是最珍贵的东西，我在西方呆得久，西方人学东西没有中国人这么容易，中国人都很聪明。但是为什么大的成就都让西方人发现了呢？我自己就总结了一点，西方人不管大人小孩，都非常保护他的创造力，国人的风气就是你有好的大家都来赞美你，然后我学了这一点，觉得赵杰伦这样的孩子不能用中国的方式来培养，不能磨灭他的创造力，可能他技术很好，创造性却没有，我最担心的就是这一点。我认为技术是第二位的，创造力最重要。我要保证他是在玩的状态下创造音乐。"

赵利坚的疯癫是随着儿子喜欢上爵士音乐开始的。"要孩子喜欢，首先自己必须喜欢。杰伦有音乐天分，我一窍不通，开始时就装，时间一长，就自己培养出感觉来了。我们那个年代以前是听邓丽君，现在车里的碟都是美国摇滚RAP

赵杰伦、赵利坚父子搞怪的表情

和爵士乐，他唱我也跟着学，儿子就很奇怪，你怎么也喜欢这个呀？事实上我已经开始真的喜欢美国的流行音乐了！"赵利坚说。

56岁的他积极地陪着儿子一起跳街舞："我也假装会跳啊，我一跳他兴趣就来了。就在房间里面跳。他自己在外面也会跳，但尽量在家里面跳。"

"年轻人做音乐，如果没有人陪着他，可能就会放弃，而搞音乐又好玩又陶冶情操，最主要的是，我要做儿子的第一观众，称赞他好！给他自信！"

不过有时候，父亲也很恼火。

因为他实在看不下去了，儿子把音乐用到了接近SEX的感觉，他在一旁干着急，但是他会转弯，于是说："哦，宝贝，能够很前卫很大胆的尝试，很好，但是好像不是太适合现在的你哦，我看你做那个更好，比如把中国的传统民歌《浏阳河》改成摇滚乐，这可是全世界都没有人敢做的事情，哈哈！"

"当时千万不能说，这个不好，是成年人的音乐，这样他会更好奇。"赵利坚说。

而小杰伦一想：有道理呀。于是认真地转而埋头改编起《浏阳河》来。

因为平时请老师很贵，每次父子俩背着吉他从老师家回来的时候，爸爸就说："花钱买了比萨回来是要吃到肚子里的，交给老师的钱，咱们也要在老师那儿把东西抓紧学回来！"

小杰伦觉得很在理，很认真地点头。这样的惯性认识造成的严重后果就是，小杰伦认为：不要交钱学习的老师，肯定不够棒。他就不学了。交了钱的老师，他就会学得非常认真。

心理点评：

"爸爸也喜欢美国音乐"，在小杰伦单纯的眼里，他不知道爸爸的喜欢背后所包含的意思。

赵爸爸为了培养儿子的音乐天赋，四处求助，极力保护儿子的创造力。为了培养儿子的浓厚兴趣，赵爸爸首先培养自己的兴趣。正如他所说，"要让孩子喜欢，必须自己先喜欢"，赵爸爸就这样爱上了美国音乐。

赵利坚的确是一个好爸爸。

他培养和教育孩子的方式，是首先和孩子取得认同，认同感会让赵爸爸亲身感受到儿子的音乐世界，给予儿子支持和鼓励。这样，杰伦接受了父亲对他的选择。

当然，在儿子成长的道路上，常常都会有岔路干扰，赵爸爸也懂得如何用孩子能够接受的语言使杰伦仍然坚持自己的梦想。

这给我们很多父母上了一堂很好的教育课。当我们和孩子的观念发生冲突时，父母应该学会用对方的眼睛来观察和思考，才会发现孩子是正确的！

4. 爸爸 不准我看电视

父子俩就这样疯疯癫癫、打打闹闹地过了几年，赵杰伦渐渐长大，赵利坚新的烦恼又来了。

赵利坚自己不看电视，也不让儿子看电视，因为美国的电视相当暴力，他担心对小杰伦影响不好，对成长有害。

这一天，他发现小杰伦看暴力片看得津津有味，就对儿子说："嘿，想看卡通电影吗？这个片子真恐怖我有点怕，如果你愿意陪我看卡通电影的话，我很乐意。"说完就拿起夹克，转身准备出门上街。

一听说看卡通电影，小杰伦立马从沙发里蹦了起来："老爸等等我！"

老爸随即说："既然我们都喜欢看电影，不喜欢电视，那我们就把电视机扔了吧。"

杰伦一时兴起，说："好呀。"

话音刚落，儿子还没有反应过来，老爸三步并作两步走到电视机前，抱起电视，一甩劲扔出了一个漂亮的抛物线，"砰"地一声落在垃圾箱里，摔得粉碎。

一连大半个月，赵利坚每天带着儿子疯狂地收集电影预告信息，两个人每天讨论着哪里有好看的电影，跑遍了大半个纽约市的电影院。随后他们买了一大堆优质的DVD回家看，转移他的兴趣。

同时赵利坚和杰伦协商，确定每天半个小时上网读新闻，了解外面世界的变化。家里没有了电视机，赵利坚也从来不看电视，慢慢地，杰伦也就习惯了。

事后，赵利坚的解释是："精神粮食不能随便让孩子吃，要控制和选择好，而且还要让他喜欢吃，比如看比较优秀的电影。"

对于杰伦的古怪穿着，赵利坚从来不去阻挡他，带儿子买衣服的时候都让他自己挑，自己挑自己喜欢的，愿意怎么穿都没关系。"街头文化，发型不能代表小孩的好与坏，穿着并不重要，多学习知识文化、技巧最重要。"赵利坚说。

虽然赵杰伦对爵士音乐非常喜欢，孩子终究是孩子，也会有贪玩的时候。

一次赵利坚发现了一个非常优秀的爵士乐老师，就带着

赵杰伦父子通力合作过独木桥

天生的乐天派，造就赵杰伦父子无论身处什么样的窘境，都开心如故

儿子去听老师讲课，但儿子觉得那个老师太严厉了，有些受不了。

这天下午该上爵士乐课了，儿子却没有去上课的意思，赵利坚很快发现了，连忙说："今天咱们不上课了，去看电影吃牛排去。"

听到这个声音，杰伦一跃而起："现在就走！"就这样，一个嬉皮士拉着一个小嬉皮士一路狂奔进了电影院。随后又去吃牛排。

吃足看饱之后，老爸摸着儿子的鸡冠头说："吃了牛排，看了电影，老爸对你够 NICE 吧，那你得对我好一点呀。说实话，那个老师很不错，虽然严厉，但可以学到真本事！"

"小鸡冠"抓了抓他那毛绒绒的脑袋，无奈地说："好吧，我再试试。"

亲子感悟：

赵爸爸对儿子的教育可以说是非常用心，在许多细节上非常巧妙地处理了很多矛盾，这比我们有些父母自己还没深入调查研究，对孩子的需求根本不了解，就简单草率地处理问题要好得多。要不就明令禁止、训斥打骂，要不就任其发展、不管不问，这样既不能很好地引导孩子，也极大地伤害了亲子感情。

其实，帮助孩子建立起规则和界限是非常重要的。父母如果在建立规则的过程中，能够以身作则，这就是最好的榜样！

5. 我成了小明星

2006 年，美国的夏天非常热，有个广告特别吸引人——《全家总动员》要在美国设一个赛区，赢了就可以免费在中国旅游一个月。这时的赵爸爸正想带儿子回中国，于是鼓动从没有参加过比赛的儿子说：你去试试吧，说不定能赢呢！结果，赵杰伦拿到美国赛区第一名，中央电视台让他们免费在中国呆了两个月。

当时全家人高兴得快疯了，因为节目要求的不仅是杰伦一个人，而是父母都得上电视。一家人在家里捣鼓了很久，绞尽脑汁地想，怎样才既有创意又能体现一家人的和谐呢？赵利坚想到，外星人是最神秘又最可爱的人，如果把自己装成一个机器人，全身涂成银灰色，小杰伦编一个曲子，现场一起弹奏，妈妈一起唱，这个效果应该很有意思。

老爸把想法一说，妈妈和儿子都大呼有趣，结果当天晚上就在家里把老爸按在地上，刷成了银灰色。

这场比赛还不止一个节目，一家人又搞了个新创意，表现全家人的合作精神。杰伦右手弹键盘，左手弹吉他，爸爸妈妈在一旁狂舞配合，最后得到了评委的最高分。

杰伦至今还记得第一次上台时的情景："我表演之前肚子疼啊，就是特别紧张，上台之后我的心跳好快，而且我中文不好，主持人说什么我都听不懂，一开始我以为我输了呢。我还说'No problem'，下次再比。他们却宣布我是冠军。"

2007年，赵利坚带着小杰伦回到中国，赵爸爸想帮儿子组织个乐队，就邀上2006年参加《全家总动员》时的两个山东孩子，杰伦是吉他手，有个女孩唱歌，还有个鼓手。他们疯狂地看网络上那些乐队的视频，虽然年纪差不多，有时候会吵起来，但大家为了共同的梦想，一直努力坚持了半年多，后来杰伦父子的签证到期要回去了，乐队就解散了。

赵杰伦神情专注地堆啤酒罐

回到美国后，为了让儿子尽早登上中国音乐明星的舞台，父亲对他的训练异常严厉，甚至有点"残酷"。杰伦早上练跳舞，白天练吉他、键盘、声乐和学中文。练得非常辛苦，手也弹破了，可他从来没有放弃，不过练到五个月以后，手起茧了，就不痛了。

赵利坚觉得，儿子会写歌，会作曲，还会自己弹奏、演唱，如果自己不制作，让另外的人来经手的话，儿子会很不舒服，所以他花了两万美元，给儿子买了制作音乐的全套设备，包括软件、硬件以及键盘。

有了专业的设备，杰伦成长得相当快。2008年3月，美国有线电视邀请小杰伦上台演唱。就他一个人的演唱整个晚上足足播放了半个小时。4月，赵杰伦接到联合国的演出邀请，随后父子接受了联合国电台的专访。在这个演出中，并不太懂中文的杰伦，现场把《浏阳河》改成了爵士版，把《东方红》改成了摇滚版，引起全场轰动。

心理点评：

父亲的全力支持，让杰伦一家获得了成功，这时候母亲也加入到杰伦父子的队伍中。

在这里我们看到，在杰伦的成长过程中，爸爸倾注了自己所有的爱和培育，几乎"霸占"了儿子，妈妈却似乎和这对父子的关系很远。妈妈在孩子成长的过程中，主要承担着与孩子进行情感沟通的功能,孩子通过和妈妈之间的一系列互动,可以使得自己对外在世界的情感表达不断丰富起来。

亲子感悟:

　　和妈妈的互动,对孩子成年以后建立亲密感起着至关重要的作用,杰伦的世界里却似乎很少看到妈妈的身影,这有可能会让他在成年以后,很难和身边的人建立起亲密的情感。在他的人际圈里,也许都是泛泛之交,而没有一个至深的情感;我们可以更大胆地猜想,杰伦从小几乎都是和父亲打交道,母亲的忽视也许会影响他以后和异性之间的情感交往。

 6. 爸爸要我做中国人

　　虽然儿子够乖了,赵利坚却一直有一个心病。他感觉到西方文化对儿子的影响太深了,孩子又太小,他无法跟他直接讨论这个问题。

　　很多时候,小杰伦很骄傲地对父亲说:"我可以竞选美国总统,你不能,因为我是美国人!"这令他极为烦恼。甚至在赵利坚的内心深处,也认为儿子是美国人,而他是中国人。

　　"儿子不希望我们当着别人的面讲他,这是典型的美国式想法。不希望当着别人面夸奖他好或者不好,他们有隐私感。"赵利坚说。

　　平时在家里,只要杰伦来了同学,赵利坚就会悄悄溜走。这叫杰伦很想不通,这么好玩的老爸,怎么会怕自己的同学。

　　赵利坚解释说:"就算是把他上电视比赛的碟放给好朋友看,他也不愿意,认为这是他个人的隐私,所以多余的我就逃走了。这也是对他的一种尊重。"

　　赵利坚一直在试图改变儿子这种深厚的美国烙印,他特意办了一年多次的签证,每四个月签一次,这样可以带儿子经常回中国。鼓动参加《全家总动员》,最初的想法也是因为赢了就可以免费在中国旅游一个月。赵利坚担心,华人在国外的地位有些还不如黑人,儿子在那边发展,最后可能发展不下去。但是多年努力,赵利坚一直没什么成效,一直到这次父子参加《我是冠军》节目。

　　在荒岛求生的日子里,杰伦因为习惯了在美国的饮食习惯,吃的不是麦当劳就是比萨,于是每天都拖着爸爸的衣角哼哼:"我要吃麦当劳!"实在憋急了，就对着导演喊："有麦当劳吗？"

爸爸把11岁的儿子拉到一边："集体活动很重要，不能太特殊，如果每个人都有特别的要求，这么多人，导演怎么做？"

小杰伦急得带着哭腔："我和这里的孩子不同哦，我在美国吃麦当劳比萨长大的，我知道你们觉得那些是垃圾食品，可别的东西我吃不了，我活不了命。"

爸爸温柔地安抚他："这里有意大利人、新疆人，他们也要活命，比赛以后就有麦当劳吃了，咱们试试中国的美食吧。"

因为几乎得不到肯定的答案，杰伦耷拉着他的鸡冠脑袋，很懊恼地绝食了一天。

在第二天轮胎阵艰难的爬行中，已经精疲力竭的儿子哭了："爸爸，我想吃麦当劳，没有麦当劳我会死的！我们退出吧！"

赵爸爸一脸严肃："儿子，不能放弃，我们姓赵的绝不能输！"

最后，父亲一次次地扶着小杰伦爬过轮胎，"very very good. good job."老爸一直鼓励儿子顽强坚持下去，最后父子俩顺利过关。

儿子告诉记者："我老爸一说我good，我浑身就很舒服，很爽的感觉！"

老爸却说："他爬得像老鼠一样，窜来窜去的。可惜我的裤子没穿好，穿的是那种嘻哈的裤子，不适合这种活动，老掉下来，老往下掉，怪不好意思的。因为是比赛向前冲的精神，我既然来了，就要往前走，使劲地比，我跟杰伦经常说，我们参加比赛就要把它做得最好，把自己最好的一面展示在人家面前，我们这种性格的人，平时都不放弃，这次绝对不会放弃。"

就在老爸这样一再的坚持下，申请麦当劳无望的小杰伦突然发现，荒岛上远远飘来的其他选手做的饭菜似乎特别香，不由自主地凑了过去。原来，有人在湖里抓到鱼了，正在做青椒煮鱼，香味四溢，闻着都让人受不了。

"这样的美味不吃真是浪费！"从那天开始，小杰伦不仅开始吃水煮鱼，还能吃以前从来不沾边的肥猪肉了，最有意思的是，他每顿还能吃上三大碗米饭。

爸爸高兴极了，见人就偷偷地笑着说："这个活动太好了。宁可晒黑变瘦也没关系，太棒了！我儿子能吃中国菜了。

单纯的傅翔与赵杰伦在比赛中结下了深厚的友谊，分别时依依不舍

分别时，赵杰伦安慰自己的好伙伴，他自己没有哭，他不希望队友看到自己难过的样子

哈哈！"

不过令赵利坚更高兴的是，在比赛结束离开的前一天，"杰伦他给我做了一顿中国饭，虽然只是一碗蛋肉炒饭，虽然我平时很少吃肉食，但我觉得那碗饭美极了，太好吃了，这是儿子11年来的第一次，而且做的还是中国菜。"

心理点评：

因为《我是冠军》的这次比赛，赵爸爸意外改变了儿子不吃中国菜的习惯，并且也开始接受中国文化。这些"意外"都是必然。

赵爸爸从小就尊重儿子的兴趣和爱好，在很多事情上都给了儿子包容和理解，使得儿子深深地感受到父亲对自己的尊重和爱。当父亲把自己的"想让他成为中国人"的意愿强加给杰伦时，他接受到的是父亲内心深处爱的情结，他必然会成为父亲希望的承载者，这包含的是相互认同的强大动力。

亲子感悟：

每个儿子都知道父亲希望自己成为一个什么样的人，但常常只是知道而不愿意迈出改变的脚步。这时候，父亲如果能够在尊重儿子习惯的基础上，让儿子深刻地去体会，用自己的内心真切地去感受，往往就会收获很多的惊喜。

"成为父亲想让我成为的人"，这是很多儿子的心声，他们的一生都在完成父亲对他的期待和认同！

成长讨论

随着中西文化交流不断加深，很多家庭、很多父母都会考虑接受西方式的教育理念，积极地保护孩子的独特性和创造力。

另一方面，我们生活在一个中式的文化环境中，这种选择不仅会让自己比别人承受更多社会压力，还会缺少让这种创造型人才脱颖而出的社会机制，这种教育方式能否成功、前景如何，都并不可知。

小杰伦很幸运，他的爸爸已45岁了，经济状况也比较稳定。这时候的赵爸爸，已经有足够定力和能力支持杰伦走上一条不同寻常的音乐道路。

小杰伦的成长过程中，赵爸爸毫不吝啬地支持他、欣赏他、尊重他，给予他勇往直前探索世界的勇气和信心，所以即使天塌下来了，他也觉得一定会有爸爸帮自己顶着。杰伦有了这样的情感支持，可以比一般孩子更大胆地发挥自己的创造性，用自己纯净的心感受和呈现世界。

　　作为父母，在尝试将西方式教育理念引入自己家庭时，我们既要保护孩子的原始创造力，因为创造力会给孩子插上探索世界的翅膀；另一方面，也要积极地让孩子更好地适应周边环境和社会对他的评价，这是形成正确自我印象的关键。

赵杰伦与孔小龙依依惜别

美女作家的
母女战争

　　顾文艳对母亲一直有一种潜意识的憎恨。这位被某网站评为中国90后十大作家第六位的天才少女作家坦承："文章中恶毒的老女人的原型就是我妈。"对母亲的憎恨和厌恶甚至成为她创作的动力。

　　但母亲顾扣玲似乎并没有意识到这一点。她一直固执地用自己特有的方式来表述某种"爱"，就像现在大多数中国母亲所做的一样，她们无法看清自己的儿女们真正需要的是什么，只是自己以为他们应该需要什么，于是把他们当成了一个无比坚韧的弹簧，用爱的借口不停地施加压力，当这个弹簧无法承受时，就会弹射出来，把施压者射得头破血流。

　　不过更令人悲哀的是，心碎的母亲却不知道自己究竟错在哪里，她彷徨、迷茫，羡慕别人家的女儿钻到妈妈怀里撒娇，自己的女儿对她却像仇人一样。在这一刻，顾扣玲流泪了。

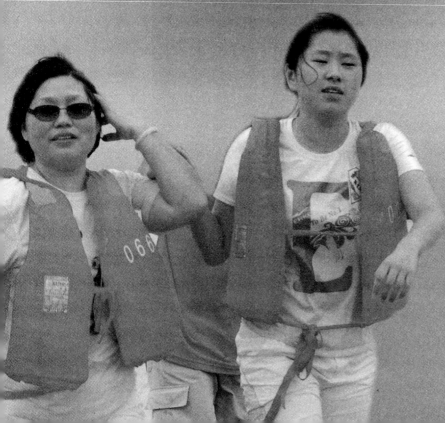

16. 十年付出
换得古刹青灯

顾扣玲在峨眉山的一座寺庙前徘徊，阳光从翠绿的松叶间透进来，在山门的长石阶上闪出斑驳的光影，四处寂静一片。

这是她走过的第七处寺庙了，每到一座寺庙，她就这样停了下来，每一次她都想走进去，从此青灯古佛也就再没有了烦恼，但她每一次都在犹豫着，没有走进去。她不知道自己还有什么放不下，还有什么舍不得，还在留恋什么，然而她总是在走近山门的一刹那，就会下意识地停下脚步，心底里感觉到一种钻心的痛，痛得刻骨铭心，痛得撕心裂肺。

1991年，顾扣玲已经36岁了，这位极其好强的女人本以为自己这辈子都不会再有孩子，但顾文艳的出生令她喜极而泣。

事实上她本该早就做母亲的了。顾扣玲在高中毕业后就参加了工作，她一直为自己不能上大学而遗憾，结婚之后，随即报考了当地的广播电视大学，她白天上班，晚上去培训班上课，那时她已经有孕在身了，但是根本没有放在心上，还是起早贪黑，来回奔波，就在参加考试的前两天，她意外流产了。在床上躺了两天后，顾扣玲挣扎起来，不顾家人劝阻咬牙参加了考试，那天正下着大雨，受了风寒，回来之后顾扣玲就病倒了。由此落下了病根，一直到36岁才有了顾文艳。

这个在几乎绝望之后意外出生的女儿就成了她的一切，"女儿是我全部的希望，我拼了命也要培养她。"顾扣玲说。在女儿出生的那一刻起，她就把自己的人生当作一滴露珠，女儿则是阳光，这滴露珠所有的光彩都是为了反射阳光，她为了女儿的希望而希望，为了女儿的梦想而梦想。

这十多年来，顾扣玲几乎把所有的一切都给了女儿，为了这个女儿，她放弃了所有的爱好，用自己能够挤出的所有时间来陪女儿，她甚至放弃了自我。但她到现在也没有想明白，这种毫无保留的爱最后得到的却是丈夫的怒骂和女儿的怨恨。

她实在无法忘却那一天，为了女儿顾扣玲和丈夫大吵起来，丈夫对着她大吼：你这女人太狠了，她到底是不是你亲生的？更令她痛心的是，顾文艳这时也在旁边帮着爸爸的腔，在这一刻，她几乎绝望了，她无法理解，丈夫不能理解也就算了，女儿居然也和自己怒目相对。她实在很疑惑，爱如何会获得恨？无私的给予和付出最后只得到了厌恶。她不知道去问谁，也许问了也没有答案，她从家里毫不犹豫地走了出来，在那一刻，身后的家没有一丝值得她留恋。

但她不知道去哪里，甚至不知道自己怎么会踏上峨眉山，她一直在这些古刹和幽林之间徘徊、寻觅，她不知道自己在寻找什么，也许是某种慰藉，或者是某种寄托，还有某种希望，甚至是某种自欺欺人的理由。

但她什么也没有得到，她在山上的一间尼姑庵旁边住了下来，一住就是半个月，漫无目的地在山上四处游荡着。最后她还是舍不下丈夫和女儿，她踏上回家的路，不过她不知道，更令她痛心的还在后头。

心理点评：

36岁的妈妈，放弃自己的所有去守护上帝送给自己的最好"礼物"——女儿顾文艳。妈妈为女儿付出很多很多，也让女儿无形中背负起太过沉重的爱；这种爱，更多的是母亲自我满足的爱。

亲子感悟：

父母对孩子的爱，很多时候是一种父母对自我的满足。

我们大院里有很多孩子，每逢周末，就被父母硬拉着去上各种各样的兴趣班。父母们也放弃他们的周末，从早到晚陪着孩子"学习"。在路上碰见他们，爸爸妈妈们会骄傲地炫耀他们的孩子，钢琴过了7级，小提琴过了4级，珠心算拿了第一，英语参加了竞赛……再低头看看孩子，却似乎被爸爸妈妈的爱压得直不起身子了。

父母很少了解孩子内心的真实需要，而是要求孩子不断满足他们的需要。在父母的脑海里，往往会认为"我挑选的就是孩子需要的"，孩子被强迫服从让父母们心里踏实很多。更多的情况是，想当医生的妈妈会替孩子选择学医，没有当过兵的父亲会让儿子完成自己的心愿……

父母的这种爱，会成长出两种孩子：

一种是，孩子从小就学会迎合父母的要求，而关注不到属于自己内心的需求，这让孩子在成年之后丧失主动感和自发感，只一味迎合别人。

另一种是物极必反。孩子的自我总得不到满足，当他长大成人后，会以一种极端反抗的形式对抗来自父母的要求。

2. 悄然回家
女儿哭泣抗拒

2007年9月5日，有媒体如此报道："'少年作家'、'文坛新锐'这些过往

用来形容'80后'作家的词语，如今要易位了。日前，中国经济网公布中国90后十大少年作家排名，让人们领略了这股文坛新势力。"

在这个"中国90后十大少年作家排名"的第六位赫然就是16岁的顾文艳，百度上对她是这样介绍的："中国少年作家协会会员。曾经获得第四届、第五届、第六届'中国少年作家杯'全国征文大赛一等奖，作品收录于各种文集，出版了散文集。其文字比较柔美，但缺乏刚劲，但难得一个女孩子能写出这类作品，并能入选张天芒选的美少女作家丛书。"

在这个排行榜上，排第四和第五的都是90后才华横溢的人物，报道说，"第四名：阳阳，1994年出生。代表作长篇小说《时光魔琴》，因为这部小说获得120万元的稿费而奠定了不可动摇的地位。第五名：李军洋，1990年出生。代表作长篇小说《一路向北》。被称为'90后文字第一精灵'"。顾文艳能够名列第六，其文学功底可见一斑。

对于母亲顾扣玲来说，顾文艳能够有这样的成就足以令她自豪，甚至可以说没有顾扣玲的含辛茹苦和牺牲，也就没有顾文艳现在的成就，但当母亲在伤心之余离家出走，流连在峨眉山半个多月，甚至一度有出家的念头时，顾文艳却为母亲的离开感到一种舒畅。

没有人知道这个时候的顾文艳在想什么，也没有人知道这时候顾文艳的感觉，顾扣玲只知道，她回到杭州的家里，最后得到的是更令她心痛的被厌恶和被怨恨。

家里静悄悄的，丈夫和女儿都不在家，她默然坐在沙发上，从来没有如此热切地想见到丈夫和女儿，她希望这时候有人来安慰自己，哪怕一句话，一个简单的眼神。她不停地看向窗外，终于，她听到了顾文艳和丈夫的笑声，女儿的笑声清脆而悦耳，他们在唱着歌，歌声欢快，她不觉有些失落，至少她以为，自己出去半个月，女儿和丈夫可能会因为想她而过得不开心，谁知她们好像竟然很开心。她推开门走到外屋，顾文艳一看到她就哭了，顾扣玲感到一阵欣慰：原来女儿还是想自己的。

但过后顾扣玲很快愣住了，她问顾文艳："你那么久没见妈妈了，为什么看到妈妈就哭了？"顾文艳却抽抽嗒嗒地说："我不要你回来，你回来了，又要管我们了。"

顾扣玲最后只有一声苦笑。

心理点评：

在顾扣玲精心培育下，女儿的确显示出了非比寻常的写作才华。但与此同时，她没有一刻不想挣脱妈妈爱的包裹。母亲伤心地离开，没有引得顾文艳的挂念，反而让她感到很轻松，当她大口呼吸、自由享受的时候，母亲按捺不住对女儿的思念，重新出现在她面前，再次让顾文艳感到噩梦般的恐惧。

母亲顾扣玲的失败在于：扼杀了真正的"顾文艳"，培养出来的只是"小顾扣玲"。这里面的意义，就是母亲把自己的重生全部压在了女儿身上。

3. 高压扼杀
女儿童年乐趣

和中国大多数90后出生的一代一样，顾文艳的童年被各种培训班塞满了。顾扣玲也许隐隐意识到，孩子这样小就给她施加如此大的压力，也许根本难以承受，但看到所有的同事、朋友以及邻居不停地把孩子送进各种培训班，她心里就急得慌，何况这个孩子得来如此不易，早在顾文艳出生的那一刻，顾扣玲就下了决心，一定要尽自己最大的能力把顾文艳培养成才。

顾文艳刚3岁，顾扣玲就把女儿送去学武术，顾文艳的表现和一般正常的小孩没有什么两样，开始相当新奇，学得很起劲，练得像模像样，不过很快就厌烦了，她开始哭闹，不去上学，顾扣玲的想法很简单：这小孩，怎么这样没耐心。于是每天"押"着女儿继续去练习。

这一练就是五年，同时，顾扣玲还帮小文艳报了英语班，她看小文艳在学习的时候老是动来动去，难以静下心来，为了培养她的耐心，顾扣玲又帮文艳联系了二胡老师，每个星期天去上课，平时就在家练习。一来二去，小文艳所有的时间都被这些培训班填满了。

小文艳觉得越来越厌烦，她不喜欢武术，不喜欢英语，更不喜欢拉二胡，她觉得母亲把世界上所有她讨厌的东西都硬塞给了她。她学什么都不用心，学琴的教室设在一楼，房间有窗户，小文艳背对着窗户练琴，外面一有人走过她就回头看，顾扣玲只好想个办法，把老师家的窗户全贴上纸。

很快问题又来了，母亲一不在小文艳就跟老师对着干，老师指出文艳拉错的地方，她却坚持自己的是对的，老师无法，只得打电话给顾扣玲：你女儿我教不了了。顾扣玲听了以后又是道歉，又是忙着骂女儿，自那以后，每次女儿上课她都在场盯着。

虽然没有妈妈的支撑，但顾文艳信念坚定，面对残酷比赛无所畏惧

但文艳对二胡越来越厌恶，妈妈要她在房间练拉二胡，自己到另外的房间做事，文艳就会一边拉二胡一边看电视，后来很快被妈妈发现了，于是电视给搬了出去，文艳就把琴谱换成《哈里波特》，一边看一边拉二胡。顾扣玲每次发现之后，总是狠骂小文艳一顿。

不过小文艳总是有办法去躲避这种练习，有次她感冒了肚子痛，顾扣玲给她吃了药之后就要她在家休息，不用去练了。自此以后，文艳就经常装病，不是这里痛，就是那里不舒服，弄得顾扣玲一直担心不已：怎么孩子的身子骨这么弱？

多次的失败，并没有让顾文艳产生任何放弃的念头

与顾扣玲相反，丈夫从来都不要求女儿做什么，他只是简单地关心女儿的生活，女儿想吃什么，爸爸总是想方设法给女儿做，女儿要什么他也总是尽量满足她。丈夫看不惯顾扣玲的严格，顾扣玲也不满丈夫对女儿一味的溺爱，两人为此经常吵架、打冷战。

小文艳越来越讨厌母亲，在家里她和爸爸联合起来跟妈妈做对，在外面经常跟人讲妈妈的坏话，几经传递，又传回顾扣玲的耳中，顾扣玲生气又伤心。但她固执地认为自己那样做是对女儿的爱，终有一天她会明白的。

心理点评：

"哪里有压迫，哪里就有反抗"，母亲的高压之下，换来的是小文艳从小的叛逆和反抗。

她把这种反抗指向了所有压抑她的人，老师就是妈妈的代言人。她通过直接反抗老师表达了自己对妈妈的对抗。但这非但没有让顾扣玲思考自己的方式，换来的是更狠的打骂。面对妈妈的高压，文艳硬的不行只好来软的。她开始隔三差五地生病，折腾得妈妈精疲力竭。

亲子感悟：

在这我们再次讨论一下对孩子的教育方式。

孩子由于爱玩的天性，家长在培养孩子的过程中，既不能放之不管，但也不能强权压制。在培养孩子的兴趣时，要注意方式方法：

1. 尊重孩子的发展特点，善于利用多变的奖励手段。幼儿专注性的培养是一个逐渐发展的过程，在这个阶段，要合理利用奖励手段，强化正面刺激，更好地建立孩子的专注性。

2. 培养孩子的时候，切勿采用专制手段。父母对孩子若常常采用压制和训斥的方式，这种教养方式下的幼儿要么缺乏主动性和积极性，不善于交际，容易胆怯和自卑；要么极端叛逆和不服从管理。

一个粗暴的父亲，家里有两个孩子，大儿子十分顺从，处处听从父亲的支配；小儿子却极端反叛，时时刻刻和父亲对抗。这让父亲很疑惑，他不知道为什么自己可以培养出如此听话的儿子，对小儿子却失去了效果。殊不知，在他的专制下，两种极端的孩子都出现在他家里了。顾扣玲对女儿专制强压，长期采用这种教育方式，女儿顾文艳很可能会变得和这位父亲的小儿子一样，极端对抗叛逆。

沉浸虚幻世界
崭露写作天赋

三个学习班并不能填满顾扣玲对女儿的期望，在上幼儿园的时候，老师要求小朋友们自己说事情，由家长记录。顾扣玲惊喜地发现女儿想象力相当丰富，有灵气，于是又有了打算：培养女儿向写作的方面发展。

小文艳才学会拼音，顾扣玲就开始要求女儿写日记。小学二年级直接把她送去了写作班，这时顾文艳对这些培训更为厌恶，无数次的抗争之后，只能默默忍受，由此她开始痛恨母亲，这个不到10岁的小女孩四处寻求一种发泄的途径，期望达到心理平衡，很快她找到了。她用母亲为原型，描绘一个凶神恶煞的老巫婆，逼着孩子做这做那，在文章里她极尽讽刺，以此发泄对母亲的强烈不满。她越写越有兴致，感到异常刺激。随后她又开始写一个脾气暴躁的老女人，固执而专横，她用一种魔幻类话语，把现实中对母亲的不满全都融汇进去。

她不停地写，字不会就用拼音，慢慢地又尝试别的题材，但所有这一切都是为了舒缓心中的无奈和郁闷，由此文章越写越长，她开始有了一种满足感。但她不知道，母女之间的情感裂痕在这种文字中越来越大了。

母亲顾扣玲全然没有感觉到女儿的这种怨恨，更没有感觉到这是顾文艳在进行某种发泄，她反而为顾文艳丰富的想象力而高兴，认为她很有灵性，有成为作家的天赋。

顾文艳、顾扣玲完成东江湖开场赛

为了鼓励女儿，她把女儿的作品整理出来，发现将近有两万字，就托人投到儿童文学出版社，但是，这份稿子被退了回来，这对顾文艳打击相当大，她哭得非常伤心。顾扣玲第一次看到女儿哭得那么伤心，从那以后，顾扣玲怕女儿伤心，再也不帮女儿投稿了。

在家里顾文艳只能用文字发泄自己的不满，在学校里也一样。童年的顾文艳一直是孤独的。父母的工资不高，顾扣玲想着顾文艳以后的学习费用会相当高，于是从生活中把每一分钱都省下来，他们的生活过得极为拮据。

顾扣玲从不给女儿买衣服，顾文艳的衣服都是亲戚的旧衣服，鞋子是表哥的。由此同学们都看不起她。而顾文艳的学习成绩也很差，老师们也不喜欢她，同学们排挤她，欺负她。顾文艳变得越来越自卑，越来越沉默。

这天爸爸给顾文艳买了一个铅笔盒，很漂亮，她非常喜欢，但在上完体育课回到教室时，她发现铅笔盒不见了，一回头，发现自己的铅笔盒正摆在一个同学的桌上，于是就过去拿了回来。那同学发现了，反而诬陷文艳偷了他的铅笔盒，当即抢了回来，并告诉了老师。这位同学是当时学校一个领导的儿子，老师极为重视，当着全班同学严厉批评了顾文艳，顾文艳不停地哭，她不敢争辩，她知道老师不会相信她的。

但她也不敢告诉母亲，母亲的严厉令她一见到就害怕，她连尝试去沟通的想法都没有。就这样所有同学都不愿意理她，甚至不愿意跟她坐一条凳子，觉得跟她坐在一起很丢脸。

班上的弱智儿童也往小文艳脸上吐唾沫，男孩子们联合起来欺负她。这天在肆意嘲笑过她之后，几个同学意犹未尽，把小文艳锁到男厕所里，任凭她在里面哭得撕心裂肺，同学们在外面笑成了一团。

　　这些事情文艳从来都是自己一个人独自忍受，她不敢跟老师讲，因为老师不喜欢她也不会相信她，她也不敢跟母亲说，理由很简单：怕妈妈骂她没用。

　　一天放学后，同学们又一次把她锁在空荡荡的教室里，这次，文艳没有再大哭着试图逃出去，她知道如果同学不放她出去的话，她是逃不出去的。小文艳抽泣着坐到自己的座位上，她想写作业，当她拿出笔和本子时，她突然想到如果自己有不同凡人的法力该多好啊，她想着想着就开始写了起来，在这篇充满错别字和拼音的小文章中，文艳摇身变成了会魔法的小侠女，她拿着扫帚把那帮欺负自己的同学打得满教室乱跑，跪着向自己求饶。

　　小文艳写着写着就不哭了，她沉浸在文章所虚构的世界里，久久不愿意出来。

　　就这样她默默度过了六年的小学，她无论在多委屈的时候，都没有像普通儿童那样想到母亲，她甚至害怕母亲知道，她只能用虚幻的文字，来寄托一种胜利，就像阿Q当年所做的那样，不过同样鲁迅也用图画去射杀过八斤。

　　这样在小学快毕业时，恰逢中国少年作家杯大奖赛征文，顾文艳偷偷投了稿，结果竟然得了三等奖，暑假她收到来自北京少年作家班的通知，被邀参加颁奖活动，她在北京见到了很多来领奖的小伙伴，大家对她都很友善，让她第一次觉得原来外面很可爱。由此顾文艳渐渐开朗起来，话也多了，她开始真正对写作有了兴趣，不再把它当作一个发泄的工具。

心理点评：

　　同样是面对"痛苦"，不同的孩子会采用不同的方式适应。顾文艳选择的是写作，此时笔杆子就如同枪杆子，笔下的文字就像枪杆子里的子弹，任凭她肆意挥洒，宣泄内心压抑的情绪，母亲则成了她笔下邪恶巫婆的原型。

　　这让我想起关于苏格拉底的故事，他有一个粗暴的妻子。一日正当他要和学生离开时，妻子一盆冷水倒了下来，学生们都惊呆了，他们都无法忍受师母的所为，但是看到苏格拉底丝毫没有反应。学生们便问老师是如何忍受师母的。苏格拉底说："如果你也有一个这样的妻子，那么恭喜你，你会像我一样成为一个哲学家。"

亲子感悟：

孩子成长之早期忍受的最大痛苦，是自己最爱的母亲是一个"坏妈妈"。每个儿童最狂热的愿望是母亲给予他完全的满足，使得他面对那些令人沮丧的外界环境时变得可以依靠——这对于顾文艳似乎成了幻想。当顾文艳清楚地意识到这一点时，她的内心开始用分裂的机制把坏的母亲投射出去变成笔下的巫婆，只有这样，她才能保持在现实层面和母亲继续接触。

也许对于很多其他的孩子，这种分裂更多地会发生在他们的无意识中。我们看到很多儿童，在母亲离开后，转身撕打自己最心爱的小熊（在这里，小熊成了母亲的替代品），把愤怒撒向"坏妈妈"，这样当妈妈下班回来时，他又可以高兴地扑向"好妈妈"了。

顾扣玲、顾文艳母女做东江湖开赛前的最后准备

5. 学着沟通
女儿惊喜感动

一直到小学五年级，文艳都是班上名副其实的"差生"，学校留给她的记忆只是黑暗，家里留给她的记忆只有厌烦，她急切地想逃离身边的世界，像安徒生笔下的"拇指姑娘"，要去寻找属于自己的自由王国。

上六年级时，一次偶然的机会，顾文艳从同学口里听说了杭州外国语学校。那是一所校风和教学质量都很优秀的学校，但因为是在杭州，离他们生活的湖州很远，上学全要寄宿，所以几乎所有的同学都不愿意报考。

顾文艳知道这一切时，马上做出了一个决定：一定要考上杭州外国语学校。这样就能远远地逃离妈妈，逃离同学，顾文艳渐渐在学习上开始用功了。最初，因为基础不好，她学得很艰难，很多次都想放弃，但只要一想到离开眼前的一切苦难，马上就会更加努力。功夫不负有心人，顾文艳小学毕业时终于顺利考上了杭州外国语学校。

想到一直在身边的女儿要一个人到外面去读书，爸爸很舍不得，坚决不同意女儿出去，但顾扣玲的想法截然相反，认为这正是锻炼女儿的好机会。那一年，顾文艳第一次离开父母。当她把重重的行囊放到宿舍，伸直腰后环顾四周，看到新伙伴们对她展露笑容时，她感觉到长久以来积压在心中的一种沉重东西正悄悄消逝，陡然之间整个人就像投入了一片充满清新空气的天空，可以大口呼吸，大声呼叫。

初中开始，顾文艳的写作才能慢慢浮出水面，创作的小说《惟一》、《感恩节》、《我和老师是冤家》获第四届、第五届、第六届"中国少年作家杯"全国征文大赛一等奖，作品收录于各种文集。她由此渐渐有了自信，并且有了几个很好的朋友，她们经常一起去爬山、跑步，在那里，没有了妈妈恨铁不成钢的责骂，没有了整天学不完的各种培训班，她非常开心，她从来没有觉得自己的生活原来可以这么快乐。

而在女儿离开之后，顾扣玲开始有了反思的机会，在此之前，她一直不明白，不知道自己到底哪里做错了，这么久以来，她以女儿为中心，所做的一切都是为了女儿，为什么到头换来的却是满腔怨恨。甚至每次看到别人家的女儿经常钻到妈妈怀里撒娇，顾扣玲总是又羡慕又心酸，在女儿的眼里，自己简直就是她的仇人。

顾扣玲请教了许多朋友，到处查找资料，最后得出结论：也许是自己太急了，跟女儿从来没有沟通的机会。

于是一到星期天，顾文艳从学校回来，顾扣玲就尝试着带她一起出去逛公园，或者一起看电影，面对突然改变的妈妈，开始顾文艳心情忐忑，奇怪平时只会逼自己学习的妈妈怎么会舍得花钱陪自己出去玩，但是她还是很高兴，渐渐地，她觉得跟妈妈在一起其实也没有那么讨厌。

顾扣玲不断改变自己的教育方式，顾文艳犯了错误，顾扣玲也不像以前那样劈头就骂，她会强忍下，然后写纸条给女儿，因为只有纸条才能让顾文艳耐心地读下去，不急于反驳自己。

2006年，顾文艳不小心摔伤了腿，顾扣玲慌忙赶到杭州，结果心急之下她的嘴却歪了，不得不住院，医生检查之后，告诉顾扣玲，耳朵可能会有影响，顾扣玲沉默了，她对顾文艳说："你拉了三四年二胡了，好久不拉也快忘了，你拉给我听听，说不定我以后耳朵听不见了。"

看到母亲的模样，顾文艳顿时泪如泉涌，仿佛此时母亲耳朵已经没有了听觉，她一边拉一边流着眼泪，顾扣玲的眼泪也流了下来，她终于感觉到：我的孩子长大了。她有了一丝欣慰。

就在这一年，顾扣玲给女儿开了成年的生日宴会，把亲朋好友都请到家里来。宴会开到一半，顾文艳突然放下筷子，说："妈妈，我要表演一个节目。"

顾文艳随即拿出那把以前令她极度厌恶的二胡，给母亲拉了一首《赛马》。这是自顾文艳学二胡以来第一次主动说要拉二胡。顾扣玲又一次掉下了眼泪。

亲子感悟：

　　在工作中面对太多被父母带过来就诊的"问题孩子"，如果让我告诉父母一个治疗良方，那就是：

　　永远没有问题孩子，只有问题父母！

　　孩子的问题，映照的是家庭关系的问题。面对"问题孩子"，只要父母从自身进行改变，孩子就一定会改变。

6. 《我是冠军》忍病扶助女儿

2008年7月，顾扣玲和女儿参加了湖南卫视的《我是冠军》节目，也开始了这一对母女新的"战争"。在整个游戏中，

虽然没能完成比赛，但女儿突然觉得妈妈很伟大，自己真的长大了

顾文艳的好强和执着事实上像极了年轻时候的顾扣玲。

比赛第一站设在湖南郴州东江湖，第一天是豁免赛——抢滩，每两个家庭共四人为一组，同划一个皮划艇，从岸边同时出发，最先到达湖中心的岛上就可以获得豁免权，直接进入下一站的比赛。

顾文艳母女的搭档是来自长沙的天才少年龚浩然和他的爸爸。看到这对父子，本来心里没底的母女俩一下子有了自信，

他们的船很快，刚开始的时候，大家都以为自己排在第一位，划得很起劲，在他们已经看到湖中心的那片小岛、以为自己就要胜利时，他们才发现，早有一艘船已经在前面了，正在向终点而去。这时，龚浩然父子提议，反正没希望了，干脆慢一点划，以保持体力进入到下一个项目。顾扣玲也同意他们的意见，因为只有第一艘到达的船才能获得豁免权。

但顾文艳不同意，她坚决要像之前一样拼命划到终点。她站了起来，大声地说不可以：我们还是要一样划，怎么这样就放弃呢？顾扣玲发愣说："这怎么说是放弃？人家都已经到了，豁免权只有一个，你再那么划有什么用？"

顾文艳顿时就哭了："我不是想赢，我就是想继续比赛，继续努力，你不努力怎么比？"

顾扣玲也火了："哭什么哭，努力了又有什么用？"

这时，龚爸爸出来劝顾扣玲："文艳说的对，不管结果怎么样，我们都很应该继续努力。"

于是大家再次齐心协力，全力前进。

第二天进行的是淘汰赛，每队选手要分别走过横跨在水池上的平衡木，再钻过悬挂于泥水池上的由多个轮胎组成的空中赛道，然后再跨过逃生墙，敲响不远处的一面鼓。设置的最长时间为40分钟。这场比赛将淘汰6对选手。

顾文艳抽到的签是第一位，当她站到那平衡木前时，有点懵了，但是顾扣玲显得信心十足，她要文艳帮自己扶住平衡木的一端，她先过。

顾扣玲站在平衡木上小心翼翼地向前挪着，突然重心不稳，掉落下水。文艳当时没当回事，她以为妈妈很快就会爬起来重新再过，但是，妈妈似乎在水里很难站起来了，她的心一下子紧收，赶紧跑过去，看见妈妈脸色苍白。这时，工作人员连忙将顾扣玲拉上来，队医一查看，说是骨折了，顾扣玲也没多想，只是一个劲地跟女儿讲：我没事的，休息休息就好了，要不你先过去，等我休息一阵再过。

顾文艳听从了妈妈的话，重新回到赛场，平衡木很晃，如果没有人扶的话非常难走过，顾文艳这时什么也不想了，她惊奇地发现，自己的恐惧感不知什么时候消失得无影无踪，此刻，她心中只有一个念头：我一定要过去，我是第一个过的，绝对不能差。

她从容地爬上平衡木，摒住呼吸，小心翼翼地往前移动，快到中间时，她晃了一下，失去了平衡，掉落下水池。在旁边看的顾扣玲紧张得一下子站了起来，当她看到女儿很快就从水池里爬出来后，悬着的心才稍微放下。

第二次，顾文艳还是失败了。

第三次，顾文艳调整了自己的姿势，双手张开，一步、两步，顾扣玲感觉自己的心都要跳出来了，她紧盯着女儿，女儿每一个晃动都让她惊出一身冷汗。终于，顾文艳顺利过去了。

旁边的选手发出一阵欢呼，顾扣玲激动地大喊：顾文艳，好样的，加油！

紧接着，顾文艳跑向第二关。

第二关是钻轮胎，七个轮胎一个个挂在泥水池的上面，每个之间都有一定的距离，过的时候，必须有一个人站在泥水里，帮忙把一个个轮胎推紧，才能顺利钻过去。其中第三个与第四个之间的距离最大，中间吊了一根绳子，选手必须抓住绳子才能荡过去。

顾文艳没有妈妈的帮忙，她只能靠自己。

她费力地爬上轮胎，一个一个往前面挪着，当她好不容易爬过第三个轮胎的时候，她停了下来。

顾扣玲明知自己过不去独木桥，但为了女儿，她义无反顾

前面的轮胎离自己太远了，中间的绳子看上去那么无力。文艳慢慢地站了起来，去抓绳子，她拉了拉绳子，马上意识到，要抓住绳子过去基本上不可能，自己根本没那么大劲。然后她就试图直接跳到下一个轮胎，她伸出一条腿，使劲往那边倾斜，但是距离太远，她根本够不着。

顾扣玲在旁边急得一会站起，一会又坐下，嘴里喃喃道："要是我帮她一把，她就过去了。"

"顾文艳，拽紧绳子，荡过去啊。"旁边的选手不断给顾文艳鼓劲，出谋划策。

来回试探了很多次后顾文艳觉得，总是这样一天也过不了，就试一下吧。她一狠心，伸出手紧紧抓住绳子，但是当她的双脚一离开轮胎，由于手上的劲太小，她顺着那绳子就滑落到了水里。

顾扣玲一下子站了起来，懊恼地打着自己的脚：妈妈太没用了，要是我帮她一把的话她就一定可以过去的。

从水池里爬出来的顾文艳毫不犹豫地跑回到起点重新开始，又一次到了第三个轮胎，和上次一样，她抓不稳绳子，也够不着下一个轮胎，她拼命把脚往第四个轮胎伸，好几次她就要够着了，但是那点距离不亚于隔着千山万水，要站稳简直不可能，顾扣玲再也忍不住了，她"呼"的一下站了起来，一瘸一拐地就往女儿那边冲：我要去帮她，她就差一点了，我一定要去帮她。队医想拉也拉不住，只好赶紧扶着她紧跟过

去。

到了水池旁，顾扣玲就要往下跳，去帮女儿推轮胎，队医死命地拉住：顾妈妈，不行啊，你现在不能下水。

顾扣玲看着烈日下的女儿已经满脸通红，整个人都湿淋淋的，脸上满是汗，也不知道可能是水。

顾文艳看到妈妈走过来，急得大叫：妈妈，你过来干嘛，你去那边休息啊。在队医的劝告下，顾扣玲只好无奈地回到旁边。

再一次尝试失败，顾文艳再一次掉落下水。

当顾文艳第三次来到这个让她无法跨越的地方时，她感觉自己浑身使不上半点力气了。她想抓住绳子，发现手已经痛得握不住绳子了，她想跨过去，却发现轮胎似乎离自己越来越远。她不停地尝试，每次都只能无可奈何地放弃，这时候她多么希望自己能像书中写的人物一样，突然有了魔法，一跃而过，把妈妈的脚治好，两人一起闯关，直到敲响前面那面胜利的锣鼓。

"顾文艳，只有五分钟了，要不要放弃？"主持人开始喊话了。

"放弃吧，顾文艳，你过不去了。"一直在旁边帮她鼓劲的选手们也忍不住喊道。

但是顾文艳不想放弃，虽然只有五分钟了，虽然不可能胜利了，但是也绝不要放弃。她继续站在轮胎上试探着去踏上第四个轮胎。直到比赛结束的哨声吹响。

"我自己太无能了。"比赛过后很久，顾扣玲还是感慨不已，"我的孩子真的很了不起。她写作很棒，在这方面也是不错的。我为她骄傲，只可惜我没有为她做什么。"

在截稿时，笔者才得知，顾扣玲在参加游戏时就已经知道，自己有重病，不能进行剧烈的户外活动，但她为了让顾文艳玩得开心，一直瞒着女儿，强忍伤痛参加游戏。这个好强的女人其实一直在履行着自己的诺言："女儿是我全部的希望，我拼了命也要培养她。"

心理点评：

在接受《我是冠军》挑战的过程中，原本的母女关系发生了鲜明改变，女儿从无视自己对母亲的需要，变得开始依赖妈妈，顾妈妈也在那一刻，看到了女儿的成长，女儿的勇敢强大，从而放弃自己以往的固有观念，开始用新的眼光看待女儿。她们变得彼此需要，彼此支持。

顾扣玲看到女儿表现出惊人的坚强时，再也按捺不住，拖着带病的身躯挺力扶持住女儿。而失去了母亲帮助的顾文艳，无数次失败，她在那一刻突然感觉到，原来自己和母亲之间是需要相互扶持的。

亲子感悟:

　　每个父母都盼望孩子快点长大成人,孩子表现得不如他们意,急躁的父母就会用专制的手段打骂孩子,希望他们能成长得更快些。但专制和打骂永远只会压制住孩子的成长,因为面对强大严厉的父母,孩子永远是软弱无力的;而当有一天,父母表现出柔弱时,会突然发现你的孩子其实早已成长变成强大的人!

成长讨论

　　如果家里养育了一个女孩,这就对母亲提出了更高要求。

　　女孩在成长过程中,会在潜意识中不断和母亲竞争。我们常说,女孩的第一个"情人"是她的父亲,第一个"情敌"就是她的母亲。在和母亲的竞争中,其实也完成了女儿对母亲的认同。

　　和谐的母女关系,会让女儿更好地处理来自潜意识中和母亲的竞争。但很多时候,因为母亲粗暴急躁,会让母女俩的现实冲突与潜意识中的冲突合二为一,一并袭来,从而造成现实生活中女儿对母亲的叛逆。

　　更重要的是,女儿压抑了对母亲的愤怒,不能很好地完成对母亲的认同,这可能会让她在成年以后对自己女性身份的认同出现问题。简单地说,她会因为不认同母亲,进而不认同自己的女性身份。一个不认同自己女性身份的女人,我们可想而之,她的人际关系难免会出现这样或那样的困难。我想,现在流行的"中性文化"或多或少隐含了对自身性别身份认同的障碍。

叛逆童星尤浩然

他，3岁就进演艺圈，少年成名成绩斐然，为何妈妈却总是对他摇头叹息？

她，一位众人眼里的成功妈妈，对儿子呵护有加关怀备至，为何儿子却视她为对手？

《家有儿女》中成功扮演了夏小雨的尤浩然，以漂亮帅气的外形，乖巧可爱的性格，点亮了自己的演艺生涯。这位在镁光灯下冉冉升起的耀眼童星，成长的道路上，洒满了妈妈李静的担忧与牵挂。妈妈的双手致力于为儿子撑起一片没有风雨的蓝天，在这片蓝天下，小童星的星光究竟以何种方式闪耀？

儿子尤浩然："我最希望的就是妈妈别老对我说：你应该这样，你不应该那样，我长大了。"

妈妈李静："在浩然眼里，我就是个错误。"

一位时刻谆谆教导儿子的母亲，一个叛逆拧巴的儿子。在妈妈眼里，再大的儿子也是儿子，哪怕一步管不好，将来都可能要为这一点疏忽付出代价。在儿子心里：我已经长大，我不是个笨孩子，难道我做的一切都是错的？

他们有无数的矛盾和战争，他们在不断地磨合，在爱与爱之间，需要有一条途径，通往彼此的心灵。

1. 乖巧童星，
3岁上镜

尤浩然小时候长得非常可爱，圆圆嫩嫩的脸庞，漆黑透亮的眼睛，他笑，会让你觉得世界都开了花；他哭，会拨动你心底最柔软的弦。这个孩子，就像上帝送来的尤物，小区里的大妈阿姨们每次看到小浩然和母亲出来玩耍时，都忍不住往他脸上狠狠亲一口，这小家伙长得真惹人疼。

在尤浩然家住的小区里，住了几个北京电影制片厂的导演。一次，导演在小区散步，当时他正在为一个广告找演员，刚好碰上了跟着父亲出来玩耍的小浩然。导演一看他虎头虎脑的可爱劲儿，眼睛一下子就亮了：这个小孩活脱脱就像从漫画中走出来的，整张脸都透着机灵，大眼睛里不时闪着好奇又羞涩的神气，很适合广告中角色的要求。他马上跟尤浩然的父亲提议要请小浩然去拍广告，尤爸爸当时也没多想，就同意了，给了导演电话，但根本没有放在心上。后来导演打了两次电话过来，尤爸爸想：没想到人家还当真了，那就去玩玩吧。

当时的尤浩然刚满3岁，完全不知道拍戏是干什么。被带到片场后，满场的镁光灯令他惊奇不已，造型奇特的摄像机更是强烈地吸引着他，他在片场兴奋地跑来跑去，摸摸这里，敲敲那里，整个片场的气氛也因为可爱的小浩然的到来而变得轻松温馨了很多。

这就是公益广告《让爱心延续》。广告播出后，反响非常好，令观众陷入了长长的感动与深深的思索之中。广告中的小男孩，也给观众留下了深刻的印象。那个好像从卡通画里走下来的小男孩儿，胖胖的小脸，大大的眼睛，漂亮的小嘴，稚嫩的表情，让很多人至今记忆犹新。

浩然天然不加雕饰的表演、可爱的长相赢得了很多导演的青睐。从此，浩然渐渐忙了起来。

2. 爸爸向左，
妈妈向右

3岁的浩然很快又接到他的第二个广告。当时正好是冬天，录制地点在北京电影制片厂厂区里。北京的冬天冷得刺骨，由于寒冷，小浩然老是进不了状态，一个情景重拍了二十几次之后还是没有通过。浩然就烦了，他气嘟嘟地把手中用作道具的勺子一扔，不拍了。导演和尤爸爸连忙过来哄，但浩然连哭带闹，说什么也不愿意继续拍了，吵着要回家。无奈，尤爸爸只好把他带回家。

回到家后，尤爸爸越想越生气。他严厉地对3岁的浩然讲："跟你一起去的小朋友都在坚持，都没放弃，为什么你就不行？你放弃了，你就失败了，做什么事都只有坚持才能成功。你今天放弃了，就应该受到惩罚！"尤爸爸把浩然一个人关在一间没亮灯的房子里，任浩然在里面哀求，大哭，硬是狠下心不去开门。

心理点评：

请注意：尤爸爸在浩然3岁的时候，为了培养浩然坚持不放弃的品质，将他关进黑屋子。

我们可以理解做父亲的心情，作为父亲的他，希望浩然能够成为一个不抛弃不放弃的男子汉，但即便是这样，他将一个仅3岁的小孩独自推进黑屋子里，并不是一种科学的方法。

也许从这一刻起，就在孩子的幼小心灵里埋下了胆小畏惧的种子。

亲子感悟：

孩子的成长过程中，父亲会更加在意孩子品格的培养，急于让孩子更早地树立起诚信、坚毅、不放弃的品格。品格的培养不是一蹴而就的，需要循序渐进地引导，尤其是对于幼儿。

培养孩子的社会化品格要谨慎处理，尤其是对待年幼的儿童。

（1）3岁儿童的坚持性、自制力还比较差，只有到了五六岁，儿童才会有一定的坚持力和自制力。这是儿童社会化发展的自然过程，在这个过程中，父母要按捺住自己的焦虑情绪，给儿童留有一定的发展空间。

（2）儿童社会化的培养过程，父母要善于运用合理的方法加以引导。孩子3岁时模仿力比较强，父母要善于利用这个特点，循序渐进、不断强化培养儿童的社会化品格。

（3）强烈刺激的惩罚要谨慎使用。

虽然孩子为了避免再次遭到严重惩罚会记住这次的教训，但是更多时候会在儿童内心印刻上由惩罚带来的恐惧情绪。长大后，他也许能理解父母当时的用意，但这种恐惧的情绪会跟随孩子一生，甚至蔓延，以至于他的身体长得足够大了，恐惧的情绪还停留在3岁的那一天。成年后寻求心理医生帮助的来访者中，很多人的恐惧可以追溯到成长的早年。

孩子受到惊吓后的应对策略——"神奇的盔甲"

再跟大家分享一个我的治疗经验：

在我的侄子有优2岁半时，有一天我和他一起看电视，荧幕上的"小马哥"可谓喋血铜锣湾，当最后一个毒枭在一阵恶战中，仰天吐血倒下时，有优突然一声大哭，便再也没能哄住。从此以后，家里的电视、电脑统统不能开，只要一开，他就大哭，嘴里喊着"怕，怕"，家里人想尽办法依然无效。直到实施我自创的治疗方法：

我让侄子闭上眼睛，想象着我们来到了奇异的星球里，这里有很多神奇的宝物，有可以打倒坏蛋的神奇激光枪，有永远吃不完的糖果罐……侄子挑了一件刀枪不入的透明盔甲。然后我们回到了地球上。这样，我和他每天练习穿着"神奇的盔甲"行走江湖，慢慢地家里有了电视的声音。

在游戏中增强儿童抵御外界的能量，这对幼儿是非常有效的。儿童在游戏中可以寻找到全能感和安全感，这种全能感可以帮助儿童战胜"强大的敌人"。

被关了三个小时的浩然被放出来了，他脸色苍白，泪痕斑斑。爸爸严厉的惩罚让浩然刻骨铭心，自那次之后，浩然在拍戏过程中再也没有放弃过。

尤爸爸觉得做人首先要讲诚信。人无诚信而不立，他处处留心培养浩然的这种品格。

一天下午，尤爸爸布置了一些作业要浩然完成。浩然做到一半就跑去玩电脑，尤爸爸问作业做了没有，浩然说没有。尤爸爸说："那你打算什么时候做？"尤浩然正玩得高兴，头也不回地答："等下再做。"晚上吃饭的时候，尤爸爸又问作业有没有做完，浩然还是满不在乎地说等下做。他吃完饭又接着玩电脑，睡觉时，尤爸爸发现儿子的作业还是没有完成。他气得一把抓起浩然就拧。尤爸爸觉得，没做完作业是其次，但是承诺的事不兑现就无法容忍。

浩然也是个懂事的孩子，前两年爸爸的腿受伤之后，如果浩然在家，他就经常扶着爸爸在房间走动走动，并且要求爸爸一定要多锻炼。跟爸爸开车外出时，他会帮爸爸开车门，扶爸爸上车，车一停，他马上就把拐杖送到爸爸的手中。

尤浩然很信服爸爸，爸爸该严格的时候严格，该亲和的时候亲和。和爸爸在一起，像兄弟，像伙伴，这种自在的感觉，让浩然很享受。跟妈妈在一起就不同了，浩然觉得妈妈有点烦人，不管旁边有没有人，只要他一做事，妈妈总是不厌其烦地念叨："尤浩然，你不应该这样；尤浩然，你应该那样。"这让浩然很郁闷，为什么自己在妈妈眼中总是那么笨？自己到底要怎样做才能让她满意？

母亲李静却有自己的观点：孩子小，不懂事，父母不盯紧点，万一他出了什么岔子，到时候后悔莫及。她很不放心浩然，儿子做什么事情她都要在旁边盯着，随时提醒他。

　　由于去学校的时间很少，浩然跟同学们都不熟，平时没事的时候就喜欢在家玩。李静也不放心儿子一个人出去，除非自己或者爸爸陪在他身边。只有在她视线范围内，她才会觉得安心。

　　在尤浩然的眼里，爸爸妈妈简直就是完全相反的两个人，但他们却相处得很和谐，一般不会吵架，如果吵架，那一定是因为浩然。

　　尤浩然从小胆子就特别小，不自信，这让母亲李静尤为揪心。一般孩子热衷的爬高跳马，浩然从来都不敢尝试。稍微有些挑战性的事，从来都是避而远之。同龄的孩子们一起跳马，女孩子们都纷纷跳了，但是尤浩然说什么也不敢去挑战自己，只是做个旁观者。

　　李静一直左思右想也不明白，浩然见的世面比一般同龄人都要多，为什么会这样不自信呢？如果不锻炼他的脑子，培养他的自信，他以后的路可怎么走？

　　一天，李静和丈夫带着浩然去儿童乐园玩。一家人来到一座假山前，李静看到有不少孩子都在上面爬，玩得很开心，就要浩然也去爬。浩然本来还在津津有味地看着同伴玩，一听到要自己也去爬，立马就想往别处走。尤爸爸一把把浩然拉了回来："去试试，很好玩，而且背上都系了保险绳，不会摔的。"好说歹说，浩然看父母这次的架势是自己非上不可了，只好硬着头皮缓缓地向假山走去。

　　系好了安全带，浩然开始攀爬，他紧张得满脸通红。刚爬几步，他就停了下来，任凭父母在旁边怎么软硬兼施，他就是不敢再动了。既不敢往上爬，也不敢忘下滑，就那么趴在石头上一动也不动。李静刚开始还很生气，责怪儿子太胆小，但是看到儿子像粘在那里似的不动，又觉得好笑，拿起相机把那滑稽的一幕给拍了下来。

　　随后，爸妈又带浩然去坐过山车，浩然说什么也不愿意上去，没办法，尤爸爸只好把浩然硬拽了上去，一圈下来，浩然脸色苍白，腿发软，眼泪都流出来了。

　　再三努力也不见成效，想放弃又不甘心，妈妈李静一筹莫展。

心理点评：

　　尤爸和尤妈百思不得其解，他们的儿子比别家的孩子见的世面更多，为什么还会如此胆小不自信？

　　我想尤妈妈可能从未料到，由于自己一贯的谨小慎微，从不放手让小浩然去探索外面的世界，就让孩子无意中接受了妈妈的潜意识：

"这个世界是充满危险的"、"这个世界处处都要小心"

设想脑子里塞满妈妈对外部世界的"警惕",浩然能够松手去翻越假山吗?

他必须先翻越阻挡在自己内心的山!

3. 妈妈眼里的叛逆儿子,
儿子眼里的啰嗦妈妈

自从浩然开始拍戏,李静就一直充当着保姆兼保镖的角色,用李静的话说:浩然没长大,不懂事,我就在一旁看着他,有错误及时提出来,他才不会在错误的道路上越走越远。

浩然日常生活中的大事小事,大到角色的定夺,小到袜子的颜色,统统由李静一手包办。到外地拍戏,除了生活之外,李静还要担负起保镖的责任。剧组里的人际关系非常复杂,李静担心浩然会沾染到一些不良的习性,影响他的健康成长,所以看得格外严。当一些艺人跟浩然开一些不雅的玩笑时,李静就会赶紧带浩然避开。平时浩然跟什么人出去玩,到哪里去玩,她都要严格审查。她就像一个过滤器,希望能给儿子一方明净纯洁的天空。

拍戏时,生活没有规律,经常会拍到凌晨一两点,甚至是通宵。浩然年龄小,常常困得走路都没有力气,但还是得继续。每当这时,李静就心疼得不得了。只要一等中场休息,李静就赶紧让浩然靠着自己小睡一会。其实她比儿子休息的时间更少,也只能强撑着因困意而变得格外沉重的头,一动也不敢动,生怕惊醒了梦中的浩然。等到休息一结束,李静才把沉睡中的浩然轻轻拍醒。

每天,当浩然还在床上熟睡的时候,李静就得早早起床,蹑手蹑脚地帮儿子准备好拍戏需要用到的东西。然后挤好牙膏,倒好洗脸水,连带早餐一起送到浩然房间,看着表到时间了再轻轻叫醒儿子。晚上浩然早已进入了梦乡,李静还要拖着疲惫的身子

尤浩然母子和赵铭父子一起完成东江湖开场赛

睡眼惺忪地帮儿子洗衣服，刷鞋子。妈妈是浩然的坚固后卫，他每天只要认真拍好戏就行，其余的一切事情李静早已安排得妥妥当当。

但令李静困惑的是：自己为儿子做的一切，他都觉得是理所当然的。如果自己不做，儿子反倒会觉得是妈妈的失职。

浩然喜欢熬夜，经常会玩得很晚，李静担心他的身体，经常约束他，不准他熬夜。但是尤爸爸觉得无所谓：只要他早上10点钟能起得来就好，随便他怎么玩。尤爸爸也热衷于熬夜，于是父子俩经常一起熬到深夜。这样的次数多了，李静忍不住了，就跟丈夫吵，两人争来吵去没有结果。

爸爸妈妈争吵，浩然总是帮着爸爸。父子天性吧，浩然从小就觉得和爸爸亲。李静平时不喜欢开玩笑，比较严肃，对浩然要求很严格，从小灌输的都是别人能成功，他也不许失败，同龄孩子可以做到，他也要努力做到。

在这样的压力之下，小小的浩然越来越叛逆，你说对的，他偏要说是错的。有一次，李静和浩然看到一面湖绿色的旗帜，妈妈说是绿色的，尤浩然非要说是蓝色的。两人争执不下，浩然专门找尤爸爸当裁判。尤爸爸没怎么细看就冲口而出：尤浩然是对的，这旗帜就是蓝色的。浩然得意地在旁边暗笑：其实，他也知道那面旗帜是绿色的，但是妈妈说是绿色，他就故意说成了蓝色。他就是要和妈妈拧着干，而且他知道，在这些小事上，爸爸一定会判他赢的。他认为在家里，他跟爸爸是一条战线上的战友，而妈妈，就是他们的对手。

在昆明拍戏的时候，李静和浩然经常因为一点点小事情发生争执，李静说应该这样，浩然偏偏说不是这样，应该那样。李静气急了就会训斥儿子，但是浩然不依不饶。有时候，临开机了，浩然还在和妈妈怄气。听到要演了，他才气呼呼地跑去拍戏。李静被逼得没办法，只好常常打电话向丈夫求救。尤爸爸就再打给浩然：你不要太调皮，要听妈妈的话。

李静始终搞不明白：自己一直陪着浩然东奔西跑，无微不至地照顾他，不厌其烦地教导他，可为什么浩然大了反而会对自己感到厌烦？她记得有一次，浩然当着剧组很多人的面，冲她大嚷："你怎么这么啰嗦？像《大话西游》里的唐僧！"这让李静很下不来台。

儿子的叛逆，妈妈的啰嗦，母子之间不断爆发的战争，爸爸则成了优秀的救火员，一次次地消灭险情，让这个三口之家得以继续正常运转。

心理点评：

尤妈妈一直苦恼于和浩然的关系，为什么她从小到大如此百般照顾他、不厌其烦地教导他、苦口婆心地给他讲道理，浩然反而觉得这些都是妈妈应该做的，非但没有感激反而觉得自己是天下最啰嗦的妈妈？

我们可以看到，尤妈妈是个谨慎小心、比较严肃的人。对浩然的管教近乎严酷，她像"过滤器"一样隔离了儿子身边一切的"杂质"，这样细心的照料为什么不但没有得到儿子回报的爱，反而让孩子感到厌烦呢？

孩子从小会用好奇的心探索世界，在孩子的眼睛里世界是没有好与坏的，好和坏只是大人用自己的评判标准定义的。尤妈妈对浩然的限制，反映了她自己内心对这个世界的担心恐惧，由于她无法抹去自己内心恐惧的阴影，便把它一股脑地扔给孩子，这便强化了浩然对世界的恐惧。

太多的束缚和限制，更会引起孩子叛逆，而他叛逆的主要对象就是那个限制他的人。母亲的处处设限，越发激起浩然对周围一切的好奇和探索，慢慢演变成对母亲的对抗，同时，加上尤妈妈对儿子信任不足，更令一个正在慢慢长大成人的男孩逆反得厉害．

尤浩然开心地享受比赛

亲子感悟：

"洋为中用"的教育方法：

一次，我和同事去西餐厅吃饭，对面是一对外国夫妇带着他们的两个孩子，小儿子大概二三岁，大女儿也顶多三四岁。两个孩子坐在父母的对面，全然不顾爸爸妈妈，用勺子费力地往嘴里送食物，可能是因为太小，还不能熟练地运用器具，食物在半空中都掉了下来，他们却不气馁，又向下一个食物进攻。直到成功地送进口中，才兴奋地大叫。再看看他们面前一片狼藉的战场，几乎"惨不忍睹"，他们的父母却在一旁温和地看着，面带微笑。

也许这个事例会给中国妈妈一些思考：

要让孩子用自己的脚走过成长的路。

从孩子呱呱坠地的那一刻，他就开始了和世界的接触。从那一刻起，母亲要鼓励孩子用自己的脚去走成长过程中的每一条小径。即使是成长的道路上崎岖不平，但只有摔了跤才知道痛的滋味，只有趟过的河才知它的深浅。

母亲要做的就是：鼓励＋信任。

面对从未有过的挑战，尤浩然每迈出一步都十分谨慎

4. 冠军之旅，
妈妈的心有多急

　　2008年7月份，湖南卫视《我是冠军》项目正式启动，李静接到节目组的电话，希望她能带着浩然一起参加。当她得知这是一档亲子相互协作的晋级类节目后，很爽快就答应了。在内心深处，她希望能够通过这次节目，改变她和儿子浩然之间的关系。

　　来自天南海北的16对选手在长沙聚集，经过简单的整顿之后，很快就共同踏上了征战之旅。

　　比赛的第一站设在湖南郴州东江湖。第一天是豁免赛，比赛项目是抢滩。每两个家庭共四人组成一组，同划一个皮划艇，从岸边同时出发，最先到达湖中心的岛上就可以获得豁免权，直接进入下一站比赛。

　　和李静母子的搭档是赵雄父子，一看到他们，心里本来没底的李静一下子有了信心。这对父子看上去很强壮，跟他们合作，或许能拿到豁免权。

　　李静和浩然都没有划过船，比赛开始后，李静一面自己调整划船姿势，一面盯着浩然划。很快，她的毛病又犯了，老觉得儿子的动作不对，不断地训导他："尤浩然，桨不是那么拿的。""尤浩然，不是那么划的，你应该这样划。"

　　其实，他们的船速度并不慢。四个人都在拼命地划，一直都在队伍的前列。李静坐在船头负责掌握方向，"向左，向右，偏了……"李静不停地喊着，一下子左边划划，一下子又跑到右边划划，忙得不亦乐乎。

　　最终，他们得了第三名。李静对这个成绩很满意，但是她对赵雄父子有一种愧疚感，她觉得自己和尤浩然拖了他们的后腿，如果不是他们的话，也许赵雄父子就能获得豁免权。

　　岛上一片荒芜，大出李静的意料。想到自己和浩然即将在这里生活、比赛，李静有些担心，浩然没有受过这么大的苦，虽然说也老拍戏，剧组的环境也不如在家里的好，但再不好也比这里强多了。李静想，就算是对浩然的一次挑战吧，自己一定要坚持到最后。

　　岛上的第一个夜晚，16对亲子只能分别睡在两间茅草房的地上。李静很担心，浩然从来没有睡过木板床，肯定会不适应。李静要浩然挨着自己睡，浩然不同意。几天的相处，浩然和一名叫森龙的意大利小朋友玩得很熟了，他执意要跟森龙到另一间茅屋睡。

　　长这么大，浩然还从来没有离开过妈妈单独行动过。李静很不放心，半夜起来去看了几次。令她吃惊的是，浩然被子盖得严严实实的，看上去睡得很香。

　　第二天早上，浩然第一次没要李静叫就早早地起床了，并且主动向她要牙刷牙膏。在这之前是从来没有过的事。李静欣喜地看着儿子在变化，觉得儿子进步了。

　　接下来是淘汰赛，项目是"上阵父子兵"。每队选手要分别走过横跨在水池上的平衡木，再钻过悬挂于泥水池上的由多个轮胎组成的空中赛道，然后再跨过逃生墙，敲响不远处的一面鼓。设置的最长比赛时间是40分钟。这场比赛将淘汰6对选手。

　　现场比赛激烈、残酷，在李静母子开始比赛之前，已相继有好几对选手选择了放弃。

　　比赛的第一关是平衡木，平衡木很晃，一人走的时候，另一人必须用力把住平衡木，以保证平衡木相对平稳。李静把住平衡木，尤浩然先过。他费力地爬上去，站在平衡木的一头，双腿一直在发抖，迟疑着不敢迈步。

　　李静着急地大喊："快走啊，尤浩然，你总是要走的，难道你打算一直杵在那里吗？"

　　周围的选手也一直在叫"加油"，尤浩然试探性地把脚往前挪了挪，刚走两步，突然，他一转身就往回跑，跳下了平衡木。

　　周围一片惋惜声，李静着急地冲他嚷："尤浩然，你怕什么呀，那你扶住，我先过。"

　　尤浩然双手紧紧地扶住平衡木，由于用力过度，脸涨得通红。李静选了两根平衡木中相对较细的那根，一次就过去了。

　　轮到浩然，他再次爬上平衡木，还是不敢往前迈步，李静喊："你眼睛看着前面，然后跑过来就行了。"浩然照着李静所说的技巧开始很快地往前走，刚到中间，一个不稳，"啪"的一下掉到了水里。

　　李静赶紧跑到岸边，伸手将浩然拉了上来。

　　浩然第三次爬到了平衡木上，他缓缓地往前挪动着步子，李静紧张地盯着浩然，快到中间了，浩然感觉到自己又要掉下去了，他赶紧停住，一动也不动。眼看又要失败，李静大声喊："尤浩然，赶紧跑！"尤浩然听了，鼓足了勇气往前冲，连跑带滑，总算过去了。

　　第二关是钻轮胎，七个轮胎一个个挂在泥水池的上面，每个之间都有一定的距离。过的时候，必须有一个人站在泥水里，帮忙把一个个轮胎推紧，才能顺利钻过去。其中第三个与第四个之间的距离最大，中间吊了一根绳子，选手必须

尤浩然终于从那个让他足足待了二十多分钟的轮胎中站了起来

从没有干过农活的尤浩然，拿起锄头十分吃力

抓住绳子才能荡过去。

这一次，李静先过。浩然帮忙推近轮胎，很顺利就过去了。但轮到浩然就没那么轻松了。他好不容易爬到第三个轮胎，看到挂在半空的绳子和第四个轮胎遥遥不可及时，他懵了。

李静费尽全力把第四个轮胎推向浩然，但是距离太远，浩然还是无法跨过去，"尤浩然，站起来，抓住绳子，荡过来！"李静一边推轮胎，一边向浩然喊。

浩然坐在轮胎上，一手扶轮胎，一只手伸出来去抓绳子，但是只抓了一抓就放弃了："我没力气了，抓不住。"

"你用力抓住就荡过来啊，你没抓过你怎么知道抓不住？你先站起来。"李静给他鼓劲。

要想抓住绳子荡过去就必须先站起来，踩到轮胎上。浩然开始一点一点挪，眼看就要站起来了，突然，他一松劲，又坐回去了。

"哎呀，你怎么回事？你快要站起来了，为什么又要坐回去。"李静有些生气了。

"我没劲了。"浩然分辩道。

"你再加一把劲不就完了吗，你就是胆小。"李静斥责。

这次，浩然坐在悬空的轮胎上，许久也没再做尝试，时间一分一秒地过去了。

"你站起来呀，尤浩然。"李静站在水池里仰头喊："你难道就想一直坐在上面吗？"

浩然不耐烦了："我休息一下还不行吗？"一分钟又过去了，浩然还是没有动静。李静生气了："你快站起来啊，你到底要怎么样？"

"我没力气了还不行吗。"浩然瞪了李静一眼。李静把轮胎一松就往岸上冲："尤浩然，放弃，你不要坐到上面丢人，放弃，跳下来！"

旁边的选手喊：浩然，加油，站起来，要坚持。

浩然坐在上面既不放弃也没有努力的意思，他低着头，任凭夏日灼热的阳光在自己身上肆虐。

李静更加生气了："尤浩然，你要么放弃下来，要么就努力过去。你就是不自信，不然早就过去了。主持人也开始喊话："尤浩然，时间不多了，你要不要放弃？"

旁边的选手焦急地在旁边喊加油，不断帮着出主意。另一名选手杨紫在旁边使劲喊：浩然，千万别放弃，加油。

浩然开始挪动，试图站起来。李静重新跳到水池里帮儿子推轮胎，这一次，浩然终于站起来了。

"快，快抓住绳子荡过来！"李静用目光鼓励着浩然，浩然抓住绳子，拉了拉，就是不敢松开抓住轮胎的手，李静急忙跑到浩然旁边，指着自己的肩膀："来，踩到我肩膀上，拉住绳子过去。"

浩然动了动脚，突然他又开始往下坐。"别坐，别坐！"李静急忙喊道。可惜，浩然还是坐回去了。周围的选手发出一片惋惜声。

李静一下就跳到了岸上："尤浩然，下来，放弃吧。"声音透出疲惫无力。

时间已经不多了，当主持人再次提醒浩然，浩然终于放弃了，他跳下了水池。

事后，尤浩然回忆："本来我也没想着放弃，我很想走下去。但是我胆子太小了，开始我怕水，怕掉下去，后来又怕自己狼狈的样子，会被人笑话。"

放弃就等于淘汰，也就意味着要离开一起奋战的队友，离开这片孤岛，离开他们的亲子并肩之旅，李静备感遗憾："我们俩从没有配合过做任何一件事情，从小到大他的事情差不多都是我来做。这次冠军之旅，虽然以失败告终，但也让我发现了不少问题，浩然太缺乏勇气和锻炼了，而我，最大的毛病是心急，我太急切地希望他成功了。不管怎样，这次经历对浩然也是一次震动，对他来说也是成长过程中挺有意义的一件事情。"

李静望着不断拍打着的湖岸陷入沉思。

回到北京的家里，妈妈带着浩然去了北戴河玩。下午的夕阳在无边的沙滩上映现出恬静温馨的影子。母子两人在沙滩上散步，突然，浩然看到不远处搭着一根平衡木，他拉过妈妈的手：妈妈，我们到上面去走走吧，明年我们再一起参加《我是冠军》吧。

尤浩然用力扶稳独木桥，希望妈妈快点过去，不要掉到水里

尤浩然母子完成第一场比赛，十分开心

心理点评：

参加《我是冠军》是浩然第一次挑战自己，结果依然给了大家很多遗憾。

浩然从小到大的事情都是尤妈妈替他做的。这次，妈妈希望她和浩然一起做一件事情，从一开始的心急到后面的斥责，尤妈妈最终放弃了浩然。她对浩然胆小不自信的表现很失望，但她始终没有意识到，浩然的"无能"其实是因为妈妈"全能"：包揽了浩然一切的妈妈，也包揽了儿子探索世界的过程。

在浩然的眼里，妈妈是一个时时刻刻都会唠叨他"你应该这样，不应该那样"的人。这"应该"与"不该"的心理学意义是告诉孩子：你什么都不懂，你什么也不会！这样就慢慢强化了孩子的无能感，结果孩子真的就无能了。

5. 爸爸，妈妈，浩然——吉祥的一家

爸爸：

浩然爸爸开朗大气，对儿子，他一直当作朋友关系来相处。爸爸把浩然当大人看待，遇事常跟浩然沟通，让他自己拿主意。两个人之间完全没有代沟，儿子喜欢周杰伦，爸爸虽然不喜欢，但并不阻止儿子喜欢。导演让浩然去拍戏，爸爸也赞同，他不觉得拍戏会对儿子的学习有冲突，戏也是人生，在戏里多体验一些生活中没有的滋味，经历会更丰富，比别人见多识广，对学习也有好处。

尤浩然喜欢跟爸爸在一起玩，他觉得很轻松，自在。父子俩经常一起到网上看搞笑短片，一起听周杰伦的歌。尤爸爸也喜欢跟浩然开玩笑，在浩然看来，爸爸一点也不像三十几岁的人，好像跟自己一样大，爸爸就是他最亲密的朋友。

爸爸觉得，浩然最大的缺点是浮躁。他成名过早，被人捧惯了，到处都是鲜花掌声，有时候会轻飘飘地找不到自己。每当这个时候，爸爸就会及时地给浩然泼点冷水降降温，他不断地告诫儿子：你不过是拍了几部戏而已，不要以为你是什么了不起的大腕，更不能摆谱。观众喜欢你，那是你的荣幸。

对于比赛中儿子的放弃，爸爸觉得自己也有责任。从小到大，浩然一直都在妈妈的庇护下长大，爸爸很少培养他男子汉应有的勇气和力量，也很少灌输要勇敢接受挑战的信息。浩然要克服胆小懦弱的性格，还需要爸爸的正确引导和锻炼。

妈妈：

妈妈李静谨小慎微，对儿子，她始终是紧张的。出门要注意他的仪表，人特别多的地方不去，地铁公交车也很少坐。她总觉得儿子不懂事，一眼看不到儿子，心里就会忐忑不安。浩然很调皮，拍戏不到开机时间，他的手就总是不停地抠这抠那，导演给他讲戏，他也不认真听，漫不经心的。妈妈总担心他是否领会了导演的意思。但是一开机，看到浩然总能很快地进入状态，妈妈悬着的心，才算放下。

妈妈对儿子的期望很琐碎，希望他长大后不再是娃娃脸，希望他瘦点儿，希望他有男子汉气概，健康，阳光，高大，帅气。当然最希望的，是儿子能

快乐成长。

浩然：

浩然说，拍《家有儿女》时自己刚上学，课程不难，自己可以学，现在就得请家教了。演戏的经历让他学到了不少表演技巧，也锻炼了他迅速融入社会的能力。

浩然喜欢爸爸的开朗幽默，爸爸心态年轻，像大哥。而妈妈通常都比较严肃，他最烦的是妈妈老像唐僧一样在他耳旁唠叨：你应该这样，不应该那样……浩然烦时，就只能当作没听见。

尤浩然和孔小龙

通过《我是冠军》这个节目，浩然也发现自己太缺乏锻炼和勇气了。他下定决心，以后做事要有毅力，而且一定要加强锻炼，要减肥。不能轻言放弃。

对于未来，浩然的理想仍然是拍戏，希望自己将来能到中戏或者到国外学习。

矛盾也好，争执也罢，总有一天，叛逆的浩然会长大。到那时候，浩然也许就能够理解妈妈的一片苦心了。这吉祥的一家，会在梦想的道路上，越走越远。

尤浩然和杨紫

成长讨论

认识了浩然的一家，似乎感到这是吉祥的一家。但在吉祥的背后，给我们留下太多思考，尤其是在父母双方对孩子教育的问题上。

尤爸爸急于将浩然推出去，让他早早地适应这个社会，在儿子3岁时就急于让他懂得坚持，懂得诚信，却忽略了孩子在社会化建立过程中需要不断地强化，循序渐进地引导，绝不是一次严重的惩罚就可以建立的。在浩然面对不敢翻越的假山时，父亲是"一把把浩然拉过来"，不但不能培养起孩子勇敢的品质，反而让孩子体会到了更多不安全感。

尤妈妈又和尤爸爸完全不同，她是紧紧地把浩然抱在怀里，不让孩子去接触任何她觉得有危险的事和人，她把自己对外界的担心和恐惧投射到了儿子的身上。

浩然的父母，一个推一个拉，一个左一个右；两种不同方法，两种不同的观念，让孩子无所适从，同时又在这一左一右的矛盾里寻找空隙、"游戏"世界。更有甚者，孩子不知道他究竟该认同爸爸眼里的世界，还是相信妈妈眼里的世界，这样会让他更加收紧起探索世界的双脚。

让生活重新来过

这是一位坚强的母亲。体弱多病的女儿，变心背叛的丈夫，支离破碎的家庭，彻骨的疼痛之后，她选择了坚强和快乐。是女儿让她明白，离开错的，才能遇到对的。享受生活，享受爱，享受生命的每一天，这才是生命的真正意义。

这是一位早熟的女儿，家庭的剧变，多病的身体，同学和老师的讥讽与嘲笑，小小的她，在尝尽人间冷暖之后，有了一颗敏锐成熟的心。

女儿何阳倩雯：女人应该学会享受，不能太要强。
妈妈杨巧芝：我女儿不像我女儿，像是我妈妈。

6. 何阳倩雯母女沙漠徒步
暴走

16. 家庭剧变，
惊醒的痛楚能否雁过无痕

　　成都冬日的傍晚，淅淅沥沥地下着小雨，被雨雾笼罩着的住宅小区渐渐归于宁静。灯下，13岁的小女孩何阳倩雯正坐在沙发上发呆，窗外的雨声让她心烦意乱，内心的紧张让她的目光飘忽不定。她不时盯着书房的门看，书房里隐约传出爸爸妈妈的争吵声，偶尔还夹杂着妈妈低低的啜泣声。

　　雨点不停地打在窗户玻璃上，发出清脆的"沙沙"声。她觉得那雨就像砸落在自己的心上，让她的心感到彻骨的寒意。

　　半个小时前，放学回来的何阳倩雯推开家门，就闻到一股刺鼻的烟味。她看到半个月没有回家的爸爸正站在窗户前抽烟，妈妈的眼睛红红的，头发凌乱，好像刚刚哭过。倩雯的心一下子沉了下去，她走到妈妈面前，小心翼翼地问："妈妈，你怎么了？"

　　"没什么。"妈妈有气无力地应了一声，对爸爸说："走，我们到书房去谈。"转头又看了看倩雯："你到外面玩，我跟你爸爸商量件事情。"

　　书房的门被重重地关上，何阳倩雯一个人坐在偌大的客厅里，窗外的景色渐渐地变得黑暗、模糊了。

　　终于，书房的门开了。"雯雯，你进来。"爸爸叫道。

　　倩雯忐忑不安地走进书房，妈妈低着头还在轻轻抽泣。听到女儿的脚步声，妈妈抬起头，哽咽着说："雯雯，爸爸要和妈妈离婚，以后你跟妈妈一起过。"

　　"为什么？"倩雯一下子懵了。

　　"你问你爸。"妈妈突然抬起头来怒视着丈夫。

　　在接下来爸爸妈妈近乎争吵的陈述中，倩雯终于明白了他们离婚的原因：爸爸有了外遇，已经有好多年了，被妈妈发现了，爸爸提出来要离婚。

　　倩雯愤怒地看着爸爸，眼前这个男人一瞬间变得那么陌生，她流着泪冲着爸爸大吼："你为什么要那样做？"

　　"小孩子，你懂什么？大人的事你能明白吗？"爸爸根本不顾她的感受，站起来转身就往外走。他走得很急，门在身后"啪"地被甩上，巨大的震动声，在黑夜里分外响亮。

　　房间里一下子恢复了平静，妈妈呆呆地看着窗外，愣了几秒钟后，忽然一下子扑在了床上，放声痛哭了起来。长久以来在她心中郁积的委屈，现在就像突然被砸开了一道口子，心痛的泪水汹涌而出。突如其来的打击让她一时不知所措，她不知道到底是哪里出了错，此刻，她唯一能做的就是痛哭了。

　　倩雯哭着跑到妈妈身边，拍着妈妈的后背说："妈妈，别哭，别哭……"妈妈转过身拉过女儿，母女俩抱头痛哭。

这天晚上，母女俩彻夜未眠。

心理点评：

家庭的变故，常常让中年父母们感到措手不及。母亲杨巧芝面对婚姻危机，被彻底击垮了，为了获得支持，她把女儿拉进了这场"战争"。殊不知，家庭的变故，父亲的背叛，会在女儿心中扎下痛苦的种子，势必会造成孩子以后的成长障碍，在倩雯表面沉着的背后，一定掩盖了一颗受伤的心。

亲子感悟：

面对家庭变故，父母应该如何处理才会让孩子的伤害减到最小呢？

（1）不要把孩子拉进对父母对错的评判中。婚姻的破裂，一定不是某一方全部的过错。受到伤害的母亲，常常为了获得支持，会把离婚的过错全部推向父亲，并且联合她的孩子一起来指责父亲。对于父亲和母亲的这场评判，无论谁对谁错，对孩子都是难以接受的。

（2）让孩子知道，父母虽然离婚了，但双方对她的爱是不会改变的。即使你和孩子遭到无情丈夫的抛弃，也要让孩子知道，离婚只是父亲和母亲之间的情感破碎，丝毫不会影响父亲对她的爱。

 体弱多病的女儿，繁忙焦虑的妈妈，家在风雨中飘摇

31岁那年，杨巧芝终于当上了妈妈。当时她疯狂地亲着女儿的肉嘟嘟粉嫩嫩的脸，喜极而泣。回想往事，她历历在目。

那年，22岁的她考上了四川一所大学的研究生。她不顾家人和朋友的劝阻，放弃了自己在湖南省人民医院的金饭碗，只身来到四川求学。

在上学期间，她结识了她的丈夫，不久后两个人就结了婚。刚结婚的时候，两人的工资都不高，又都是农村出身，双方还得不时帮衬帮衬家里，日子过得紧巴巴的。结婚时新房里连张床都没有，两人就在地上睡了整整一年。

拮据的家境，杨巧芝决定暂时不要小孩。随后，她接连两次流产，等到想要小孩的时候，杨巧芝发现自己竟然患上了不孕症。夫妻俩这才着了慌，杨巧芝自己就是研究计划生育的，她决定自己给自己治病。这一治就是三四年，期间，杨巧芝不管中药西药，只要她觉得可能有用的都去尝试。有几次，她因为吃错了药，把自己折腾得痛苦不已。但是看到自己深爱着的丈夫，她下狠心：不管怎么样，也要为丈夫生一个孩子。最后，她终于成功了。

女儿的出生给小家庭带来了新鲜和喜悦，但是杨巧芝还没来得及好好享受做母亲的喜悦，就不得不面对生活的艰辛。双方父母都不在身边，丈夫每天要上班，经济也不好，杨巧芝在月子期间只能自己照顾自己。由于缺乏营养，杨巧芝身子非常虚弱，以致连抱女儿都觉得非常吃力。

好不容易出了月子，行动方便了，但是没过多久，倩雯就生病了。刚开始以为是感冒，杨巧芝并没有太在意，只是普通的吃药打针。没想到后来烧越发越高，小两口慌了，赶紧送去医院急救，好不容易才把烧退下来。但是回到家没过几天，倩雯又开始发烧……

就这样，在以后的十几年里，倩雯成了家里的"药罐子"，一个月至少有两个星期在医院里度过。杨巧芝带着女儿求遍了成都的中西名医，却都不见效。每次流感袭来，同龄的小朋友咳嗽几声，倩雯就会感染发烧，咳嗽得没完没了。好不容易治好了，心还没完全放下来，没过几天，女儿的病又犯了。

如此反复折磨，杨巧芝的心时时都悬在半空。女儿打个喷嚏也会让她心惊肉跳如临大敌。每次看到女儿咳得气都喘不过来，杨巧芝又焦急又心疼，

那时候的杨巧芝在大学里教书，由于工作没多久，工资很低。杨巧芝每天除了上班，还要负责女儿的接送。有天晚上，杨巧芝加班回到家的时候，已经是深夜一点了。她一挨着床就想立即躺下蒙头大睡，但是看到一盆子的脏衣服，她又不得不硬撑着去洗衣服。沉重的睡意让她几次都歪在洗衣盆旁睡了过去，醒了又继续洗。好不容易把衣服洗完，她上床准备睡觉，又突然发现女儿的脸红通通的，呼吸艰难。她一摸，女儿全身发烫，又发高烧了！杨巧芝的睡意一下子吓得无影无踪，她赶紧摇丈夫："雯雯发烧了，赶紧送她去医院。"丈夫睁开朦胧的睡眼，咕哝了一句："你送去就好了。"翻个身又睡着了。

杨巧芝顾不得生气，马上背起女儿往医院跑。深夜的街道静寂无人，几盏街灯亮着惨淡的光，杨巧芝背着女儿深一脚浅一脚地只顾往医院的方向跑，不停地叫着："雯雯，快到了，醒来和妈妈说说话……"

杨巧芝、何阳倩雯母女二人准备进行沙漠摩托过桩比赛

赵杰伦被淘汰和杨巧芝道别

到了医院,已经是凌晨三点。值班医生看到满头大汗浑身泥水的杨巧芝吃了一惊,但是看到她背上的孩子,马上明白了一切。

由于送得及时,小倩雯总算逃离了危险。但是那晚上杨巧芝硬是没敢合眼,生怕女儿再出现意外。

小倩雯的病反反复复,让杨巧芝几乎喘不过气来。四川省的中医他们几乎全都跑遍了,总是没法根治。杨巧芝学的是西医,为了更好地照顾女儿,她开始学中医。五年的时间,她把中医全都自学完了。

家里经济越来越紧张,夫妻俩的工资除去给女儿看病,连基本的生活都很难保障。而最令杨巧芝担惊受怕的是:万一女儿治病的钱都不够了,该怎么办?丈夫除了每天上好自己的班,从来都不会替她分担压力,什么事他都任其自然。杨巧芝没办法,不得不自己寻找机会。

一个偶然的机会,杨巧芝的一个同学说要投资开公司。她想这也许是让一家摆脱困境的出路,于是借了钱和同学一起开始经营公司。由于投资少,公司刚刚起步,丈夫对她公司的事从来都不闻不问,小事小情都得杨巧芝亲力亲为。她同时还兼着仓管的职务,有时供货商半夜送货来,她就从被窝里爬起来,一个人跑出去卸货,一个人扛进仓库。

上班,打理公司,接送女儿上学,整理家务……杨巧芝忙得像个陀螺。这些杨巧芝还觉得可以承受,最令她痛苦的还是女儿的病。女儿三天两头的病让她忙得焦头烂额,而心里的焦虑简直让她痛不欲生。

杨巧芝把所有的心思都放到了女儿身上,为了给女儿挣治病的钱,她拼命工作。慢慢的,丈夫也开始"加班"了,经常整晚整晚不回来。节假日,甚至春节都不例外。杨巧芝觉得非常安慰:丈夫终于有责任心了。她根本没想到丈夫会出轨,也没有时间去考虑和丈夫的关系,她的眼里只有被病痛折磨的女儿和无休无止的工作。

生活对于杨巧芝而言,压力和痛苦多于快乐。每天都疲于奔命,根本没有时间停下来,看看路旁盛开的花朵。这样了无生趣的日子,她不知道什么时候才能熬到头。

心理点评:

倩雯是31岁的妈妈两次流产之后,四处求治后才生下的。身体孱弱的杨妈妈生下了从小就多病的倩雯,母亲对倩雯倾注了全部的爱和关心。母亲一边辛苦工作一边辛勤地照料着倩雯,多病的倩雯隔三差五感冒发烧,每次都是妈妈背着她去医院。

对于杨妈妈,在她的世界里,无时无刻不在想着怎样多挣一点钱为女儿看病,为了女儿拼命地工作着。杨妈妈对女儿的爱深深地打动了我。读着这个坚强能干妈妈的故事,似乎觉得倩雯的家庭里,只有妈妈和她。爸爸去哪里了？

我们常说，女人的强大往往会催生男人的无力感，会让他觉得这个家庭不需要他。无形中，妈妈的能干把爸爸"推出了家门"。但对于女儿，父亲在她成长的过程中仍然具有不可缺少的作用。

亲子感悟：

孩子在婴儿期和母亲要经历一段"共生"期。在这个时期，儿童与母亲的心理融合，使孩子感到他和母亲是同一个人。随着慢慢的成长，父亲的进入，打破了母亲和孩子的这种关系，会让孩子逐渐地从母子的共生期进入到个体化的过程。

当主持人宣布总决赛结束，总决赛三强选手为自己优异的成绩欢呼

在倩雯从小的生活里，似乎一直都是缺失爸爸的。她的世界里只有妈妈，妈妈全身心地对倩雯时时呵护，无形中延长了母亲与女儿的共生期。这也许可以理解，为什么母亲如此的照顾，女儿却依旧常常生病。我们可以大胆地设想，女儿潜意识里认同母亲对女儿照顾的需要，这让杨妈妈从好不容易得到的女儿那里，体会到了作为母亲的强烈被需求感。

母女俩的紧密，让父亲成为一个"局外人"。男人在家庭中的最强烈需求感主要来自妻子，如果妻子一门心思扑在孩子身上，冷落了丈夫的感受，丈夫会把这种情绪的潜意识通过"不履行家庭职责"表达出来，所以在倩雯的家里，似乎看不到一个父亲和一个丈夫。

而事实上，这个危机的主谋竟然就是家庭中最辛苦的人——杨妈妈！

3. 苍白的医院，黑暗的童年

倩雯的记忆里，印象最深的是白色。自从开始记事起，她大半的时间都是在医院里度过的。白色的天花板，白色的窗帘，白色的床单，空气中充斥着消毒水的味道，手臂上的针孔还没愈合，马上就会扎出新的。

杨巧芝每天都很忙，虽然生病的时候她会推开一切陪在女儿的身边，但是在生活重压下的她，大多数时候都是沉默的，在倩雯的眼里，妈妈总是疲惫不堪。

爸爸很少在家，每天晚上倩雯要睡觉了，爸爸还没回来；但是等倩雯醒来的时候，爸爸已经出去了。爸爸除了给倩雯讲解作业之外，很少会陪女儿聊天。

爸爸经常的"加班"和"出差"，让小倩雯觉得很自豪："我的爸爸那么多事情，日理万机，真了不起！"每次爸爸跟倩雯讲解数学题的时候，小倩雯都会用崇拜的眼神看着爸爸，他是那么的聪明却又那么陌生，她像崇拜华罗庚一样的崇拜着自己的爸爸。

但是，在小倩雯的印象中，爸爸除了偶尔关心一下自己的学习，问自己考得怎么样，作业完成了没有之外，很少会和自己讲其他的事情。有时，倩雯很想跟其他的小朋友一样，扑到爸爸的怀里撒撒娇，但是当看到爸爸一脸严肃的表情时，她就胆怯了。别的小朋友的爸爸总是会带孩子出去玩，自己的爸爸从来都不会。爸爸很少在家，也很少亲近自己，他就像一座山，高不可攀。

那时候的何阳倩雯学习成绩也差得一塌糊涂，老师连给她补课都失去了信心，反正她不管怎样也学不会，补课又有什么意思？无奈，爸爸只好自己给女儿讲解。但是，爸爸很快发现老师讲的并没有错，女儿的接受能力差得令他无法想象。一次，为了一道简单的算术题，爸爸给倩雯整整讲了一天，她还是没法理解。口干舌燥的爸爸看着女儿一脸茫然的表情，急得忍不住用手不停地拍桌子："你怎么就那么笨呢？"

每次考试完之后，何阳倩雯的自我感觉都很好，也会提前跟妈妈报告自己所猜测的成绩。但是，妈妈发现，女儿每次都跟她所预测的成绩相差甚远。于是，妈妈认为女儿不仅智商有问题，情商也有问题，整个就是"傻"。他们对女儿彻底失望了，身体不好还可以治，面对女儿的"傻"，两人觉得心灰意冷。

由于学习不好，接受新知识非常慢，老师很不喜欢这个笨笨的女孩子。每次有同学犯了错误，老师都会拿倩雯做反面教材："难道你打算像何阳倩雯那样吗？""你如果再那样的话，小心变成和何阳倩雯一样啊。"

何阳倩雯尽管学习不好，但是每次老师提问她都会积极回答问题，只是答案十有八九是错误的，有时甚至会错得很离谱，引得全班同学哄堂大笑。后来，老师很少让倩雯回答问题，有时候甚至还会在提问之前就点名警告："何阳倩雯，你不要回答问题。"

被老师看不起的何阳倩雯，同时也受到了同学们的排挤和冷落。一次，女孩子们在一起跳绳，倩雯兴冲冲地跑过去，想跟同学们一起跳。结果几个同学马上冲她大叫："我们才不跟你跳呢，你离我们远一点，傻瓜！"何阳倩雯呆住了，几秒钟后，她在同学的驱赶和讥笑中默默地走开了。

后来，何阳倩雯就专门找一些老师眼里的"差生"，跟他们玩在一起，因为只有他们才不会嫌弃她。这个小圈子经常会引来同学们的讥讽和嘲笑，每次倩雯心里都委屈得想哭。

那时候的何阳倩雯觉得周围的世界一片黑暗，她就在那黑暗里不停地打转，昏头转向。

何阳倩雯母女贵州过障碍赛

心理点评：

从倩雯开始记事起，她的世界里充满了白色，她的童年大半时间是在医院里度过的。妈妈总是忙碌疲惫，爸爸也经常"加班"，小倩雯的童年里似乎没有太多由父母带来的绚丽色彩。

倩雯在母亲那里虽然获得了很多生活上的照料，但母亲对于倩雯人格的发展却似乎忽视了很多。

对于女孩来说非常重要的父亲，也没有积极地认同女儿，这让倩雯体验到一种被抛弃感，并在无意识中接受了父母对她的"定位"——笨。她潜意识中很自然地按照父母"认定"的方向往前走，成为了班上最笨的孩子，老师眼里的反面教材，连同学们都嘲笑她是个"傻瓜"。

何阳倩雯母女阳关积分赛拼尽全力

亲子感悟：

我们一起来看看，在倩雯身上承载了家庭中的哪些心理动力？

首先是杨妈妈来之不易的"妈妈角色"。通过内心投射机制，女儿认同了母亲投射过来的情感，于是常常生病。每一次生病，母亲就会放下手边的一切事情，全心全意地照顾倩雯，并"享受"着自己母亲的角色。

其次是父亲眼里的"笨"。女孩子最重要的自我意象是来自父亲，父亲眼里的"笨"成为了倩雯对自己的定位。

无疑，倩雯是一个很"乖"的孩子，她用自己的不停生病满足了母亲，也用自己的"笨"接受了父亲对她的评价。但是我们是否能体会到，倩雯在她成为"乖"孩子的内心深处，却压抑着对父母的愤怒。

贵州比赛令人眼花缭乱，何阳倩雯母女用辛苦获得的数字密码解锁

4. 谁都有权选择幸福

上了初中以后，何阳倩雯的病开始慢慢好转，人变得聪明了，成绩慢慢跟了上来。不用天天担心女儿的病，不用三天两头往医院跑，少了大笔的医药费，杨巧芝觉得在她心口压了多年的石头正在慢慢地被挪开，一直被愁苦蒙蔽了的世界陡然之间射入了阳光。这时候杨巧芝和丈夫的工资也高了许多，杨巧芝觉得自己终于可以轻松了。

> **心理点评：**
>
> 初中时倩雯的病开始慢慢好转，也变得聪明了，这其实是青春期倩雯开始发展自己独立自主性的一种表现。这种独立自主，让倩雯开始呈现"真实的自我"，对抗在生命早期父母投给她的"虚假自我"。

2007年的暑假，何阳倩雯疯狂地爱上了"快乐男生"。那天妈妈不在家，爸爸在卧室睡午觉，倩雯看到爸爸的手机放在客厅的茶几上，就拿起爸爸的手机准备给她喜欢的选手投票。突然，手机铃响，一条短信悄然而至。倩雯随手就打开了，当她看到信息内容时，她惊呆了。这是一条很暧昧的信息，是一个叫小雅的人发给爸爸的。14岁的何阳倩雯，对大人间的事情也略知分晓，她马上怀疑是爸爸有了外遇。但是爸爸平时都那么严肃，正气，她不敢相信爸爸会做这样的事情。她在心里替爸爸辩解：也许是别人发错信息了，爸爸不是那种人。

在里屋睡觉的爸爸也听到了信息的铃声，他走出来，看到一脸惊疑的女儿，马上意识到了什么。他不动声色，喝了一杯水就又回房间睡觉了。

接下来的一个星期，倩雯暗暗留意着爸爸：爸爸回来得比以前早了，以前吃过晚饭还要出去打麻将，现在就呆在家里看电视，一点也不像有外遇的样子。一个星期后，倩雯终于松了一口气：原来自己差点错怪了爸爸。她很快就把这件事忘到了脑后，对妈妈只字未提。

两个月后，杨巧芝终于发现了丈夫的事情，她感觉整个世界在瞬间全都崩塌了，她做梦都没想到丈夫会背叛自己。十多年了，她为家庭忙得完全忘了自己的存在，忘记了自己曾经有过的爱好，甚至忘记了自己存在的理由。她像个陀螺似的不知疲倦地为个家转着，却没想到自己的辛苦忙碌，换来的却是丈夫的背叛。

　　丈夫对自己的背叛并无悔意，反而正式向她提出离婚。杨巧芝懵了，她看着面前这个和自己生活了十几年的男人，突然感到一阵心寒：眼前的丈夫原来是那么的陌生。

　　第二天晚上，倩雯从寄宿学校回来过周末，杨巧芝和丈夫把离婚的事全盘告诉了女儿，倩雯惊呆了，她马上想到了之前看到的那条信息。爸爸的形象在她心里瞬间扭曲变形。而爸爸头也不回的关门声，也狠狠斩断了她内心所有的温情和依恋。

　　一夜的撕心哭泣，一夜的痛苦思索，当清晨的阳光透过黄色的窗帘，给房间充满了一屋的温暖时，倩雯揉了揉惺忪的眼睛站了起来，她走到妈妈面前，认真地说："妈妈，你就跟他离婚吧，他都那样了，还有什么可留恋的？"杨巧芝抬起了头，她简直不敢相信自己的耳朵，这是女儿说的话吗？

　　"你说什么？"杨巧芝好不容易吐出这几个字。倩雯盯着妈妈的眼睛："我说你跟他离婚，他不爱你，还会有其他人爱你，我也会支持你！"

　　杨巧芝不再说话，她觉得自己这么久以来一直憋足了气就像一只气球，现在被丈夫无情地刺破了，只剩下软绵绵的躯壳，掉到了地上再没有任何力气摆动。

　　杨巧芝思前想后，打电话给自己的父母姐妹征求意见，有人反对，有人赞同，她又陷入了深深的矛盾之中。

　　妈妈每天以泪洗面，憔悴不堪，倩雯看在眼里，急在心里。这么多年，妈妈默默地承受着家里的重担，太辛苦了。她恨爸爸，也恨外面的那个女人，恨他们夺走了妈妈的幸福。

　　星期一到了学校，倩雯把事情跟自己要好的几个朋友一讲，朋友们一个个义愤填膺，大家得出了一个结论：所有的都是外面的那个女人害的。几个小伙伴摩拳擦掌，准备分头去找那个破坏了倩雯家庭的女人，狠狠教训她一顿。

　　当倩雯有些得意地打电话告诉妈妈时，杨巧芝慌了。她呵斥女儿立刻停止，但是女儿不依不饶，杨巧芝赶紧跑到学校，硬是把女儿给截了回来。

　　倩雯哭了，她冲妈妈大吼："你为什么不让我们去教训她？"杨巧芝抓住女儿的手，解释说："这事不怪那个女人，苍蝇不叮无缝的蛋，你爸有错，我也有责任，这么多年来，我一直没关注过他的感受……"

谁也没有想到何阳倩雯母女用自己的智慧和勇气，完成了高空行走比赛

玉门关，汉诺塔比赛。何阳倩雯母女率先完成比赛

何阳倩雯母女乌镇艰难挂布，用自己的智慧和默契配合在短时间内完成比赛

> **心理点评：**
>
> 　　意外看到的短信，让倩雯马上怀疑父亲有了外遇，但她却否认自己的感觉，因为在每个女孩的内心里，都会把父亲幻想成最完美的人，她在心里为父亲辩解，不相信父亲会是这样一种人。
>
> 　　当倩雯的担心成为事实——父亲为了外遇和母亲提出离婚，这打破了倩雯内心理想化的父亲形象，她甚至把压抑的怒火投向第三者。这时候，母亲的正确引导平息了女儿的怒火。
>
> 　　杨妈妈这时候开始意识到，是因为自己对丈夫的常年忽略，才把他推给了别人。杨妈妈此时能够正确地对待自己的婚姻危机，并让女儿倩雯知道，爸爸的离开不全是爸爸的错，自己也有责任，这对于孩子来说，将是终生受益的。

　　"他们把你害成了这个样子，你还为他们讲话？我不去找他们算账可以，我还可以照样过我的日子，而你呢，你天天在家里不吃不喝，天天哭，你以为他们又会心疼你吗？他们现在说不定正在外面逍遥开心呢。"倩雯用力擦了一把眼泪，跳了起来："爸爸已经不爱你了，为什么连你自己也不爱自己呢？"

　　一席话惊醒梦中人，杨巧芝沉默了。她没想到女儿能讲出这样的话，14岁的女儿完全超出了她的想象。

　　"为什么连你自己都不爱自己呢？"杨巧芝的心突然被狠狠地触动了，是啊，这么多年了，我爱过自己吗？我的心全扑在了女儿和家庭上面，我甚至忘了我自己的存在——

　　她终于做出了决定：离婚。

　　在做决定之前，杨巧芝把女儿叫到了自己的面前："倩雯，你有没有想过，如果我跟你爸爸离了婚，以后我们一家三口就再也不会在一起了。"

　　"没关系。"倩雯脱口而出。

　　"如果我和你爸爸离婚，以后你结婚了，参加婚礼的就只有妈妈一个人了，以后你要是成功了，在台下给你鼓掌的也只有妈妈了，你也会没关系吗？"

　　"没关系。"迟疑了一下，倩雯又说："妈妈，你不用担心我，你想怎样就怎样，谁都有权选择幸福。我支持你和他离婚，他已经不爱你了，你们勉强生活在一起都不开心，我也不开心，那为什么不干脆离了呢？离了之后，他还是我爸爸，你还是我妈妈，我还是照样上学，有什么不好呢？"

　　杨巧芝看着女儿认真的表情，她释然了。那一刻，她突然觉得眼前的女儿不像是自己的女儿，而像是自己的妈妈。

　　第二天，杨巧芝就去和丈夫办了离婚手续。

何阳倩雯母女阳关古装扮相

5. 享受生活，享受美丽

何阳倩雯用力平衡独木桥，杨巧芝艰难行走

　　离婚之前的杨巧芝对外面的世界了解很少，没去过美容院，没逛过王府井太平洋商场，平时逛的都是街边小摊，而且都是为丈夫和女儿买衣服，她自己的一件衣服穿好几年。她也没为自己买过任何化妆品，每年买两瓶宝宝霜，一家三口一起用一年。离婚后，杨巧芝决定找回自己，要好好爱自己，把以前缺失的都补回来，享受生活，享受美丽。

　　杨巧芝开始改逛大商场，为自己挑选很多漂亮的衣服，给自己买很好的化妆品，定时去美容店做保养。为了让自己过得更充实，她为自己打造了一个时间表：每周两个晚上健身，一个晚上美容，一个晚上和朋友喝茶或者是聊天看电影，一个晚上购物，周末的两个晚上陪女儿。这样一规划，她的日子马上充实快乐起来。以前她也忙，但那是为生活而忙，而现在，她是在享受生活。

　　看到妈妈一天比一天年轻，一天比一天漂亮，倩雯很开心："作为一个女儿，我希望妈妈会享受，变得更女人一点。"

　　现在很多朋友看到杨巧芝都会很惊奇："你现在真漂亮，以前怎么就没发现你有那么漂亮呢？"现在的杨巧芝彻底推翻了自己以前的"居家概念"，经过了那次失败的婚姻，她不断在反思：为什么我不断地付出，却得到这样的结果呢？是的，我在不断付出的同时失去了自我。她得出了结论：女人一定要学会善待自己，让自己变得漂亮，变得自信。

　　杨巧芝在自己化妆的同时也给女儿化，有时去美容院美容也会带上女儿一起保养。她现在不会刻意要求女儿去学习，一切只要女儿觉得开心就好。

心理点评：

    离婚后的日子，倩雯妈妈的生活出现翻天覆地的变化。以前，她的眼里只有家，只有女儿，完全忘记了自己。失败的婚姻，让她开始反省自己。

    很多女性，结了婚有了孩子以后，她的世界里就忘却了自己，终日围着家庭转，到后来往往和杨妈妈一样，虽然自己全心为家，却遭遇到丈夫无情变心。其实，在你习惯了忘记自己的时候，你的丈夫也会忘记你！

    无论在任何时候，都不要忘记自己，善待自己会让身边的人也一样善待你！如果你用忘记自己的办法，教会你的丈夫忘记妻子，你的家庭最终会曲终人散。

女儿，我为你骄傲也为你担心

    现在的何阳倩雯已经读高一了，她也早已不是当年的那个的反面典型了。现在的她非常自信："我觉得自己长得端正，学习也不错，其他方面也算多才多艺，考试也是全班前几名，我觉得自己已经很了不起了。"

    妈妈失败的婚姻给倩雯触动很大，从小看到妈妈像个女佣一样为家里操劳不停，整个身心都放在家人的身上，却忽视了自我，到头来落得这样的结果。妈妈那憔悴而又黯淡的脸，深夜做家务时疲惫的身影，总是不时出现在倩雯的脑海里，时时提醒着她不要重蹈覆辙。倩雯说："我有新的人生观，自己要会享受，成绩之类的不算什么，我不会再去强求，好就好，不好就不好，女人不要太好强，不然男人会有压力。"

    和前夫生活了十几年，杨巧芝对丈夫的感情一直很深，离婚之后，杨巧芝有时还是会对前夫有所牵挂，经常会睹物思人，黯然神伤。倩雯每次看到妈妈那样就会劝妈妈："你不要再这样子了，都已经过去了，为什么你老是那么优柔寡断呢？"后来劝得多了也不管用，倩雯会忍不住冲着妈妈发脾气："你为什么总要折磨自己呢？你在这里想他，伤心，你有没有想过，他现在可能正在开怀大笑呢。"

    在为女儿的懂事感到欣慰的同时，女儿的变化也让杨巧芝内心隐隐担心。

    有一次，杨巧芝看到女儿在家看电视看得太久，就硬拉着女儿跟自己去公园散步。公园离家不到400米的距离，何阳倩雯没走多久就开始嚷累，趁妈妈去路边小卖部买水的时候，她赶紧爬上一辆出租车，一溜烟跑回了家。杨巧芝就一直不明白，几百米真的有那么累吗？

现在的何阳倩雯和人交往都会用心分析人家，一次，妈妈在火车上跟一个邻座的人聊得很投缘。倩雯在旁边一直不怎么插话，眼睛却不时盯着人家看。杨巧芝觉得很奇怪：这孩子，老盯着人家看什么呢？刚想提醒女儿，何阳倩雯突然问道："叔叔，你跟我妈妈讲了那么多，你是不是还有什么隐私没有讲呢？"

自从杨巧芝和丈夫离婚之后，何阳倩雯从来没有主动打过电话给爸爸。杨巧芝认为不管有没有离婚，也不管离婚是谁的错，爸爸永远是爸爸，这份血脉亲情不应该疏离。可她每次要求女儿给爸爸打电话，都不了了之。离婚后的第一个春节，杨巧芝拨通了丈夫的电话，要女儿跟爸爸讲话，倩雯冲着电话说了一声："爸爸，春节快乐！"那头的爸爸回过来一句："你们也春节快乐！"接下来就剩下沉默，父女俩再也找不到话题。

杨巧芝一直觉得自己对不起女儿，她觉得女儿之所以会这样，全是因为自己和前夫造成的。如果不离婚，女儿也会像别的孩子那样，健康快乐地成长。

沙漠行走，暴晒无度，但何阳倩雯母女依然保持乐观心态

戈壁行走虽然辛苦，但何阳倩雯母女并没有放慢自己的脚步

心理点评：

父亲的抛弃，让倩雯在内心深处深刻地感受到：妈妈像个女佣般地为家庭操劳，到头来却换来男人的抛弃。14岁的倩雯，用自己没有成熟而受伤害的心，为自己定下了新的生活观：女人要懂得享受，不能太好强。

倩雯似乎把父亲忘得一干二净，当母亲思念丈夫时，换来的是倩雯的指责。这里面其实包含了倩雯对父亲的恨，这种恨也会让幼小的倩雯对周围的世界充满猜测和怀疑。

亲子感悟：

婚姻的变故，身为人父的爸爸们一定要小心处理，你的无情和冷漠也许会给你的儿女们带来毁灭性打击。

女孩如果遭遇到父亲无情的离家弃子,这会让她在内心深处滋生对男性的不信任,因为小小的她们,体验到了生命初期最重要的男人——父亲对她们的抛弃。这可能会让女孩潜藏对周围世界的不信任;是啊,连她最信任的人都可以抛弃她,那她还能再相信谁呢?

　　父亲在处理离婚时,一定要把自己的爱留给女儿,让他们知道,尽管你无法再和她的母亲继续维系婚姻,但你对女儿的爱将永不停息。你坚定的爱,将引导你的女儿,安全而信任地和她周围的世界打交道。

冠军之旅,
母女俩一直在寻找

　　2008 年 6 月,湖南卫视《我是冠军》节目开始接受广大观众报名。何阳倩雯第二次给自己和妈妈报了名,2007 年她也曾报过名,但是没能参加。今年,她抱着试试看的心态,看好运能不能降临到自己的头上。

　　7 月份,杨巧芝接到了节目组的电话,她们被选上了。当她把这个消息告诉女儿后,倩雯高兴得跳了起来。

　　杨巧芝也觉得这是一个给心灵度假的机会,女儿每个周末回来在家呆两天,平时总是自己一个人在家,冷冷清清,难免不断想起一些伤心的往事。出去走走可能会忘掉一些事情,而且,和女儿一起参加比赛,也会增加两个人的感情。

　　母女俩很快就踏上了比赛的旅途。在长沙的大本营,她们见到了来自天南海北的其他 15 对选手。全新的环境,友善的面孔,何阳倩雯马上和其他小伙伴玩到了一起。看着女儿开心地笑着、跳着,杨巧芝欣慰地笑了,很快她也和其他家长聊开了。

　　比赛的第一站是郴州的东江湖,豁免赛,项目是抢滩,两个家庭为一组,共划一艘皮划艇。最先到达湖中小岛的一条船胜利,赢得豁免权,直接进入下一轮的比赛。

　　倩雯母女的临时搭档是一对意大利父子,爸爸保罗和儿子森龙。开始大家都很用劲地划,但是到中途的时候,由于大家的方向没掌握好,船一直在原地打转。保罗责怪森龙,森龙生气了,干脆不划了。后来虽然大家还是继续往前划,但是却因为中间的停顿而远远落后于别人。

　　在快要到达终点的时候,森龙父子跳下了船,直接游向目的地,船上只剩下了杨巧芝母女两个。她们决定继续向前划,但是由于两个人从来都没有划过船，森龙父子一走，船就一直在原地打转，最后，母女俩不得不求救。

虽然没有获得豁免权，但是杨巧芝并不觉得遗憾，因为她觉得自己和女儿已经尽力了。

在第二天的淘汰赛"上阵父子兵"中，母女俩要合作一起通过泥坑上的独木桥，钻过水坑上的轮胎阵，再爬过逃生墙。

在过独木桥的时候，何阳倩雯记不清自己和妈妈到底掉下水多少次。每次落进水里，倩雯就只有一个想法：爬起来，重新来过。最后，两个人从头到脚都湿透了，不停在滴水。第二关的轮胎阵两人也过得非常艰难，当杨巧芝第三次从轮胎上掉下之后，她几乎没有力气再爬上岸，她觉得自己就要不行了。但当她看到女儿丝毫没有要放弃的样子，旁边的选手也都在为她们鼓劲加油，她马上就给自己打气，硬撑着继续比赛。

最后，母女俩终于敲响了代表胜利的锣鼓，虽然用的时间相对较长，但是因为有几对选手选择了放弃，最终母女俩成功晋级。

在接下来的比赛中，母女俩携手同行，一路过关斩将。第二站浙江乌镇，第三站贵州凯里，第四站甘肃敦煌，一直到最后的两百里沙漠徒步穿行。

母女俩第一次见到现实中的沙漠，当浩瀚无边的黄沙映入眼帘时，杨巧芝突然有想流泪的感觉，炙热阳光下的黄沙泛着金色的光芒，一闪一闪，温暖而又亲切。身旁的女儿高兴得又唱又跳，而那一刻，杨巧芝忽然觉得，从前的那些个人恩怨得失，与大自然相比，是多么渺小而微不足道啊。

当得知自己和女儿将与其他几对选手一起背着行囊徒步穿越两百里沙漠时，杨巧芝有些担心了，她不知道女儿能不能坚持下去，还有她的身体能不能适应得了。

这次比赛是以到达终点的先后顺序定输赢的。刚开始的时候，何阳倩雯兴致很高，沙漠的一切都令她惊奇，她不时大声地发出感叹：啊，这里的石头撞击时怎么可以发出金属一样的响声，太神奇了！这片沙丘好像一头牛啊，真漂亮……

但是很快，何阳倩雯就静了下来。体力在飞快地流失，空气似乎也变得稀薄，呼吸越来越困难。她看了看妈妈，妈妈的脸红通通的，满头大汗。看到女儿痛苦的样子，杨巧芝有些担心："怎么样？还行吗？"何阳倩雯摇了摇头："没事，他

阳关射箭比赛，何阳倩雯战胜自己的胆怯，骑马射箭

杨巧芝凭借自己的坚定信念，欲与其他男选手在射箭比赛中一决高下

们都可以，我也可以。妈妈，你要是不行的话一定不要强求。"杨巧芝笑了："妈妈可以的！"

一路上，体力的透支使两人都不愿意多说话。下午的时候，当远远看到前面的绿洲时，何阳倩雯跳起来大声惊叫："啊，绿洲，太神奇了！太美了！"她飞快地跑向绿洲，精力充沛的样子，和刚刚精疲力尽的样子判若两人。

杨巧芝不断地被女儿感染着，女儿会因为看见一头小毛驴而高兴得大叫，跟在毛驴的屁股后一边跳一边唱"小毛驴之歌"，她也会跟着轻轻哼；两人为怎样得到别人的一瓢水而绞尽脑汁，当那一小瓢水明晃晃地在眼前闪动时，母女两人兴奋地拥抱在一起欢呼……

两百里的沙漠，长达数天的行走，母女俩艰难地相互支持鼓励。一到休息的时候，杨巧芝就会利用她的医学知识，按摩自己和女儿磨出血泡的双脚，让身体得到舒缓，好让自己和女儿保持一个良好的身体状态到达目的地。

终于，母女俩顺利走完了全程，她们这次的比赛旅程也圆满地划上了一个句号。明天就要离开沙漠了，离开一起奋战了四十几天的队友们，杨巧芝不断地回想着比赛中的幕幕往事：和其他选手们比赛之余的亲密相处，和女儿的并肩作战，都让她留恋万分。

杨巧芝拿着从沙漠里拣来的石头，无限感慨地说："我也没想到女儿能坚持走过这两百里，我从来没想到她有那么厉害。比赛的时候我只是感觉到累，现在要离开了，突然觉得这段日子非常美好。我一定要带一点什么回去，把它作为美好的记忆永远珍藏起来。我在压抑中度过了十几年，从来没有这样轻松过。我的世界一直是封闭的，现在回想起来整个就是一片黑暗，没有一丝空气。我以前从来不知道生活还可以这样过，还可以这么美好，在这里，我才真正意识到我的存在，找到了我自己。"

杨巧芝的眼睛里泛出晶莹的泪光，她迅速用手擦了一下，目光转向沙漠与天际的交界处。停了停她又转身对身边的女儿说："你要记住，以后妈妈去世的时候，你一定不要放哀乐，你就放我们这次行程的光碟就好了，这是我人生中最美最开心的一段日子，那时的我听到一定会很欣慰的。"

微风扬起一片薄薄的黄沙，从母女俩身上弥漫而过。何阳倩雯抬头看了看妈妈，转身走向不远处一堆被夕阳映红的小石头，在转身的一刹那，她抬起了头，用手擦了一下眼睛。

心理点评：

《我是冠军》之旅，母女俩都获得了各自前所未有的感悟。杨妈妈在以往的生活中，似乎像一只陀螺，一刻不停地工作，忘记时间，忘记自我。她从来没有停下来，看看她周围五彩斑斓的世界。这次的旅程，是杨妈妈开始人生新旅程的起点，让我们祝福她越走越好吧！

倩雯的内心明确地告诉自己"女人不能太强";但在赛场上,她却显示出了非比寻常的要强和坚持。也许,这是女儿从妈妈那里潜移默化得来的。"要强"不一定会极端地成为不好。当你不忽略自己,不忽略你周围的世界时,你的要强会让你的内心充满坚定的爱,会让你在坚持中达成一个又一个目标。

贵州水车打水,何阳倩雯要证明自己并不比男生差

成长讨论

给大家两组数字。

一组是北京海淀区法院将1980年的86起和近期的500起离婚案件的对比,在20世纪80年代,知识分子只占到离婚比例的13%,近期这一数字提高到26%,增幅约一倍。

另一组是美国密西根大学1949-2001计50年的100项调查。调查显示:女儿的计算能力来自爸爸,女儿的百米跑速度与爸爸有关,女儿通常使用左半脑还是右半脑也与爸爸有关,女儿未来的幸福指数更与爸爸脱不了干系……

倩雯与这两组数字都有关系,她的父亲和母亲都是高知,她却在进入初中后,不得不面临父亲对母亲和自己的抛弃。

父亲的离开不仅给现时的倩雯带来了沉重打击,使她开始调整自己的世界观,学着教自己不要像母亲一样逞强,还有可能给她将来的生活造成潜在影响。父亲是女孩生活中的第一个男人,女孩子想要成为女人,父亲的作用非常大,他在女孩成长中的赞扬可以让女孩出落为一个自信骄傲的女人。

当家庭遭遇变故时,父母一定要正确地树立另一方在孩子心中的形象,让他依然不缺失父母中任何一方的爱。

贵州苗寨,何阳倩雯身穿民族服装

113

黑色父子的
黑色情感

　　如果要用一种颜色来形容这对父子,那一定是黑色——他们都喜欢穿黑色的衣服,儿子龚浩然是个厉害的电脑黑客,而父子之间的感情,更像冷冰冰的黑夜,冷酷,深不可测。

　　走近这对父子,是因为在赛场上,目击龚爸爸当着几十个人的面摔毛巾,并且粗暴地指责另一位参赛选手的爸爸,完全置旁边羞得满脸通红的儿子于不顾。一位暴躁激烈的父亲,一个冷漠忤逆的儿子,这对黑客父子的内心里,究竟有着怎样的情感世界?

比赛前:

爸爸龚庆国: "作为一个父亲,我是无助而且无奈的。我不问他,他可以一天不和我说话,我问一句他答一句,好像我们只有供养关系。他越来越没有上进心,没有目标,可能以前打得多了!"

儿子龚浩然: "我们是利益关系,和他没办法交流,不喜欢他,讨厌他!"

比赛后:

爸爸龚庆国: "我开始重新认识儿子,以前我认为儿子就是个小混混,对什么都没有兴趣,原来他也可以认真。他也开始懂得关心我了,呵呵!"

儿子龚浩然: "现在可以跟老爸讲一些没有营养的话了,就是不很重要的话,感觉走近了一点。他竟然和我抢电脑玩,哈哈!"

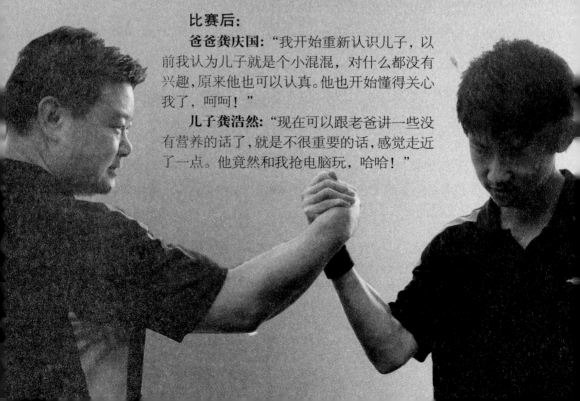

16. 从全免特招生 到问题少年

这是 2008 年 3 月的一个早上，春日的阳光明亮煦暖，可浩然的家里，却压抑而沉闷。爸爸龚庆国手里的烟已经烧到了手指，可他却像没有感觉一样，仍然声嘶力竭地对着趴在床上一动不动的儿子怒吼着："你究竟想怎么样？有什么事情难道就不能跟父母说吗？你看看你现在像个什么样子？老师打电话说你整天精神恍惚，成绩也从开学时的年组第一落到了现在的班级中下游。现在都几点了你还不起床上课？你到底在想什么？你倒是说话啊！"

面对爸爸愤怒的咆哮，儿子龚浩然却只是低着头，默默地趴在枕头上，就好像一尊雕塑，冰冷，坚硬，感觉不到一点活力。

母亲坐在床边一言不发，事实上，好强的母亲平时的反应比父亲要激烈得多，只是她累了，身和心都深深累了。

浩然最终还是拖拖拉拉地从床上挣扎起来，昨晚通宵的电游拼杀，已经把他折腾得萎靡不振。今天要上他曾经最喜欢也曾经给他带来无上荣誉的电脑信息课，这事他早忘了。

看着像个饿鬼投胎似的儿子站都站不直的样子，龚爸爸实在忍不住了，对着儿子就是一巴掌，大吼一声："你给我滚出去！"

浩然抬起头，瞪了爸爸一眼，慢腾腾地抓起书包往肩上一搭，又抓了件外套，"嘭！"的一声响，摔门走了！

父母都长舒了一口气，他们想，这个冤孽儿子，总算去上信息课了！

时光回溯到 2006 年的秋天，儿子浩然以全省小学生信息竞赛第一名的优异成绩，全免特招进入全省重点中学就读。在这所很多家长翘首企盼的重点中学，龚浩然是唯一的一个全免特招生。一家人为此兴奋了很久，优秀的儿子无疑是一家人的骄傲和光荣！

"初二就拿到了全国计算机比赛一等奖！儿子编程很厉害，编程其实是非常辛苦的事情，同样一个程序，通过每一个关口都很费时。他经常做一些生活现实的模型：一个岛要爆炸，里面的人员多长时间可以逃出来。一般人很难攻破。儿子参加数学奥数比赛一等奖，8 个铁球质量不均匀，多长时间可以称出来大小，这样的题都是很难的。"说起以前的儿子，龚爸爸很开心，语气里满是骄傲。

可好像一夜之间，儿子就变了。儿子经常和学校里那些有钱又成绩很差的孩子搅到一起，动不动出口就是："你知道红酒的品牌吗？你知道鸡尾酒的层色吗？你知道什么是国际名牌吗？"儿子甚至认为，酒和女人是可以和任何兄弟沟通、迅速拉近距离的话题。

更让龚庆国惊讶的是，他发现和儿子一起玩的不少孩子，钱包里面装着的都是四五千元的现金，不时到酒吧饭店里撮一顿，成了他们的习惯。

儿子浩然喜欢和有钱但成绩不好的孩子在一起玩，他的理由很简单："跟兄弟们在一起,我有上位者的感受! 不读书的混混他们会在乎成绩吗? 不会! 他们在乎义气! 在乎权力! "最重要的是："和他们玩，他们有钱，能帮我顶! "

虽然成绩下降，但仍在重点班读书的浩然，在这些哥们眼里，是一个不用刻苦学习成绩仍然不错的"天才"，再加上他进入这所重点中学时全校师生人人皆知的"光辉历史"，龚浩然是被这帮兄弟尊重和拥戴的对象。虽然浩然现在的成绩，在全年级1200多名学生的排名榜上已经从200多名滑到了600多名。

心理点评:

面对龚爸爸声嘶力竭的咆哮，龚浩然的回应只是一颗封闭的心。儿子对父亲的愤怒早已麻木了，这种状态是两人长期恶性互动的后果，而且这种关系一旦形成，就很难改变。当父亲用粗暴的行为对付孩子时，会不断激起孩子的反抗，从而更加恶化父子之间的关系。

当父母中的一方和孩子发生冲突时，另一方应该及时站出来，柔和地化解这种冲突，龚妈妈却采用沉默的方式支持龚爸爸，这样无异于把家庭主要势力联合了起来，往往会把孩子推向门外。

浩然的父母会十分惊讶: 他们的孩子为什么一夜之间变成了另一个人? 从一个让他们骄傲的重点中学全免特招生，突然变成了一个整天和差生混在一起的叛逆孩子。其实，十几岁的孩子很需要得到认同，当他在父母那里得不到时，就会把这种需求投向自己的同伴，即使他的同伴是一群"混混"，但他在他们那里，得到的是从未在父母面前得到过的认可和欣赏。

亲子感悟:

当你的家庭中有一个十几岁的男孩时,请你们做父母的一定要多加注意: 你的孩子正在接受着人生中最大的挑战——青春期。

你的青春期时的孩子，正应对着生理和心理的急剧变化，这样的变化让他们自己也无法平稳应对。男孩在第二天照镜子时，可能会发现镜子里的自己长出了胡子，说话的声音也变粗了; 女孩会发现自己的乳房不断地增大，突然之间有了成人的体型。这一切变化似乎发生在一夜之间，把他们自己都吓着了。在应对着生理上动荡的同时，他们还承受着心理上的强烈冲击。他们渴望挣脱任何人的管理，获得自由独立的空间。这时候，需要父母改变以往的教养方式，以对待成人的方式平等尊重地对待他们，这样才能抚平他们内心的惊涛骇浪。

更为重要的是，此时的他们需要从同性父母那里获得认同，开始发展自我。而此时，父亲对待儿子的动荡性变化，采用的是粗暴的方式，就会阻断孩子对你的认同，这会让成年后的男孩永远找不到他男性的力量。

2. 失踪的儿子，焦灼的父母

那天早上教训了儿子之后，父母以为浩然老老实实上信息课去了。可一直到晚上9点多钟，儿子还没有回来。妈妈不断地看墙上的时钟，奇怪儿子怎么这么晚还不回家。爸爸想起儿子越来越懒散的样子就生气，赌气说："别管他，谁知道野到哪里去了！"

夜越来越深，儿子还没有回来。妈妈心急如焚，逐一打

龚浩然被淘汰后一个人若有所思

电话到儿子的同学家里，也没在。"儿子究竟到哪里去了？"妈妈忐忑不安，一夜未眠。爸爸的心里也是七上八下。但他们都没去找，爸爸觉得，孩子应该给父母一个底线，你失踪一天可以，但两天三天就超过底线了。他想，儿子在考验我的底线，那我也要考验到底。

"孩子会不会在网吧睡着了？那第二天总应该去上课吧？"儿子失踪的第二天，妈妈正准备往儿子就读的学校赶，结果老师来了电话，说龚浩然没有去学校上课。这下子爸妈都急了，马上赶到附近的网吧，开私家车扫荡网吧寻找儿子。但龚浩然可能故意在躲爸妈，他根本就不在他平时常上网的地方。两人找了一天，没有任何线索和收获。

忧心如焚的妈妈开始胡思乱想：儿子是不是被绑架或者被骗了？夫妻俩一起去公安局报案，然后再次到学校附近寻找儿子。

始终没有消息。

直到第四天，龚爸爸和妈妈终于发现了儿子。可能是兜里没钱了，龚浩然又回到经常上网的地方去了。龚爸爸在网吧找到了儿子，但是夫妻两人并没有惊动儿子，他们不想让儿子知道他们的着急。两个人静静地在门口观察着儿子，儿子竟然在网吧玩了一个通宵！他们看到，儿子始终在兴奋地打游戏，饿了就随便吃点零食，玩到兴奋时，饮料顺着嘴角直流，他也不会腾出手去擦一擦。困得太厉害时，他就在键盘边趴一会儿。

他们也看到，很多父母下班以后，都在一条街一条街、一个网吧一个网吧去找自己的孩子，想把孩子拉回到正确的生活道路上来，但是换来的，却是孩子冷漠甚至仇视的眼光。

星期四的上午，儿子可能饿得实在熬不住了，就走出了网吧。疲惫的夫妻俩紧追其后，儿子一招手，打出租车走了，夫妻俩一时疏忽，把儿子跟丢了！

又找了一天，终于在网吧重新找到了儿子。龚爸爸一把把孩子拖出来，他不能让儿子再丢了！

绝望的龚爸爸拉着妻子儿子就走，妈妈的心情也低落到了冰点，她没想到自己那么优秀出色的儿子也会像那些顽劣少年一样离家出走泡网吧。她的心很沉，情绪极度低落。回到家，三个人什么话都没说，父母有点胆战心惊不知道说什么好，儿子没力气说话，倒头就睡。

之后，老师提出要写检讨，说没有检讨就不能上课，浩然说："我不写！我就不上课！"后来快考试了，他自己担心考试考不好，又回去上课了。

这次出走，让从小学四年级就开始全职陪读儿子的妈妈备感失望，龚爸爸认为症结在于：对儿子的关注太多，物极必反！孩子得到的爱太多了！

亲子感悟：

　　龚爸爸的一个"滚出去"，让浩然"滚"进了网吧，而且一去就是四五天。当浩然父母历尽艰辛地找到儿子时，换来的却只是儿子冷漠的眼神。他们无法理解，为什么自己如此优秀的儿子居然和其他顽劣少年一样离家出走泡网吧呢？

龚爸爸认为是因为物极必反，他和妻子给儿子的爱太多了。这可能是很多父母和孩子冲突的症结所在：父母认为自己已经给了孩子太多的爱，儿子却认为父母忽略了自己，而到外面去寻找自己的需求。

在这我们需要思考的是，父母给孩子的爱是孩子们需要的爱吗？

在我的临床中，我经常会让领着孩子过来"治疗"的家庭做一个练习——角色对话：

让父亲或母亲和儿子背对背坐着。先由儿子把自己的真实感受讲出来，父母不允许打断孩子，只在背后静静地听。接着父母把自己对儿子的行为的担心讲出来，儿子也只是静静地听。这个过程中，父母和孩子可以依据彼此内心的感受调整背对背的距离，直到彼此都愿意改变背对背的姿势，相对而坐。当他们相对而坐时，父母和孩子紧紧握住对方的手，彼此感受对方的心。练习的最后，常常以家庭成员彼此间最真诚的拥抱结束。

我想，当父母和孩子能够在对话中，设身处地地感受对方的情感时，他们之间阻隔的代沟将会化为乌有。

龚庆国在东江湖抓鱼比赛后的照片

3. 叛逆儿子
让爸爸无所适从

浩然是那种天生会发光的人，他的身上仿佛装着一个能散发出吸引人的魅力小宇宙。无论在男生堆里还是女生堆里，浩然都非常有人缘。他和男生一起玩，一起打篮球，一起谋划恶作剧的时候，总是自然而然就成为圈子里的小领导者；而八卦的女生则喜欢围在一起，叽叽喳喳地讨论浩然这么温和的一个人，怎么会因为打群架被学校要求检讨呢？

儿子尽管外表冷漠，内心却充满冲动。2008年5月的一天，浩然又是一下午没去上课，老师打电话到家里和家长说了这个情况，要浩然写检讨。回到家，龚爸爸很严肃地过问此事，浩然回答："我和同学去买东西被抢了，我就找了一帮人去打他们，想挣回面子，想抓他们两个。因为兄弟们帮忙了，我下午就陪他们去玩了！"面对儿子面不改色心不跳的撒谎，气愤的龚爸爸抓起一根棍子就要打。

每次发生冲突，儿子似乎比爸爸更镇定，更振振有辞。面对越来越难管的儿子，龚爸爸有时候会觉得很茫然。皮带棍子都打过，最狠的时候是用皮鞭抽。鞭子抽在儿子身上，疼在爸爸心里。可是儿子似乎根本没当回事，有一次儿子对他说："你打吧，打我一次我就记一次账！"

有次他带儿子到医院检查，医院的测试结果，儿子的智商非常高。但龚爸爸却觉得，是高智商害了儿子。做人，勤奋才是最重要的，再好的智商，如果不勤奋，就跟好的机器不利用是一样的道理。

更让他心急的是，儿子身边的那群崇拜者经常会送东西给儿子，前提是要儿子在学习上给他们"帮助"。儿子炫耀说："当时老师要求写说明书，我说我全部代你们写算了。说明书、检讨、道歉之类的书，同学不会写，就让我代他们写。"

儿子甚至已经完全关上了和父母沟通的窗户，龚浩然说："我老爸不像爸爸，像老师，像唐僧。我吃饭的时候，他在念经，我睡觉的时候，他还在念。只要没事情，只要我身边没有人，他就开始唠叨。特别是我老妈，她能够从六点钟开始一直讲到我睡觉，真是功力深厚啊！儿子，你该学习了；儿子，你把这水喝了……每天都要讨论分析我当天的表现，很严肃地分析，搞得就像学术论坛一样。我知道她肯定是关心我，但这也太过分了，如果把她的问题写在纸上给我，我就可以装订成一本长篇小说了！"

叛逆的个性使他对父母完全对立起来，爸爸想和儿子说说话，儿子却根本不愿意理他。儿子说："他听不懂我说话，这是时代的差距。只要他们问我学习上的事情，我就答是、对，问有没有上课睡觉，就说没有，课上表现很好。我在视线范围内把他们忽略掉，他们问我什么，我就说去学习。他们觉得我没听他们说话是对他们不尊敬，非要把声音提高一点。他们为什么就不能换一种方式和我说话？"

对儿子无可奈何的龚爸爸，带儿子去医院治疗，希望是网瘾惹的祸，希望医生能帮上忙。儿子对这事刻骨铭心："他们觉得我是不是情绪过激了，就带我去医院检查，先是做身体方面的检查，没什么问题，然后又问卷，得出我有轻度抑郁和强迫，我怀疑那个医生是不是手一抖就抖错了。没事找事，我觉得我很好很健康。"

摸不着头脑的龚爸爸，对儿子要么不管，一管就是指责儿子。儿子对龚爸爸有着深深的恨意："查出病来就没有再揍我了，以前揍得厉害，揍得我胆战心惊鬼哭狼嚎石破天惊，楼上都可以听得到。在揍之前，我还给警察局打了个电话，说这个房间号是多少，你们不要过来了，这里没有发生抢劫案，也没发生谋杀案。揍完之后我就回房间睡觉了，我全身都不舒服，只有睡觉能缓解疼痛。过了一两天我就忘记这回事了。"

渐渐的，儿子对妈妈也开始不友善："和老妈在一起五年了，妈妈对我爱得太多了，她安排了所有她认为对的事情强迫我去做，学武术、笛子、画画、航模、信息。我主要是以前上课补得太猛了，基本上预科班这个学期的课都预过一次了，书上的东西都学过了，老师讲课简直就是催眠曲。以前爸爸妈妈帮我报的班，上午有课，下午有课，晚上还有作业，后来慢慢觉得我这个人有学习天赋，不学习可惜了。因为我考了全国大赛的一等奖，以这个成绩我可以在高考上面加二十分。如果再考一次考得好一点，就可以直接保送，免考了。他们的期望大，对我来说不是很难嘛。"

喜欢电脑信息课的浩然，拿到了市里面的软件编程第一，全国奥林匹克编程一等奖。男同学们对他都很崇拜，他可以轻易地毁掉一个网站，有一次竟然把学校上电脑课的电脑黑了，弄得当天的考试都没有办法考，老师一气之下宣布：浩

贵州艰苦的泥地追逐，彼此的鼓励，相互的扶持，龚氏父子心手相牵

然一个学期不准进入电脑课教室。

儿子有个想法："我希望做最高级的黑客，那些以前很有名的、曾经入侵了很多最高级别的黑客，我要赶过他们，做这个世界上赫赫有名的人！"

龚爸爸很是苦恼："我和我儿子现在处于一种冷战状态，彼此都在较量。我经常在反思自己，也许我的教育方法是失败的，最大的问题是没有走进孩子的心里，不知道孩子到底需要什么，想什么。现在媒体那么多，小孩懂得的比我们多多了，我们可能比较传统一点。"

心理点评：

  龚爸爸也一直很苦恼，为什么他和儿子一直都处于冷战的状态？他不知道孩子究竟需要什么。答案其实很简单：当孩子进入青春期时，他们需要一点一点地挣开父母的包裹，逐渐开始自己的独立自主。

  往往孩子的这种需求来得太快，父母们还没有完全准备好。他们看着自己十几岁的孩子，却还是像以前那样用过分的关心对待他们，这就使得孩子们觉得自己的自主性受到了忽视，更多的孩子会出现反抗情绪，而父母们对这种反抗会变得无所适从。

亲子感悟：

  该如何对待你青春期的孩子呢？和你的孩子建立起"成人式的关系"，充分给予他们平等和尊重。当你给了他们可以独自做主的权利时，你的意见才会得到他们的尊重。请记住：你的青春期孩子的长大成熟，完全有赖于你对自己权威的逐渐放弃。

  当然，我们也在思考，为什么很多母亲会对青春期孩子的管理更加变本加厉呢？

  这是因为母亲们在潜意识里害怕孩子独立。青春期孩子的逐渐独立，意味着母亲的功能即将结束，这对母亲们来说，是一种丧失的体验。面对她们的孩子，更加严格的管教在潜意识中是为了对抗这种体验。

  你十几岁的孩子，他们的确需要对抗内心对父母的依赖，但请记得，你的孩子从不会因为长大了就不需要你的爱。坚信这一点，会让你和孩子都能处理好彼此面临的焦虑情绪。

4. 我是冠军，唤醒冰封的亲情

对儿子无计可施的龚庆国，下决心要和儿子一起参加《我是冠军》节目。他希望能通过这次比赛，缓和一下父子之间的关系，让儿子有点上进心，不要对什么都无所谓。儿子也希望参加比赛后能和老爸的关系搞得好一些，不要一天到晚地找自己的麻烦。让爸爸能多理解自己，而且借此机会，两个人都放松放松。

龚浩然、龚庆国在乌镇住处前合影

磕磕碰碰中，父子俩来到了第一个赛场。儿子发现和想象中的根本不一样，赛点的生活条件很艰苦，比赛也特别耗体力，晚上风很大，睡的地方也没有遮风的，风吹在身上，冻得蜷成一团。平常没这种体验的龚浩然，甚至有了逃跑的想法。

比赛环节中，很多时候比的是配合，这一点对父子俩都是挑战，从第一站抢滩开始就必须常常牵手。握着爸爸的手，浩然感觉有些别扭。他和爸爸很久没有这种亲密接触了，虽然只是握手，儿子也觉得不习惯，好像那不是自己的手了。

龚浩然不服气爸爸的管教，决意和爸爸扳手腕一决高下

比赛过程中，两个人的意见常常不一致。这时，两个人仍然会争吵，而最终的结果，儿子还是顺从了爸爸的决定。因为划船要统一方向，不然就跑不快。而在生活中，龚浩然对爸爸基本上是阳奉阴违，表面上顺从他，背后该怎么着还怎么着，根本不甩他。浩然和爸爸经常吵架，各持己见，严重的时候，甚至就会打起来。但在这次比赛中，或许是爸爸说话的态度好一些，父子俩学会了互相妥协。

钻轮胎的时候，他们几次都掉到了水坑里。爸爸眼看就到岸上了，手一滑，又滑下去了，只能再重新开始。爸爸想要放弃，浩然告诉爸爸坚决不能放弃，太丢脸了。前面放弃的基本都是女的，浩然和爸爸的配合还算协调，他希望和老爸能走到最后。

爸爸说："儿子其实表现得比我还好，始终都是不抛弃，不放弃。我觉得孩子通过这种活动精神面貌有很大的改变，一种奥运精神，追求更高、更强、更远！"

"我二十多年没干过体力活了，爬轮胎第一轮爬过去掉下来，第二轮真的是一个特别痛苦挣扎的过程。如果不是孩子要求我坚持的话，我肯定会放弃。当时有两种思想在斗争，要么就放弃，要么就挣扎下去，我给孩子传达信息我就是要放弃。到最后一个墙的时候，我感觉整个人都要脱虚了。人的生命是最宝贵的，我可不想为了比赛把命都送掉。我是不想爬那个墙的，但是儿子说不能放弃，而且好多选手也鼓励，在多方面的鼓励下，我鼓足勇气拼搏了一次，可以说人生第一次拼搏就在这逃生墙的拼搏上。我就觉得人生只有坚持，只有付出，才会有收获。"

抓鱼比赛虽然很累，但龚爸爸的心情却很愉悦："让亲子之间的配合形成一股力量联结在一起，我觉得这是很好的活动，能增加大家的亲子沟通，积极地去完成一项任务，促进感情交流。当时我说我抓了给你，儿子说不同意，我觉得也应该让他参与，结果并不是最终的，过程才是最重要的。让儿子体会抓鱼的乐趣，让他自己去完成，所以最后每条鱼都是他自己抓的。当时我提出要帮他，他说我不要帮，自己抓。他自己抓比我帮他更好。我觉得选手之间随着慢慢融合，感情在逐日加深，选手中间离开也是一种游戏规则，大家都有一种依依不舍的感觉。但这就是人生。"

接下来的"泥坑大战"比赛让父子俩很意外，浩然觉得坑里的黄泥很恶心，爸爸却仿佛又回到童年。虽然感觉很不好，但为了大家，浩然还是坚持尽了全力。

龚爸爸知道，这个比赛对儿子来说是个挑战，儿子平时在家里从来都不洗衣服的，便无论如何都应该坚持下去，这就是一个锻炼的过程。虽然爸爸的力气已经到底了，但他觉得既然参与了，那就来个痛并坚持着，一定把它划到彼岸，坐在一条实实在在的船上，肯定是感觉不一样的。其实一家人就是一条船，在东江湖，父子俩乘坐一条船，彼此感触都很多。

爸爸说："我们亲子之间和其他家庭配合的时候差了一些，看到对方比较弱小的时候，就不想作出牺牲，我们的缺点就在这个方面！"

接下来在乌镇比赛中，龚爸爸很多时候似乎都在迁就儿子，甚至忍受着儿子的无理。

因为在乌镇，要求所有的亲子选手必须两人睡一个大床，这对父子沟通本来就有障碍的龚家父子来说，无异于一场革命。

第一天的晚上，到睡觉的时间了，儿子浩然装作不经意地对爸爸说："你和傅翔换一下吧，我和他两个人睡，你和傅爸爸去睡吧，你打鼾我会受不了的！"听到这话，愤怒的龚爸爸强忍住自己要爆发的脾气："导演要求是一起睡，这个我没有办法！"

"但是我不习惯和你睡！"儿子大叫。

龚爸爸气得摔门走了，他在外面游荡了很久才回驻地，可别人都睡着了，儿子又把门锁上了，怎么办呢？不得已，他敲开了傅爸爸的房间，随便找了床被子，就在他们房间打个地铺睡了。

那一夜，成功把爸爸撵出房间的儿子浩然睡得很香，似乎很有成就感。

第二天下午，发现了这个秘密的编导找浩然谈话："你这样做的时候，想到过别人会怎么看你们父子俩吗？所有的亲人都是睡在一起，唯独你把爸爸赶出去睡觉。"

到了晚上，为了睡觉的事情，龚爸爸和儿子再一次谈判。爸爸仍然很气愤："你觉得这样做，让我很有面子，是吗？"

儿子毫不客气地回答："你自己认为你很有面子吗？当着那么多人的面指责赵爸爸，像个黑社会一样，我都丢脸！但是我认了，因为你是我爸爸！"

爸爸态度也很强硬："不管怎样，今天我就睡在这里！依我以前的脾气，早把你一脚踹下去了！"

儿子横了爸爸一眼，不再说话。他要用自己的沉默让老爸忐忑不安，让他"饱受心灵的折磨"！

龚爸爸也不出门，父子两个人就这样枯坐在床上耗着时间。

最后，儿子还是做出了让步，让爸爸睡在地板上。

但是，在贵州的比赛中，因为他们被推上了PK台，那一夜父子俩轮流住帐篷。龚爸爸一直在外面和别人说话，他心里也在琢磨着："今晚怎么睡啊？"这时候，他忽然听到儿子浩然对着外面喊："爸爸，你快进来睡吧，天黑了！"

那一夜，是龚爸爸这么久以来睡得最香的一夜。他心中十分欣慰，儿子终于开始懂得关心自己了。

虽然和爸爸一起抬着抓鱼比赛的战利品，龚浩然内心却十分挣扎，跟爸爸一起做事的感觉实在是别扭

龚浩然出生的时候爸爸就没在他身边，后来又一直在外面做工程，所以这些年来，父亲和儿子在一起生活的时间很少。而像这样需要父子协同完成一件事情，对他们来说还是第一次。

龚爸爸说："我觉得是第三种力量，是媒体的力量让我们把手握在了一起。刚开始的时候有些担心，担心他万一不肯握我的手。但是我想他也是初中生了，受过七八年的教育，起码在这种公共场合不会拒绝吧。后来他的表现还不错，我想随着这个活动的深入，我们父子的感情会更加融洽！"

虽然第二天的PK赛上，龚家父子俩在对手意大利保罗父子的强烈攻势下被淘汰了。但是龚爸爸觉得孩子的变化还是很大："以前起床老喊不醒，现在只要喊一遍就行了。两三天前，儿子还说想妈妈了。以前不能沟通，现在一起聊项目聊比赛，一起动脑筋出主意，对他的思想、意志、体能都是提高。"

多年没有近距离接触的龚氏父子，为了比赛的胜利，龚浩然必须和爸爸配合，才能完成比赛

被淘汰了，儿子浩然禁不住大哭起来，大颗大颗的泪珠从眼眶里涌出来，那是遗憾的泪，是惋惜的泪，是不甘的泪。"我不愿认输，不愿承认失败！都已经是朋友，舍不得！而且

以后不可能有联系了！"爸爸也很懊恼："我的体质不行，缺乏锻炼，我成了儿子的拖累！"龚爸爸望着潺潺流过的山涧溪水，平静地说："回去以后要花更多时间陪儿子，以后主要是增加相处时间。我觉得我们才开始出发，我们正在路上！"

比赛虽然失败了，但父子俩的心却贴近了，彼此间冰封的感情，正在慢慢融化。

在他们回家的路上栽种着两排整齐的香樟树，在皎洁的月光中散发着清冽的香气。路灯掩隐在枝叶中，发出柔和的橘黄色光圈。每盏灯下都有几只无知的小飞虫一下一下撞着灯壁，发出"啪啪"的声音。

心理点评：

一个家庭如果习惯了一种相处模式，就很难改变。像龚浩然父子，父亲简单粗暴的态度，儿子反叛对抗的行为，成为了这个家庭相对固定的关系模式。要化解他们，需要彼此从内心改变，当然还有另一种途径，就是通过某种外力来改变现状，这也许是《我是冠军》比赛设计的初衷和意义。

在比赛过程中，龚爸爸开始慢慢地理解儿子，并且不断地发现他的优点。他发现儿子可以像一个大人一样懂得坚持，他开始欣赏儿子了，这种了解也会无形地改变他对儿子的态度，父亲的改变也会激起孩子的好感，父子关系开始进入一个良性循环，这种渐进式的变化力量是巨大的，他让这种原本恶化的关系开始缓和并朝着好的方向发展。借助这次比赛，龚浩然父子的关系得到改善，他们彼此在整个过程中开始更深刻地理解对方。

父子之间永远都会存在着爱，无论经历了多少的不理解，争吵，甚至是激烈对立，都会留着爱的种子，只要用心去点燃，一样可以闪亮出人性的光芒。

当龚浩然父子回到现实生活后，原本冲突的习惯要慢慢去改变，彼此要珍惜这次改变的契机，彼此给对方多一些时间，让爱来调整好心态，也许才会是最好的方法。

成长讨论

青春期孩子的叛逆是一个古老又经久不衰的话题，顺利度过好这一时期，不仅对孩子心理的健康成长至关重要，也对孩子成年以后和父母的关系有基础性的铺垫作用。

面临现时的"黑色"情感，浩然父子俩都感到压抑和无奈，要么"冷"战，要么"热"战，却时时都不能坐下来好好谈。

青春期是孩子开始确立自我的关键时期。这个时期，他们既要承受生理的突变，"自我"意识也逐渐萌动，一些孩子会通过对家庭中长辈的反抗来确认自我的存在和价值——这既是青春期孩子对父母的"考验"，也是长久以来父母的不恰当教育方式的必然结果。

龚浩然和何阳倩雯合影

作为父母，不仅要意识到孩子已进入到反叛期，还要知道孩子这种反叛的实质，要理解他们是要通过和父母的冲突对抗来学会独立思考，从而发展出自己的自主独立性。所以这时候的父母，要学着更加"包容"，不要喋喋不休，意图向孩子灌输什么，而要在孩子经历挫折时，给予他一个保护的环境，充分给予孩子支持、信任和爱。

儿子：
看到我妈就烦

　　她，以自己的好强为骄傲，却让丈夫成了别人的老公。

　　她，以儿子慰藉孤独，寄托希望，儿子却迷陷网络，紧闭住现实的门和心里的门。

　　她，每天忙忙碌碌，从办公室到实验室，从实验室到手术台，却很难和儿子说上一句话。

　　她，为自己教育儿子的失败感到无奈，却不知道这个梦究竟是如何破碎的。

　　妈妈： "别人都说孙博士家有这样一个儿子，我还能有什么希望呢？你说，我的信心会有吗？"

　　儿子： "老妈只会骂我，我学习上有了进步他们看不到，在他们眼里我永远只有缺点。"

　　孙兵是一个好强的女人，长期忙于事业、强于事业，却在无意中忽略和伤害了身边的两个亲人，丈夫投入了别人的温柔怀抱，儿子也视她为敌人。

1. 强人孙兵的无奈

　　孙兵对儿子已经彻底无能为力了。一种无奈感缓缓从心底里透出来，一直渗进她的骨子里，这种无奈就像一张网，她越是挣扎越陷得深，她已经不再挣扎了。

　　这位留学日本的医学女博士号称有着钢铁一样坚韧的神经，岩石一样顽强的意志。即使当年在日本孤身一人，每天打上十份工，她仍然仅仅以四年时间，就从大学本科读完了博士。即使在日本的医院里，她从最底层的清洁工做起，受尽了屈辱，但她仍然获得了中国教育部在五个国家经过考核颁发的"留学生奖学金"第一名。

　　孙兵从不相信这个世界上还有什么困难能够阻挡自己，也从不认为自己会失败，但这一刻，她意识到，自己失败了，而且败得毫无悬念，败得彻底干净。她根本不知道自己到底要如何才能面对儿子，也不知道如何和儿子沟通。

　　她默然把那碗蛋炒饭放在儿子的门前；虽然她每天要做近十个小时的手术，累得精疲力竭，但她总会抽空赶回家给儿子做饭，然后又急急忙忙赶去上班。

　　13岁的儿子胡笑诚早把房门的锁芯堵死了，从外面拿钥匙根本打不开，也看不见人。只要孙兵在家，儿子绝对不会打开房门的，他每天只在屋子里沉浸在网络游戏中，直到饿得筋疲力尽了，才会从门里伸出枯瘦的手，抓过那碗蛋炒饭，然后又一脚把门踹上。

　　孙兵看着紧闭的房门，里面隐隐传来网络游戏里的兵刃碰撞之声，她试图去敲门，但举起的手又放下了，只是轻轻地叹息一声，转过身来，流下了一滴眼泪。

　　门里的胡笑诚根本没有意识到母亲的这种无奈和悲哀，他早已经麻木了，他只是继续玩自己的游戏，他不知道自己为什么每天如此努力地去玩这些游戏，他只知道，他讨厌母亲，讨厌到了无法忘却的地步，他需要忘却。

　　而在几年前，这个儿子曾是母亲的骄傲，他的乖巧和聪慧令孙兵感到心疼。在与丈夫离婚之后，孙兵已经把自己所有的希望和寄托都放在了这个儿子身上，儿子不仅仅成为她孤独的唯一慰藉，也成为她的梦想所在，而现在，梦碎了。

　　令孙兵更感无奈的是，她不知道这个梦究竟是如何碎的，她更不知道，究竟怎么样，才能弥补自己和儿子之间的裂缝。

心理点评：

　　孙兵和儿子的关系让我想起小时候看过的一个影片《少年犯》。片中劳教所的女警察为了拯救少年犯，一心扑在他们身上。但是当她的付出得到回报，少年犯们一个个改邪归正时，自己的亲生儿子却被套上了冰冷的手铐……在喜与悲的夹杂中，这位妈妈落泪了。

　　眼前的这位孙博士境遇与之有些相似，在她展开奋斗的翅膀展翅高飞时，却折断了儿子飞向自己的翅膀。

　　像孙兵这样的现代女性，为了实现自我价值奋力打拼，却忽视和伤害了自己家庭，使得家庭和孩子与自己渐行渐远！

2. 与生俱来的好强

　　孙兵的好强似乎已经成为她与生俱来的本能。她不仅对自己苛刻，不能容忍无所事事和随波逐流，更不能容忍软弱，她对身边的人也一样。在她看来，这个世界上只要你肯努力，顽强地坚持，就没有什么做不成的。她从小就是这样要求自己的，潜意识里，她也这样要求所有与她关系密切的人。

　　1998年，孙兵接到老同学的一个电话，"兵兵，我们同学里属你最优秀，你现在呆在这真可惜了，你想去日本吗？条件很好的。"

　　孙兵愣了一愣，就在不久前丈夫炒股票赔了4万多元，使得本来拮据的日子更紧张了。夫妻俩几乎天天吵架，她又从哪里拿钱去日本呢？但她对现在的这种生活已经无法忍受，她隐隐希望转换一个生活环境，沉默了一会，她说："我想想吧。"

　　孙兵回家后一直想着这件事，她是个极为好强的女人，从小学开始，孙兵就要求自己每年要拿第一，偶尔一次不小心考了第三名，她躲在家里哭了几天。但她在考大学时心理太紧张，发挥不太好，才考上了中国医科大学，毕业后成了辽宁省本溪钢铁公司职工医院妇产科医生。虽然对她那个大家庭来说，最小的女儿能够当上医生，无论是父母还是兄弟姐妹都已经相当满足了，但她心底里隐隐感到极为遗憾。

　　不过更令她感到遗憾的还是丈夫，在工学院当老师的丈夫不但收入少，还不思进取，她一直觉得，丈夫还是很聪明的，只要肯用心，一定会有更大的成就。自己高考没有发挥好，不能再进一步，因此她把希望都寄托在丈夫身上。她一直在丈夫耳边唠叨着，要他读个研究生，改变一下现状，然而丈夫从来都不以为然，觉得日子过得挺好的，根本就不乐意。夫妻俩为这件事已经吵了不知道多少次。

孙兵的性格急躁，她开始用相当尖刻的语言刺激丈夫，有些口不择言，她不能容忍丈夫的无能，更不能容忍他的无动于衷。这种争吵在丈夫股票赔钱之后越来越频繁，到1999年3月8日的晚上，矛盾达到了最顶点。

因为孩子的一个小问题，两个人意见不合，孙兵急了："你是个男人吗？你说你有啥用呀。"

"啪！"丈夫也已经忍无可忍，他一个巴掌打过来，孙兵的耳朵嗡嗡作响，顿时一怒之下冲了上来，两个人打了个天翻地覆。

第二天，孙兵到医院检查，一个耳朵穿孔了。从小连父母也没有对她动过半个手指的孙兵气得快要发疯，从此以后她把自己冰封起来，不再和丈夫说一句话。

冷战半年后，她在老同学那里了解出国的手续，又找娘家人凑齐了出国的10万块钱费用，下定决心去日本读书。这一年她已经32岁了。

心理点评：

孙兵的好强到了近乎苛刻的地步，她从小就要求自己只能考第一名，不能够容忍无所事事和随波逐流，更不能容忍软弱。这种好强，从心理动力分析是一种自虐性的表达。这种自虐性也许来自孙兵的成长过程中，她的父母对她的"虐待"，当然并不一定是身体上的虐待，而是来自于对女儿严格的要求。孙兵的父母给她取了个男孩的名字，不知道是不是也把她当作男孩养；如果是这样，那就是对女儿最大的"虐待"。成年后的孙兵，她不但虐待自己，也不自觉地将这种自虐性情绪投射到她身边最亲密的人身上。

但是自虐只可以针对自己，当把这种自虐体验投射到其他人时，没有任何人愿意和可以承受，除非被投射的那人有受虐倾向。当孙兵把自己的自虐体验投射到丈夫时，没有得到丈夫的认同，这对于孙兵来说无法忍受，她用最尖刻的语言刺激丈夫——如果孙兵可以静静体验一下，眼前的这一幕，她可能会很熟悉，这可能就是她原生家庭的再现。

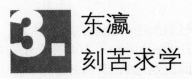

3. 东瀛
刻苦求学

"当时关系很僵，年轻，没意识到是感情问题，觉得是审美疲劳，觉得去日本就能解决问题了。后来也写了很多信回来，那一年和丈夫联系很多，那时国内没有电脑，电话费很贵，他给我说儿子的情况，感情也好起来，那时候我真觉得自己出国的决定对了。其实，那个时候我过得很苦，白天上课，晚上打工，至少打过十份工。"孙兵说。

孙兵出国的钱全是借的，10万块，在90年代的中国老百姓眼中，这是个大数字。为了尽快拿到学位，更为了尽快还清爸妈和姐姐们冒着风险挤出来的钱，洗盘子、扫厕所、送外卖，孙兵白天学语言，晚上下课了什么活都干，而且打工的时间越来越晚，因为越到深夜工钱越高。

"最辛苦的一次，在妇产科打扫卫生，当时我日语不太好，又没有担保，只能做一些很底层的工作。等产科手术一做完，我像个老鼠一样钻进手术室打扫卫生，有个医生就指着地上的一块脏布对我说：'捡起来！'可我日语不太好半天没有反应过来，那个医生就对我吐了一个字'笨！'当时，我的眼泪就哗哗地流下来了！"一边比划着说话的孙兵忍不住又流泪了，"你想，在国内我也是个堂堂正正的妇产科医生，到了日本，我什么都不是，打扫个卫生还被人骂！当时真的委屈极了！"

就在她躲在角落里默默流泪的时候，有个医生走了过来，他叫龟田，好心的龟田询问了她的苦衷，对她说："中国姑娘，不要气馁，你想上公立大学，我可以帮你介绍认识一个教授，但能不能考上，要靠你自己努力了。"

孙兵发了疯似的没日没夜学日语，她知道自己的专业很扎实，关键是语言不通，三个月后，她如愿考上了国立大芬医学院，成为了硕博连读的第一个中国留学生。而且通过自己的刻苦勤奋，她获得了中国教育部在五个国家经过考核颁发的"留学生奖学金"第一名，教授常常对孙兵引以为豪。四年后，她在中国的本科学历基础上顺利地拿到了博士学位。

"坚强对我来说是最基本的！"孙兵做科研很吃苦，日语说得也很溜，打工又诚恳，还帮助不少中国留学生找工作。2000年，她通过努力，帮助丈夫来到了日本东京。

性格内向的丈夫并不善于交朋友，而且现实的日本高压力、高节奏的生活与他以前在国内的想象简直是天壤之别。孙兵又要在大芬医学院忙于学业科研，根本无法经常守候在丈夫身边，两个人有时候通个电话都没空，更别说见面了。

随着家庭关系的日益疏远，丈夫既要承受着远离故土的痛苦，还得忍受妻儿经常不在身边的寂寞无助，为此他郁郁寡欢。后来，在上网聊天的放松中，他终于找到了久违的"温暖"与尊重。

之后丈夫和她坦诚地谈过一次，提出离婚。好强的孙兵当时很委屈，怎么也想不明白：你既然想对人家负责，那老婆儿子谁来负责？

2003年初，两人离婚了。这个打击对孙兵非常大，离婚之后，她几乎有三个月没说过一句中国话。因为儿子一直在国内，夫妻俩就商定好先不告诉儿子真相。

　孤独自闭的
小小"留学生"

　　虽然离婚了，孙兵还是不想放弃。2003年暑假，为了挽回丈夫的心，孙兵想着法子把儿子接来了日本。

　　丈夫的确也想儿子，为了让他看到儿子，孙兵带上儿子自己开车1700多公里，历时20多个小时，中间还要过海，终于从大芬赶到了东京。

　　在和丈夫短暂相聚的几个小时后，为了赶学习时间，孙兵又带着儿子开车回大芬，在回程的盘山路上，大雨倾盆，一不小心，撞上了前面的车，撞坏了水箱。按照日本的法律，报废车要花上3万多日元，孙兵带着儿子苦苦地求着警察，因为没有地方住，他们只好求着住到了被撞坏车的人家里。看着落难的母子俩，那家人很善良地照顾了他们。

　　后来的日子，孙兵不管工作多累多苦，都把儿子带在身边。可是在日本，一个拖儿带女工作的中国女人生存得太辛苦了，她实在没有太多的时间管理儿子。

　　从中国的辽宁本溪到日本的大芬，被突然接到日本生活学习的儿子胡笑诚对母亲孙兵并不熟悉，甚至有点陌生。

　　孙兵刚去日本读书的时候，胡笑诚才4岁，出国后好几年都没有见上一次面。离开了母亲的呵护，儿子的生活基本上是打游击，和爷爷奶奶住一个学期和外公外婆住一个学期，然后又和爸爸住一个学期，母亲在他的脑海里只是一个模糊的身影。

"有点讨厌妈妈，为什么我小的时候她不在我的身边？"

胡笑诚到了日本后，才发现妈妈脾气不好，而且相互沟通得很少，她还特别的忙。每次放学后，他就一个人老老实实地在妈妈办公室等着妈妈下班，而妈妈似乎总是有忙不完的工作，在办公室和实验室之间穿梭。

"妈妈特别忙，我总是一个人，特别孤独。"胡笑诚说。

那个时候，胡笑诚特别想爸爸。但这一天，他无意中翻开妈妈旅行包的口袋，发现了父母的离婚证，他偷偷地放了回去，什么也没问。

那一天放学，他一个人跑到了海边上。抱膝坐在礁石上，呆呆看着海平线的落日。

医学院里，忙完工作的孙兵突然发现：儿子今天没有来办公室。

她着急地跑到学校，学校已经锁门了，她又跑回家里，还是没有。莫非儿子遇到了意外？最糟糕的是，儿子刚来还不会说日语，也没有什么朋友。

"我在班里几乎就是一个透明人，没有人看得到我，而我也没有什么值得被人注意的骄傲。老师很好，知道我不会日语，布置的作业都让我用画画来完成，那段时间很艰难的。"回忆起刚到日本的情景，胡笑诚仍然有些唏嘘。

终于等到儿子回家了，性子急躁的孙兵也顾不上问原因，当即就一顿狠骂。在她想来，儿子一定是在外面玩得连回家也忘了。

儿子耷拉着脑袋，一声不吭。

几天后，孙兵给儿子转了一个离她上班最近的学校。

"我小学六年换了7次学校。"

胡笑诚说他那几年孤独得发慌："因为妈妈的工作老在变化，我刚交到一个朋友就换一个学校，我很不情愿。可是妈妈总是说她都已经安排好了，我那时觉得她很自私，可是看她又真的很累，爸爸又帮不了我们，我也只好听之任之，就换了。换了两三个学校以后，我都不敢再交朋友了。因为刚交上朋友，又要分开，不如不交。"

对儿子那两年的表现，孙兵的描述是："儿子学东西很快，也很乖，8个月语言就学得很好了，和两三个留学生孩子常在一起玩，因为在日本的教育，孩子没有期中期末考试，学习非常轻松快乐。"

但出乎她的意料，这个乖巧聪明的儿子很快变得令孙兵陷于崩溃的边缘。

心理点评：

家破碎了，才让孙兵想到自己"抛弃"多年的儿子。很多年以来，我们看到的孙兵，似乎缺少了一个重要的角色——母亲。母亲没有孩子，也许只是经受着无限的思念；而孩子没有母亲，这对他来说是一个毁灭性的打击。

孙妈妈在儿子 4 岁时就抛下他来到日本。几年后，虽然孙兵把儿子接到了身边，但依然是忙于工作，没有时间陪伴儿子，更糟糕的是，由于孙兵的工作地点不断变化，她不断要求儿子转学，让儿子刚刚建立起来的人际关系，很快就被母亲的"自私"中断了，所以小笑诚最后选择了独自守护孤独。

面对与李晓的 PK 对决，胡笑诚有些紧张

亲子感悟：

4 岁正是孩子建立自我意象的关键时期，这个时候孩子逐渐建立起来的对自己的认知，会决定他对自己一生的自我评价。而这时候孩子的自我意象，最重要的是在和母亲的关系中建立起来的。

三四岁的孩子，或者说更小的幼儿，他们对自己的认识是"从别人的眼里看到自己"。母亲在和孩子的互动中，有镜映的作用。简单地说，母亲就像一面镜子，让孩子在里面看到了自己的模样。"镜子"会不断地告诉他，他是个可爱的孩子，慢慢地就会变得人见人爱。如果孩子的生活中没有这面"镜子"，孩子会想："是不是我很丑？""是不是我很不可爱？"这样，就是成长后孩子最深层的自卑。

孩子在这种自卑中体验到被遗弃的感觉。这种被遗弃的感觉会让孩子一生都感到孤独，这种孤独在长大成人之后依然会在他的人际关系中存续，压抑成为孩子内心深处的愤怒。被压抑的东西一定会寻找途径爆发！

5. "美丽"的网络世界

2005 年 3 月，内心一直苦苦等待丈夫回头的孙兵，突然释然了，她发现：应该和儿子过上属于自己的生活。她毅然决定回国，虽然当时的儿子百般不愿意。

3月底，作为从国外引进的特殊人才，孙兵受到了汕头大学医院相当高的礼遇。单位给她和儿子分了房子，因为需要经常保持和国际上同个领域专家的交流，还帮她装了免费上网的电脑。回到国内的孙兵，得到这样的器重，一门心思都扑在事业上，她要努力给儿子创造一个最优越的生活环境。

一千个不情愿回来的儿子，虽然生活条件越来越好，心里却更寂寞了。由于从日本转学回来，他对这里的课程根本不熟悉，很难跟上班，更令他头痛的是，这里的老师上课一口潮汕话，他根本听不懂。同学之间的交流就更少了，没有人关心他，也没有人鼓励他，而母亲一天到晚地忙，想说上一句话也难，他显得比在日本更加孤独和自闭。

这个时候，那台电脑成了他无话不说的好朋友。最开始，他在网上交朋友聊天，觉得生活开始变得美丽丰富起来。只有在网络世界里，他的愤怒才得以宣泄，才能体会到成功与快乐，才能实现"自我价值"，心理才能达到平衡。很快他就在里面迷失了，学习成绩急剧下降。

母亲并不能理解他的这种孤独。一天，孙兵接到老师的电话，匆忙赶到学校，她回家一关上门就开始质问："你的英语怎么考得那么差？"

儿子冷冷地说："在日本我根本就没学过英语，我一句都听不懂，你让我怎么办？"

"妈妈这么辛苦，你学习就不能上心点吗？我这样被老师叫过去，我的脸都让你丢尽了。"孙兵一想到老师的那种目光，就感到烦躁。

儿子直着脖子，振振有辞："我不觉得丢脸，是老师煽风点火。又不是我一个人不及格。这是老师有问题！"

看着儿子全不认错的模样，一股无名火顿时从脚底窜到头顶，"看你还嘴硬！"孙兵"啪"地就是一记耳光甩了过去。

"你凭什么打我！"儿子捂着脸，眼冒凶光。他恨自己的母亲，恨她莫名其妙地把他带到这里，恨她总是把他一个人扔在空荡荡的家里。他恨周围的人，恨他们那么排外，似乎没有人真正关心过他。

儿子的倔强令孙兵更为恼火，她直到把儿子打得个浑身青紫才罢手。然后，一连三天，母子就像两个陌生人，没有说一句话。

这时候的孙兵并没有意识到儿子问题的严重，依旧每天忙着自己的工作。这时候胡笑诚逐渐迷上了网络游戏，仅仅在短短的一个月时间，他就从开始的无所谓到欲罢不能，最后到废寝忘食。

这一天胡笑诚直接对孙兵说："我不上学了，就想上网。"

孙兵愣了一愣，说："为什么？"

"不上网，心里特难受，就想发火。"胡笑诚说。

孙兵急着要上班，根本没有想到儿子这句话背后的含义，只是说："不可能。"然后把家里的网线给停了。

一连几天，胡笑诚都陷入到一种不安之中，他感觉总是有一种莫名的烦恼和寂寞在四周缠绕，挥之不去，驱之更深。他不知道怎么样才能摆脱这种感

东江湖运泥巴，孙兵1米9的长发成为他们组的制胜法宝

觉，最后他来到了附近的网吧。

一个月后，孙兵单位发工资了，路过附近银行的时候，顺便去刷下卡，一看吓了一跳。存折上赫然出现了4次取钱记录，而且每次都是两百块。孙兵的第一反应：儿子竟然敢偷我的钱？

孙兵回去逮着儿子就问："钱是不是你拿的？"

儿子一口否认。

孙兵想了个歪招："警察那里有录像，我都亲眼看见了。"儿子这才不得不承认了。

"钱呢？用哪儿去了。自己把它写出来。"孙兵开始刨根问底。

"被人抢了！"儿子嘟囔着，根本不理她，而且显得理直气壮，似乎偷钱的根本不是他。母子俩折腾了几个小时，儿子才说了实话，钱拿去上网了。

那一瞬间，孙兵觉得儿子就是一块粪坑里的石头，又臭又硬。她开始有些无奈：我拿这个儿子怎么办呢？

但她更为无奈的还在后头。

心理点评：

孙兵生活的继续变迁，带给小笑诚的是孤独的延续，还有愤怒的积聚。

他终于在网络中找到了宣泄的途径，从这种宣泄找到了"自我的价值"。母亲却非但体会不到儿子压抑的感受，换来的只是简单粗暴的对待。一记耳光把儿子压抑许久的愤怒全部掀开，他开始表达他的愤怒，表达他对母亲的憎恨。

"你让我好好上学，我偏要好好上网。"

从此，在孙兵和儿子之间隔上了一层层厚厚的"网"。

亲子感悟：

青春期的孩子，他们此时正经历着成长中最大的动荡和混乱。

他们的动荡来自于：前一分钟觉得自我是无限的强大，而后一分钟，他们却会感到自己是如此渺小。

他们的混乱来自于：一方面，很渴望和他人建立很深的人际情感；一方面，又常常封锁自己的内心，独自一个人停留在自己的世界里。在他们的内心世界里，此时正在独自思考着自己和外界的情感关系。

这个时期的孩子，母亲要格外"小心"地对待他们，你的简单粗暴会让孩子幼年时的创伤如洪水决堤般一发不可收拾！

孩子对你现实中的恨其实是潜意识在幼年时对遭遇你遗弃的恨。他们恨你，也更恨自己，恨你没有照顾好他们，恨自己不够"好"，恨自己没有价值。这种恨往往阻隔了他们向外界投注情感，他们会把自己藏在一个冷冰冰的小世界里.

6. 拒绝妈妈
"打扰"

孙兵逐渐意识到了事情的严重性，她琢磨着，是不是自己平时对他关心太少了？

于是，孙兵拼命抽时间自己给儿子辅导功课，陪着儿子学习，但这时候已经晚了。儿子对学习根本失去了兴趣，她再也看不到他当年在日本的那种聪慧和乖巧，每次一学习他就想睡觉。她逼着儿子在家补习，但看着儿子昏昏欲睡的模样，她只有一阵苦笑。

更令孙兵心冷的是，儿子看她几乎就像看一个陌生人，除了网络游戏，他似乎对任何事情都失去了兴趣。

2006年，放暑假了，孙兵怕儿子在网吧结识坏朋友，只得在家里又装上了网线。虽然她每天唠叨儿子玩游戏要有节制，但他从来都当耳边风，她不得不一次又一次在半夜把儿子从电脑上揪去睡觉。儿子却似乎并不领情，他对母亲更多的是厌烦，终于有一天他想出了个新办法。

这一天值夜班的孙兵准备回家，她一看手表，都快转钟一点了，儿子应该睡了吧，也不知道儿子在哪儿吃的晚饭。

到了楼下，一抬头，儿子的房间里没亮灯，却泛着莹莹的弱光，难道儿子还没睡觉？

她推了推门，儿子的房门却紧锁着，"诚诚，开门。妈回来了！"儿子没有反应。孙兵看了看出门前她留在桌上的蛋炒饭，一筷子都没动。"儿子，你在吗？你在哪儿吃的晚饭？"儿子仍然没得声响。

难道儿子出去了没回来？疑惑的孙兵拿起电话就拨打儿子随身带着的手机，铃声从儿子的房间响起。孙兵有点恼火了！"你在家里怎么不开门呢？"

门的那边像死寂一样的沉默。

孙兵愤怒了，掏出钥匙就开门，可怎么也塞不进，原来儿子把钥匙孔给堵了。

愤怒已极的妈妈操起擀面杖就捶门，儿子仍然没有反应。"我就不信这么大的声响你就呆得住。"她捶了半天门没进展，她隐约感觉到儿子就在门的那一边用力顶着不让开。

孙兵跑到了阳台上，夜色中，从阳台到儿子房间的窗户只有一米多远距离，这是唯一的但非常危险的捷径，脚下是5层楼高的"万丈深渊"，顾不得那么多了，孙兵一手拿着擀面杖，一手紧握阳台的栏杆，纵身一跃，跳到了儿子房间的窗台上。

还在玩电游！孙兵冲进门去，跳到儿子背后，抓着儿子的头发，一把将他扯了过来。

"你干什么！"胡笑诚猝不及防，大叫道。

"你这兔崽子！看你还敢不开门！玩电脑玩疯了你。"孙兵几乎是吼出来的。

"我讨厌你管我！讨厌！"儿子开始咆哮。

"我不管你谁管你！要你爸管呀！你去日本找你爸呀！是个男人就别关门！躲着算个球呀。"孙兵骂道。

一提到在日本的爸爸，儿子就不吱声了，阴沉着脸，把妈妈一推，瞪着她。

孙兵气得浑身发抖："你还敢还手，你爸爸和小后妈会管你吗，你还这样不听话！我打死你！"说完，擀面杖就没头没脑地打了下去，口里骂："你还锁不锁门？还玩电脑不睡觉吗？"

胡笑诚一面躲，却迎着头，咬牙说："我不要你管！"

自此一连两年，胡笑诚每到放假就这样把自己房门的锁

胡笑诚被淘汰后，汗水与泪水交织，和妈妈多年的矛盾坚冰，这一刻开始冰消雪融

芯堵死，躲在里面整日玩游戏。而且只要孙兵在家，他绝对不出房门一步，就算是孙兵每天把饭菜做好了，也只能放在儿子的房门口。儿子自己觉得肚子饿得快抽筋了，才恋恋不舍地从昏天黑地的游戏奋战中溜出来两秒钟，端起门口的饭碗，"砰！"的一脚又把门踹上，然后一手捧着饭碗一手飞快地敲击着键盘和鼠标，在电脑面前继续如痴如醉地游戏。

"我不想我妈来打扰我！"这就是儿子的"理由"。

每天下班回来，孙兵第一眼关注的就是儿子房门口的饭碗是不是空了，如果一动没动，孙兵就更愁了。对于13岁的儿子，她已经没有更多的奢求。

偶尔回家，看着儿子的房门没关，她会欣喜若狂地跑过去看，因为锁孔被堵死了，儿子出去的时候从来不锁门，实际上是门没法锁上，一旦锁上，他自己也进不去了。

推开虚掩的房门时，一股强烈的恶臭扑面而来，熏得她几乎要吐出来：闷热的屋里窗户紧闭，既没空调也没电风扇，遍地散落着留有残羹剩汤的方便面桶、食品包装袋以及各种各样面目难辨的垃圾，音箱里传来一阵阵武器砍击声和网游人物"哼哼哈哈"的厮杀声。

"真没见过那么可怕的景象！我当时都吓呆了。"孙兵说。但是忍着恶心，她仍然搜索了一个儿子游历过的网站，她发现，青春萌动的儿子正在搜索一些青春期的知识。

孙兵无奈地摇摇头，她现在根本无法阻止，更没有办法沟通。"你看看，这个孩子，期中考试7门功课，就一科勉强及格，作业从来不做，整天就玩电脑，别人都说孙博士家有一个这样的儿子，我还能有什么希望呢？你说，我的信心会有吗？"说到这里，孙兵的眼泪就像断线的珠子不停流下来。

心理点评：

　　儿子把自己藏在冰冷的网络世界里，在那里发泄着自己对现实世界的愤怒。而在现实世界里，他也在和母亲进行着疯狂的"战斗"，这更加加剧了他潜藏于内心的愤恨。

　　在这种愤恨作用下，小笑诚开始了一种自虐倾向：他把自己关了起来，饿到胃抽筋。他通过折磨自己，表达了对母亲的攻击——在这里，我们竟惊人地看到儿子从行动上认同了母亲的自虐性！

《我是冠军》
母子冰释前嫌

2008年7月20日，孙兵好说歹说，以旅游的名义，终于把儿子哄骗到了

《我是冠军》的节目现场。从参加节目到现在，这对母子就没有停止过"战斗"，从起床洗漱做饭穿衣到比赛竞争，甚至到洗澡睡觉，任何一丁点芝麻绿豆的小事都可以引起激烈的争执。常常是母亲怒火中烧，儿子扬长而去。

但从湖南卫视的记者对母子俩的采访来看，随着游戏的深入，这对仇人一样的母子，也开始尝试进行沟通。

记者：你在网上都玩些什么呀？

胡笑诚：大话、传奇、劲舞什么都玩，红警、CS（反恐精英）也玩。

记者：好玩吗？

胡笑诚：没什么好玩的。

记者：那你为什么还要泡在网上那么长时间啊？

胡笑诚：因为我不愿意坐在教室里，我不愿意看到埋头读书的同学，也不愿意见到老妈。

记者：是爸爸妈妈做错了什么，还是因为其他的？

胡笑诚：我妈工作上受了气，回来就对我撒气！一进门看见我在玩电脑，就干上了。我说我咋了，你一回来就跟我烈！老妈只会骂我，我学习上有了进步他们看不到，在他们眼里我永远只有缺点……

记者：你们平时都不说话，比赛怎么配合呢？

胡笑诚：我妈中途的话就有点多了，一会喊加油，然后往左往右，有些瞎指挥的感觉。平时生活中有些事，跟她计较多了，我觉得挺无聊的。我妈平时生活当中有的时候错了，但是不承认，说一些很赌气的话，我也就基本上按照我自己想的去做，不管她。今天我妈下船的时候可能就认识到自己错了，就认错了。我觉得今天我妈已经认识到她的错误了，应该不会话太多了吧，我觉得明天配合应该比今天更默契一些。

（第二天）记者：你们今天好像开始说话了？

胡笑诚：我妈说商量，但是我没听，到那自然而然就知道了，我妈说那个轮胎怎么走啊，墙怎么跳啊。可能是有用，但是之前就是不想听，我想实践一遍会好一些。

记者：你们顺利过关了，高兴吧？

胡笑诚：我觉得这个成绩蛮好的！我和妈妈之间不能说吵架，只能说谈话吧。我觉得应该比以前进步一些了。（妈妈踩我身上的时候）我觉得特沉，我没办法，我只能站着，把我妈妈顶上去，我们就过关了。

好景不长，第二天的荒岛生活，母子俩又吵上了。

孙兵、胡笑诚遭遇淘汰，但二人依然勇敢面对

乌镇挂布，孙兵、胡笑诚母子表现英勇，成全场中表现最突出的选手

"觉得特莫名其妙，觉得这事也怨我，我太冤了吧，我就忍不住说了一句，我妈就很大一声'闭嘴'就过来了。"儿子觉得妈妈太没给他面子。

"从头到尾就是我多夹了点肉，我妈开始不清楚情况，就以为是我惹别人吧，可能她正好听到我说他们那一句了，其他都没听着，我妈就以为是我骂他们，还说你那么大你就不能让着点他们吗？我觉得我妈不了解情况，我妈总是这样不了解情况，就是自己特自以为是。"

气得眼泪都出来了的孙兵觉得儿子把她的脸都丢光了！"你看十多岁的人了，还跟八九岁的小孩抢肉吃，真的太丢脸了！骂他还还嘴，我当时就很想家，很想躺在谁怀里大哭一场。"

（在浙江乌镇 PK 赛中，这对母子被淘汰了。）

记者：你有遗憾吗？

孙兵：我们不是最差的，而且在前几天还立下大功，如果认为我比较强，大家让我们去 PK，这样就容易理解了。

记者：以前你和儿子有这么走近过吗？

孙兵：以前我不说话他就不说话，我一说话他就烦。你们知道的，经常把门锁上。

记者：现在呢？

孙兵：我听见他和小朋友说，我妈妈比较坚强，非常坚强。当时我的眼泪就掉下来了。

记者：你是不是觉得儿子的眼睛里开始有你了？

孙兵：对！不仅是正视，而且还有那么一点关心。不仅开始关心我，而且开始关心别人。比如这次参赛中，他给曾经在辽宁读书时给干过仗还气得发了高血压的大姨打电话，问她腿还疼吗？这在别的孩子那里是不值一提的事，可对于我儿子，我觉得是天大的变化！他以前可是理都不理他们，谁都没想到他会说这种话。

记者：起初儿子好像并不愿意参加这个活动？

孙兵笑了：对，我连哄带骗过来的。在我心目中儿子很少认真，除了到日本大使馆签证的那次，但是这次比赛，我觉得他认真了。

（明天要离开了，儿子过来催促妈妈去房间清行李。）

记者：你觉得妈妈和以前有什么不同吗？

儿子（悄悄地）：我妈还是话多。不过，没那么啰嗦了，我好像能理解我妈的一些唠叨了，有些还是有道理，是人生经验的总结吧，我还是爱我的妈妈。

（这时，正好孙兵走了过来。）

记者（偷偷地）：儿子刚才的话，你听到了吗？

孙兵（眼泪流了下来）：好开心！真的。（平静了一下）或许是天意吧，我和儿子走到这儿该有变化了，戏也该结束了！我想，这次经历会给儿子一辈子的记忆。从我做起，我和儿子才有希望。

东江湖轮胎阵，孙兵母子暂时放下彼此的隔阂，携手闯关

> **心理点评：**
>
> 《我是冠军》给形同陌路的孙兵母子提供了一次"亲密接触"的机会，也许，没有这次节目的参与，母子俩永远找不到彼此内心碰撞的机会。
>
> 从母子俩比赛开始的"硝烟战火"到比赛结束的真情流露，母子俩终于拉近了内心爱的距离，看到这里，我们也暗暗地为他们感动。
>
> 从赛场返回现实生活，他们仍然需要更多的努力才能摧毁多年来积蓄的"怨恨"。当然，这需要孙妈妈更多地从心灵深处释放自己，只有寻求改变才能够寻找到多年前"失去"的儿子。
>
> 我们在孩子早年欠下的"债"，将在他们成年之后，花费百倍的精力才能够"偿还"！

成长讨论

因为母亲很好强，笑诚从小就生活在和母亲的"绝缘"世界里：

（1）小时候妈妈出国在外；

（2）长大后和母亲在一起，但母亲依然忙自己的事业。

笑诚一直在自己的世界孤独地成长，这让他内心世界充满冲突，一方面是渴望和自己最爱的母亲亲近，另一方面这个人又常常"抛弃"他。这种内心的冲突和矛盾，演变成为他日后和母亲无休止的"战斗"。战斗中，他开始释放一直压抑在潜意识中对母亲的愤怒。

东江湖开场赛，孙兵母子与玛尔法母女奋力争先

这对母子的互动，让我们看到的是爱和恨交织的亲情。母亲因为很爱自己的孩子，为了生活得更好，对自己提出了一个又一个目标，这是伟大的母爱。但殊不知，在母亲完成这些目标的过程中，却忽略了自己孩子的最基本需求——成长中母亲无时无刻的陪伴。比起母亲的"大爱"，"小爱"更会让孩子感受到母亲最真实的情感，这厚实的"小爱"才是孩子最需要的。

143

小孩森龙的
烦恼人生

一位意大利籍的父亲，却信奉中国传统的棍棒教育。一次次愤怒的拳头，在父与子之间筑起了矛盾的高墙。有谁知道，在他的粗暴易怒背后，其实也有一颗善感温柔的心在热烈跳动。

一个混血的儿子，时尚，另类，爱好广泛，却独独对父亲望而生畏。他的梦想是能和父亲像朋友一样相处，只是，在现实与梦想之间，还有着遥远的距离，需要彼此去努力。

儿子森龙："我做错任何一件小事他都会打我，为什么他不能多给我一点鼓励？"
爸爸保罗："儿子不愿意亲近我，他不爱我。"

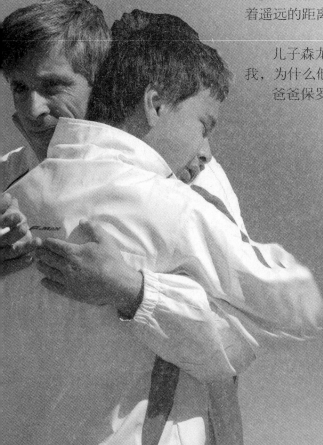

18. 跨国婚姻里，
粗暴的父亲，顽皮的儿子

　　这是广州的一个夏夜，空气中还残留着白天炎热肆虐过的痕迹。花园小区里，居民们已经相继休息了，外面偶尔传过来的汽车鸣笛很快也被无边的宁静吞没。突然，一阵响亮的吵嚷声从三楼的一个窗户中传了出来，愤怒的呵斥声，打破了黑夜的静谧。

　　明亮的灯光下，意大利籍爸爸保罗被儿子森龙气得满脸通红："你干什么去了，到底有没有脑子？为什么总是脏兮兮的像个小瘪三？"

　　从晚上8点开始，保罗一直在客厅焦急地等着儿子回来，妈妈则在卧室里不停地打电话到森龙的同学家询问儿子的去向。晚上11点，浑身臭汗的儿子森龙推开了家门，心急如焚的保罗看到儿子平安回来，揪着的心终于放下，却又很快火冒三丈。眼前的儿子头发乱蓬蓬的揉成一团，脏兮兮的衣服胡乱耷拉在身上，脸上身上到处都是泥。他忍无可忍，终于大发雷霆。

　　森龙低着头，嘴里咕哝了一句："和同学去外面玩了。"就径直往自己的房间走去。眼看儿子没有任何悔恨的表现，保罗气不打一处来。他转身从桌上拿起一根藤条，一把拽过儿子，二话不说就往儿子身上抽。森龙痛得大声叫唤了起来。妈妈刚开始听到丈夫在责骂儿子就在房里没有出来，听到丈夫开始打儿子了，她赶紧跑出来，使劲把儿子从丈夫手中夺下，拉到自己的身后。

　　"你干吗还护着他？"保罗生气地冲着妻子大吼，森龙妈妈也没好气："有什么事不能好好说吗？非得要打吗？"

　　"你自己瞧瞧，他弄成什么样了！这么晚他才回来，像个野人一样在外面疯……"保罗拿着藤条的手不停地抖动。

　　"那跟他好好说就好了，为什么要打呢？"妈妈的声音也提高了八度，

　　"好，好，不打，不打了！"保罗气得声音发抖，"以后你就一个人管好了，我再也不会管他了。"他气冲冲一转身就进了房间，随即一脚把门狠狠摔上。

　　保罗站在窗户前，眉头紧皱，刚才的争吵让他气愤难平。这样吵闹不是第一次了，儿子越来越难管，妻子处处护着孩子，他想不明白，为什么所有的事情都脱离了他期望的轨道，变得一团糟？

　　那一年，刚刚大学毕业的保罗被意大利一家跨国公司看重，高薪聘请为项目工程师。不久后就被长派到中国广州的分公司负责技术方面的交流。一次偶然的机会，他认识了中国姑娘谢桦，两个人恋爱，结婚，一年后，他们的儿子森龙出生。初为人父的保罗看到儿子喜极而泣，对儿子呵护倍至。三年后，保罗和分公司的合约期满了，被调回到意大利，他带着妻子和儿子回到了意大利。

145

回去后，保罗把森龙送进了当地的幼儿园。本以为一家三口终于可以在意大利安定下来了，没想到三年后，公司又突然派他去北京分公司，合约期两年。保罗深知，这一次去北京就意味着一年只有两个月的探亲假，谢桦听到消息后，陷入了沉默。自从到意大利后，她无时无刻都在想着自己的家乡，自己的父母和兄弟姐妹，思乡的痛苦常常令她无法自拔。现在丈夫又要离开自己去北京，而且一去就那么久，她的眼泪不由自主地掉了下来。突然，她果断地做出了决定，她坚定对丈夫说："要不，我们一家三口都回去吧。"

于是，一家三口又搬到了北京。

这时候森龙已经6岁了，到了该上学的年龄。保罗给儿子联系了附近一所最好的小学，为了让儿子尽快学好汉语，他还特意托付老师每天给儿子补习中文，周末又请中文家教。森龙很聪明，一个学期下来就满口的京腔。

保罗一向很崇尚中国的教育方法，他觉得意大利那边没有考试检查学生，讲完一堂课就是一堂课，课后的作业又少，学得多但是不扎实。而中国的基础教育则可以让孩子真正学到东西，听到儿子流利的普通话，他非常开心。他觉得儿子已经正式踏入了中国教育的门槛了。

这时候，谢桦又有了身孕。由于非常想念在广州的家人，她回到了广州，三个月后生下了女儿。一年后，保罗的合同期满了，他将再次被调回意大利。可妻子谢桦却怎么也不愿意再回意大利了，她受不了那种思乡的煎熬。没办法，保罗把儿子送到广州后，一个人回了国。

在意大利的日子里，保罗疯狂地思念着自己的妻子和一双儿女，每天都会打国际长途跟妻子聊天，听听儿子和女儿的声音。

一边是自己为之奋斗了多年的事业和自己的父母家人，一边是妻子和一双儿女，保罗陷入了矛盾之中，经过一番痛苦的挣扎，保罗最终选择了家庭。他辞掉了意大利公司的工作，告别了养育自己的父母，来到中国，和妻儿在广州定居下来。

心理分析：

跟着故事我们认识了森龙的一家，认识了森龙的父亲，意大利籍的保罗。这样的一对父子在中国安了家。

但安顿这个家颇费一些周折，我们来看看森龙成长的脚印都踏过哪些地方？

0～3岁	在广州	和父母一起
3～6岁	回意大利	和父母一起
6～7岁	回到北京	母亲回广州生妹妹，和父亲在京
7～8岁	送回广州	和母亲、1岁的妹妹生活，父亲回意大利
8岁～	在广州	父亲和全家定居广州

这样一个跨国婚姻也许给保罗夫妇带来的是无比的惊喜，但对于幼年的森龙，却是从出生开始就历经波折。

对于幼儿，童年时期稳定的外部环境是非常重要的。我们可以从小森龙的眼睛里看看外面的世界，在他0～3岁的时候，他周围填满了黄皮肤、黑眼睛的人，忽然之间，那些熟悉的面孔变成了黄头发、蓝眼睛的人，紧接着还是马不停蹄的辗转，这让孩子不停地要去适应他身边总是陌生的一切，就连他最亲密的人爸爸和妈妈，也会一个个"突然"地离开他。这种不稳定感在孩子成长的过程中可能会导致他们情绪上潜在的混乱，这种混乱会让孩子在建立秩序上感到困难。

2. 棍棒教育，
让儿子越走越远

小时候的森龙很可爱，最喜欢和爸爸在一起玩笑。那时的保罗每天下班之后，回到家中的第一句话就是："森龙，爸爸回来了。"小森龙听到爸爸的声音，马上扔下手中的玩具，开心地跑到爸爸面前，保罗就会抱起儿子到家里打转，然后把儿子举起来，让他骑在自己的脖子上，到小区里到处溜达。

在妈妈回广州生妹妹的那段时间，小森龙的生活起居全落在保罗身上。每天早上，保罗早早地起床，收拾好房间，准备好早餐，等森龙吃完早餐之后，保罗再送小森龙去学校上学，然后才能匆匆忙忙赶到公司上班。下班后，保罗经常会推掉同事的聚会，匆匆赶到学校去接儿子。晚上保罗要儿子点菜，自己就去菜市场买来给儿子做。

一到节假日，保罗就会带着小森龙到外面去玩，公园、儿童乐园到处都留下了父子俩开心的笑声。有时临时碰上公司有事，保罗也不愿意把森龙一个人放在家里，就会把儿子也带过去。那时的儿子总喜欢跳到爸爸的怀里，抱着爸爸的脖子，滔滔不绝地告诉爸爸学校里和小朋友的故事。

然而，几年过去了，昔日的亲密早已不复存在，取而代之的是父子之间无尽的失望与怨恨。

"作为一个男人，应该对任何事情认真，负责，但是我儿子差得太远。"保罗失落地摇头叹息。

森龙8岁的时候，保罗给儿子买了一架钢琴，并给儿子报了钢琴培训班。刚开始的时候，森龙很感兴趣，学得很认真，但没过几天，森龙就开始偷懒了。老师上课的时候他东张西望，回到家就对着电脑打游戏，根本不愿意碰钢琴。谢桦只好每天监督，硬逼着儿子坐到钢琴前，规定每天至少要练一小时。

可是，森龙根本不愿意弹，他一会儿望望窗外，一会儿又停下来，一头碰到琴键上，引得钢琴发出一阵噪杂的奇怪音符。弹不了几分钟他又站起来，说腰痛，要活动活动。他还给闹钟定了时间，一到时间就从座位上跳了起来，一分钟也不愿意多弹。

后来森龙又要学萨克斯，学大号，保罗都一一应允，支持儿子。但是没过几天，森龙还是重蹈覆辙，将他们弃置一旁，若不是爸爸催着，他碰都不愿意再碰。

儿子这样喜新厌旧，兴趣广泛却没一样能保持长久，令保罗非常郁闷。

保罗想培养儿子做事细心的性格，他要儿子帮忙洗碗。但森龙一边想着打游戏，一边心不在焉地洗。结果不是把洗碗水弄得到处都是，就是筷子撒了一地。

保罗经常教育儿子：你要讲卫生，爱整洁。保罗要求森龙，每天起床后必须自己收拾好卧室，床单要铺好，睡衣要叠齐。每个周末，他还要求森龙把床挪开，把床底下彻底清扫干净。森龙外出时，保罗更是要求他一定要仪表整洁。但是森龙却一点不配合，经常邋邋遢遢的。一次，保罗去接儿子回家，他坐在车里，看着儿子跟一群小朋友一起出来，其他的孩子都是干干净净的，就只有自己的儿子帽子歪在脑后，衣服扭在一起，裤子上满是灰土。保罗很生气，儿子一走到跟前他就低声吼："为什么你的同学都那么整洁，你却成了这个样子？"森龙还沉浸在刚刚和同学们的玩笑中，没有听到爸爸的话，就往车上走。保罗见儿子竟然不理自己，他一巴掌就打在正要上车的儿子身上。森龙一下子被打懵了，好久才回过神来，他委屈地推着爸爸又哭又喊："你这个暴力爸爸，坏爸爸！"

学校老师三天两头打电话到家里：你们家森龙又在学校打了同学，你们家森龙今天作业又没做，森龙上课又睡觉了，又跟老师顶嘴了……这样的次数多了，保罗对儿子也越来越失望。刚开始他还能耐心地跟儿子动之以情，晓之以理，慢慢的，保罗发现耐心的教导对顽皮的儿子根本不管用。儿子好像没有记性，这次犯的错误，下次还是会犯同样的错误。他开始担心了，在尝试了多种教育方法后，保罗发现，棍棒教育比其他的方法都奏效。只有身体的疼痛，才会让儿子记住自己的错误，下次不再犯。

在森龙的心目中，爸爸对自己是冷血无情的。每次爸爸看到自己，总是冷着脸面无表情。但是一看到妹妹，爸爸眼睛里马上就会散发出春天一样温暖慈爱的光芒。这种目光让森龙妒嫉又伤心，看到爸爸逗妹妹开心，微笑着摸妹妹的头，森龙总是会悄悄地走回到自己的房间。

当森龙换下来的球衣再一次用手搓都洗不干净时，保罗再也忍不住了，他像头愤怒的狮子一样冲儿子大吼："森龙，你给我过来！"正在看电视的森龙听到爸爸的叫声，心里一紧。听声音就知道，爸爸又生气了，而且火气还不小。他想跑，却不得不向客厅走去。"你过来看看，你的衣服怎么穿得这么脏？你看看你的样子，就像个小瘪三！"

森龙低着头看自己的脚尖，小声嘀咕道："同学的也一样。"保罗一听更是火冒三丈："哪个同学像你一样？人家都穿得整整齐齐，干干静静，你为什么老是改不了？"

谢桦听到丈夫又在责骂儿子，赶紧走出来问怎么回事。保罗把衣服往妻子面前一伸："你看看，他的衣服弄成这个样子，已经洗不干净了。""就这事啊，我还以为什么大事呢。"谢桦不以为然："洗不干净就扔了再买新的，这点小事值得你发这么大的脾气吗？"

看到妻子仍在为儿子推脱，保罗更生气了："好，你就这样宠着他吧！我看你能把他宠成什么样！"他不再理妻子，一转头又对儿子吼："以后你干脆不要穿衣服出去了，你也不配穿衣服，你就光着出去好了。"

森龙低着头，听着爸爸的咆哮，一言也不敢发。他不明白：为什么爸爸为了一点小事就会打骂自己？不就是衣服脏点吗？怎么在爸爸眼里就好像世界要灭亡了那么严重？

森龙和爸爸只能用意大利文交流，平时，森龙不敢跟爸爸讲话。因为只要他的语法出现错误，或者单词拼错，爸爸都会骂他蠢。有一次，森龙试着要讨好爸爸。他知道爸爸喜欢足球，就想出了一个足球的话题跟爸爸聊。可是还没进入主题，保罗就大怒："你真蠢，连这个词语也会拼错，我都教你多少遍了！"森龙的脸霎时涨得通红，他忘记了自己下一句话要说什么，一个词都讲不出来。保罗狠狠地瞪了他一眼，转身不再理他。

谢桦要丈夫带着儿子去一个朋友家，在一个多小时的路途中，保罗一直看着前面，森龙一直看着窗外，父子俩没有讲过一句话，就那么冷冷地坐着。

森龙和爸爸的关系越来越坏，父子之间就像隔着冰冷的太平洋，心越来越远。

心理点评：

慢慢长大的森龙让保罗越发头痛。保罗发现，森龙已经不像小时候那样听他摆布了，保罗没有思考用什么样的方式更加适合教养森龙，而是选择了棍棒和暴力。

森龙对任何事情都只是三分钟热度，这是孩子尚未发展好持久性的表现，他们很难把自己的喜爱坚持下去。不过，对于森龙，我们还不得不再次提起他早期生活环境的不断变化，这段经历对他的情绪稳定、爱好持久要比同龄人来得更加困难。

保罗却只是频频地举起自己的拳头。当保罗隔三差五地因为森龙在学校打人被老师叫去时，他没有意识到，自己在无意中教会了儿子使用自己的拳头。

亲子感悟：

"如果你的家中养育了一个男孩，请随时准备好接受他的挑战。"

男孩会随着年龄增长和不断聚集的荷尔蒙，变得好动、顽皮、冲动、攻击。回应男孩的这些挑战，一定不能用暴力。男孩成长的过程中，如果伴随着父母频频挥动残酷的拳头，这会让他们有如下的表现：

（1）从父母那里学着用拳头和身边的人相处。家庭是教会孩子和人打交道的第一个练兵场，父母是他的唯一训练师。如果父亲表达情绪用的是拳头，那孩子在以后的人际模式中，也会学着用拳头来表达自己的情绪，这是父亲"教会"他的唯一工具。

（2）会抹杀自己的爱心。父母的粗暴和专制在孩子身上留下的阴影将永不磨灭，这种阴影会让一个原本拥有爱心的男孩变成凶残的人。

我听到过这样一个故事：一个小男孩，在放羊的时候，一条亲爱的羊羔走失了，男孩急坏了，这些羊羔是他从小喂养的，他边哭边喊顺着大山一直找到深夜，可还是没能找到。伤心的男孩只好回到家，回家后把丢失羊羔的事情告诉了父亲，父亲二话没说，一顿暴打。几天后，男孩在山上突然看到他走失的小羊，男孩并没有感到失而复得的惊喜，而是反常地捡起一个石头狠狠地砸向羊羔，因为就是这只羊让他遭到了暴打。

所以不难想象，很多罪犯都是早年遭受过父母的虐打、暴力封闭了他们通往爱的道路。

3. 谢桦：他从来没有认真想过儿子只有 12 岁

有一回森龙在学校上课时，随手把书包一甩，由于用力过大，书包被甩出了窗户，玻璃"啪"地碎成了很多快，"哗啦"一声从五楼掉了下去。老师当即吓呆了，庆幸的是当时楼下没人。老师的第一反应就是转过头来狠狠地批评森龙，下课之后，老师就打电话给森龙家里。这一次是谢桦接的电话，老师在说完情况之后，又加了一句，态度很坚决："你这次一定要打他，要拿那种细藤条打，这样打得疼他才会记在心上。"

当时谢桦听了心里也着了慌，幸好没事，如果真的砸到什么人，那该如何收场？但是她也庆幸，电话是她接的，而不是保罗接的。

森龙回来后，谢桦批评了儿子一番，就把事情给搁下了。过了两天，她和保罗聊天时无意间提到这件事。保罗当即就从椅子上跳了起来，顺手拿起藤条就要去找儿子，被妻子死死拉住："我已经教训过他了，你不要再打他了，他下次一定会小心的！"

"你这是溺爱！你有没有意识到？"保罗痛心地看着妻子，气得说不出话来。儿子犯了这么大的错误，妻子却仍然在护着他，总有一天，她会把森龙给惯坏的。

在教育儿子的问题上，谢桦和保罗分歧很大，丈夫的教育方式让她很难认同："儿子做错了事他自己都知道，就像把东西洒了一地，或者洗碗洗得满地都是水，孩子只有这么大的能力了。你如果鼓励他，他就会努力去做好。但是他爸爸不会那样，他在儿子还没做好的时候就骂他做得太差，骂他能力不行，他从来都没有想过，森龙只有12岁，他能做成这样已经不错了。他可以先鼓励，然后再指出不好的地方，相信儿子能做得更好。但是他不会，他总是先批评，把儿子做的一切都否定了，让儿子觉得自己笨得一无是处，再也不愿意做这件事。"

平时，保罗只允许儿子在星期天玩两个小时游戏。那天是星期一，森龙跟妈妈说想玩电子游戏机。谢桦想儿子也应该轻松一下，他还是个孩子，不能对他太苛刻了，于是就同意了。保罗回到家看到儿子在玩游戏，就大声地呵斥儿子，谢桦听到了，赶紧跑过来说："是我同意让他玩的。"

保罗觉得不可思议："你为什么要同意他玩？明明订了规定。"

"儿子偶尔打打游戏放松一下又怎么了？"谢桦毫不在意。

保罗生气了："那我们跟儿子定的约定还有什么用？"

"约定偶尔特殊一下又怎么了？"谢桦声音也高了。

"你就是溺爱，将来儿子不好了看你怎么办！""砰"的一声，保罗把一只玻璃杯狠狠地摔在地上。谢桦气晕了，结婚那么多年，丈夫从来都没有这样过。现在为了这么一件芝麻绿豆大的小事竟然在自己面前摔东西！愤怒中，她也抓起一个杯子狠狠往地上一摔。保罗看到妻子也摔，更加生气，"忽啦"一下，把桌子的东西全推到了地板上……

这样的争吵，在夫妻俩记忆当中是非常少有的。两人结婚后非常恩爱，基本上没有红过脸吵过架，因为都觉得能走到一起不容易，彼此都很珍惜这份异国之爱。却没想到，因

极其残酷的泥地负重比赛，虽然保罗身体不适，但父子二人依然拼尽全力

为儿子的问题，他们矛盾重重战争频发。

　　谢桦哭了，她觉得很委屈，她不明白自己到底做错了多大的事，不就是允许儿子打一下电游吗？丈夫竟然在自己面前摔东西。她越想越伤心，趴在桌上抽抽嗒嗒哭了起来。

　　一旁气得脸红脖子粗的保罗本来还余怒未消，当他看到妻子哭了，一种难以言表的情绪慢慢地涌上心头。是啊，妻子也很不容易，每天从早忙到晚，为儿子的事不知道怄了多少气！这样想着，他的眼睛慢慢地湿润了。他想走过去拍拍妻子的肩安慰她一下，但是最终也没有那样做，而是回到房间，在黑暗中默默抽烟。他不知道，这种为儿子引发的战争，还要持续多久。

亲子感悟:

　　我们天生就知道如何成为孩子，但，不是天生就知道如何成为父母。

　　当我们成为父母的时候，我们会用以往从父母那里学到的经验去教养我们的孩子。由于父母双方来自不同的家庭，每个家庭也都有着各自不同的家庭规则、人际模式、价值观念，带着这些规则、模式和观念，父母开始了和自己家庭成员，和孩子们的相处。

　　在新的家庭中，父母双方都会惯用自己在过去家庭中获得的经验去管教孩子，难免造成了父母双方在孩子教育问题上的分歧。如果不能很好地处理这种分歧，很容易形成孩子的两面性人格，并积聚形成对父母的怨恨心理。

　　中国的一份家庭问题调查说，夫妻双方分歧最大的问题依次是：孩子的教育方式＞家庭中钱财的支配＞对老人的赡养态度

　　夫妻双方对孩子教育方式的分歧是中国家庭中的普遍问题，那么应对这个问题，我们应该采用什么合理的方式去处理呢？

　　（1）夫妻双方要放弃各自的旧有观念，彼此多沟通，确定一个相对一致的教育态度。我们所持有的经验再丰富，永远没有我们孩子的成长快，所以父母更多的是要沟通，要应对孩子面临的新环境、新问题，讨论出目标一致的方向。

　　（2）永远不要在孩子面前就不同的教育方式争吵。父母之间的争论，容易对孩子的心理造成消极的影响，使孩子的是非观念变得模糊。

　　（3）夫妻双方可以把选择的权利适当地交给孩子。在夫妻双方产生分歧的时候，按照避重就轻的原则，和孩子平等地沟通讨论，适当地把抉择权交给孩子。

4. 保罗：我的儿子只是依赖我，并不爱我

保罗自从意大利的公司辞职之后，先后也曾应聘到其他公司工作。但是因为语言不通，最后不得不辞职。赋闲在家的保罗很失落，在意大利很出色的他，来到中国居然连份合适的工作都找不到，巨大的落差让他难以承受。他也想跟人沟通交流，但是由于语言不通，保罗基本上没有中国朋友。他也曾尝试着学中文，但在广州大家都讲粤语。粤语太难学，普通话又没有语言环境，结果，保罗哪一样也没学好。有时候试图跟人家用中文沟通，情急之下，常常一句普通话里面会同时参杂意大利语、粤语、英语。

森龙努力学吹芦笙，赚取更多的工分，以便有更多的钱去看望贵州山区的儿童

森龙没有学过意大利文，现在只能凭着自己在意大利生活时学会的语言跟爸爸交流。保罗曾经多次要儿子好好学意大利文，但是儿子从来都没有用心过。妻子和女儿都很认真地学，现在都说得很好，但是儿子还是磕磕巴巴，语法单词经常出错，和自己讲起话来总是错误百出。保罗觉得，儿子根本就不重视跟自己的沟通。

森龙很活泼，跟别人总是有很多话讲，跟爸爸却始终保持距离，这让保罗很寒心。保罗一直在想办法跟孩子拉近距离，有时候他要儿子跟自己出去打球，或者去散步，但森龙却总说要做作业。保罗开始还挺欣慰，以为孩子知道以学业为重。但有一次，保罗要森龙跟自己去KTV，森龙说自己要写作业。保罗下楼后，突然想起忘了戴帽子，他轻轻推开了儿子的房门去取帽子，却吃惊地发现儿子并没有在做作业，而是在玩电子游戏。他呆住了，自己的儿子竟然宁愿闷在家里，也不愿意跟爸爸出去玩。保罗感到前所未有的悲哀。

保罗在贵州苗寨与水牛嬉戏

虽然不时会出去拍拍广告，但是大部分时间，保罗只能独自一个人在家里打发寂寞时光。妻儿回来之后，他很想跟儿子像以前那样聊聊天，逗逗乐，但是儿子一回来就避开他，躲进自己的房间里。有时，儿子跟妈妈开心地用粤语交谈，把自己晾在一旁。

工作不顺，儿子难管，家庭硝烟不断，郁闷的保罗学会了吸烟。当妻子上班，儿子女儿上学，家中只剩下他一个人的时候，他就开始吸烟。只有在这样的时候，他才能得到暂时的平静。

"为了家庭，我放弃了自己喜欢的工作，离开了养育自己的父母；为了家庭，我全心全意教育儿子，想尽办法改变儿子，但到头来，妻子不理解我，儿子只是依赖我，并不爱我。"保罗想不明白，到底是儿子错了还是自己错了。

心理点评：

现在我们可以稍稍地理解保罗了，他是中国土地上失落的意大利爸爸！

保罗为了妻儿来到异国，自己却失去了作为一个男人的所有，所以他对森龙越发严格的管理，在潜意识里是在拯救自己，森龙的行为却让他的拯救行动一次次的落空，这让保罗内心压抑的情绪不断聚积，最后就选择了用拳头来解决一切问题。

亲子感悟：

使用暴力的父母，往往是因为自己的焦虑没有得到很好的释放，而把孩子当作了撒气的对象。他这样的行为，也许是向周围人证明：当我主宰不了周围的一切时，至少还可以用拳头主宰我的儿子！这种方式，也许能缓解自己一时的焦虑，却阻隔了和孩子的沟通桥梁。

所以，当我们管教孩子的时候，首先要梳理好自己的情绪，分辨出情绪中有多少是真正来自对孩子的不满。当父母不把自己生活中的情绪迁怒于孩子时，他们就可能收起拳头，心平气和地和孩子沟通，也会发现孩子和自己越来越亲近。

森龙：在爸爸眼里，我没有优点，只有缺点

森龙在学校调皮捣蛋，上课睡觉，打游戏，不做作业，和老师顶嘴，跟同学打架，令老师头疼不已。太严重的，老师打电话给保罗，要他管教儿子，小错误老师就自己在学校罚。所以森龙几乎每天都要写检讨，要绕着学校操场跑三十圈。

对老师的惩罚，森龙并不放在心上。他基本上从没跑够数，甚至根本不跑，不管老师怎么骂他就是不跑。上课打游戏被老师发现了，要没收游戏机，森龙就是不给。到最后，老师觉得没法管，只好打电话给家长。保罗一听到

老师对儿子的投诉就怒不可遏，抓起儿子就是一顿暴打。

"爸爸老说我这个不对那个不对，说我笨，说我做事不用脑子。"森龙的记忆里，爸爸评价自己最多的就是：笨，不用脑子。

"老师打电话说我没写作业，他说我笨，不用脑子。我在学校跟老师顶嘴，他也说我笨，不用脑子。"森龙觉得爸爸过于小题大做了："我没做作业，老师打电话给他，他就好像世界要灭亡了一样。"尽管老师三天两头打电话投诉，但是森龙现在还是想写就写，不想写就不写。"反正在爸爸眼里，我没有优点，只有缺点。"

也许是害怕爸爸的棍棒，森龙对爸爸总有些恐惧。爸爸妈妈陪森龙去游泳，爸爸要求森龙游二十圈。森龙游了几圈之后就想爬上岸，保罗站在岸上，面无表情地对儿子吆喝："赶紧游！"森龙只好调转回去游完剩下的次数。只要爸爸一不在，森龙就马上跳上岸，不管妈妈在后面大喊大叫。

妈妈的温柔绵软使森龙对她没有半点畏惧，在妈妈的记忆中，儿子对她的话基本上充耳不闻，她叫儿子去做事情，起码要叫十次才能听得进去。

一次，妈妈要森龙做作业，森龙慢腾腾地打开作业本，摊开就把头枕在上面睡觉，妈妈推了推儿子："快做。""我好困，让我先睡一会儿。"森龙有些不耐烦。半个小时后，妈妈看他醒来了，还在那里发呆，又催促："快点写。""我还没回过神来。"森龙头也不回。妈妈一下子火了："你到底做不做？你想这样敷衍过去吗？"保罗当时正在隔壁看书，一听到妻子的声音带着怒气，就猜到肯定是儿子又犯错误了。他把书一扔，跳起来冲进儿子的房间，狠狠地把儿子骂了一顿。骂完之后，他甚至还不知道儿子到底做错了什么。但是他知道，如果连妻子都生气了，那儿子犯的错误肯定不小。

"我只怕爸爸，不怕妈妈。"森龙毫不犹豫地冲口而出："但是如果爸爸不打我的话，我也不会怕他。"

保罗与多久未相见的女儿相聚贵州凯里，心情格外激动

森龙一家相聚贵州凯里，其乐融融

亲子感悟：

　　曾经有一个教育学家做过这样的一个试验，他随机地从班里抽出来10个差生，对他们的老师讲："经过测试，这几个孩子将来会有很好的成就。"三年以后，这10个孩子都考入了重点中学。原因是，

155

从那一刻起，这10个差学生受到了信以为真的老师给予的不断鼓励，这几个学生们的自信心和学习积极性都大大地提高了。

鼓励和赞赏对孩子产生自信心非常重要，过多的批评会让孩子失去信心，会让他们感到自己是多么无能，由此可能会逐渐放弃探索世界的努力。

父母尤其不能过早地给孩子贴上"笨"、"没脑子"等标签。孩子成长的过程中，需要从他人，尤其是父母那里，获得对自己的正面评价，建立起积极的自我形象。而被父母贴上"笨"、"没脑子"标签的孩子，成长中更容易出现胆怯、畏缩和自卑的心理，这让他在同伴之中真的显得"笨"了。

对待这样的"笨"孩子，如果父母后来又选择了"打"，就会看到孩子被打的次数越来越多。开始孩子是因为"不打就不改"而被打，后来往往变成"即使打了也不改"。父母的打骂换来的将是孩子不断增长的逆反心理。

要想让孩子建立起一个良好的习惯，赞扬和肯定永远是灵丹妙药，孩子会因为父母的肯定不断重复正确的行为，重复多了就变成了习惯。

6. 我是冠军，一起成长

2008年7月，《我是冠军》栏目邀请保罗和森龙参加。森龙正好在家里闷得发慌，听到这个消息自然非常开心。保罗却有些犹豫，自己中文不好，到时候可能会有很多不便。妻子谢桦极力怂恿丈夫带着儿子一起出去，她觉得父子俩平时单独相处的时间实在太少了，这是个好机会，没准能培养父子之间的感情呢。在妻子的推动下，保罗终于同意了。

来自天南海北的16个小伙伴，见面之后非常开心。一路上和爸爸基本没有讲过话的森龙，仿佛一下子解放了。他开心地和伙伴们说着笑着，互相打闹。保罗由于语言不通，只是默默地站在一旁，看到儿子兴奋的样子，他的嘴角不由得也露出了一丝微笑。

比赛的第一站是郴州东江湖的一个小岛上，第一天的豁免赛是抢滩，每两对选手为一组，共划一艘划艇，最先到岸的两对选手可以得到豁免，直接进入下一站的比赛。

开始比赛了，森龙和爸爸划一边，何阳倩雯母女划一边。刚开始时他们的船前进速度很快，但是很快保罗就发现儿子的划法不对，导致船有些倾斜，速度就慢了下来。保罗冲着森龙大吼："你的划法不对，应该这样划。"保罗边说边演示给儿子看，但是等到森龙再划的时候还是错了。眼看着身边的船一艘接一艘地从后面冲到自己前面，儿子又老是犯错，保罗忍不住大吼："你怎么那么笨，连个船也划不好？"身旁的何阳倩雯母女虽然听不懂意大利语，但是看那情形就知道保罗正在骂儿子。她们也不好劝，只是有些吃惊地看着这对父子。森龙觉得很没面子，本来想给新朋友留一个好印象，但刚一开始爸爸就这么骂自己。他拿着桨的手索性停了下来，不划了。

保罗正要动手，突然听到儿子哎呀一声，捧着手跳了起来。殷红的鲜血从森龙的手上不断地涌出，他的手不小心被划桨弄伤了。保罗赶紧拿过儿子的手一看，虽然流血了，好在伤口并不深，保罗悬起的心才放了下来。

最后他们的船没有得到豁免权，保罗责怪儿子船划不好，又责怪他为什么那么不小心。接下来的比赛让森龙和保罗更进入了两个极端，森龙跟小伙伴们越来越熟悉，玩得非常开心；而保罗由于语言障碍，别的家长一个个都聊得很欢，他在一旁却插不上嘴。回到住所后，森龙把东西一放就出去找其他的伙伴玩，保罗跟儿子说话，儿子就用嗯啊来敷衍。被孤单与落寞双重侵袭的保罗，愈加烦闷，比赛时儿子的错误他更是毫不留情地责骂。

进入敦煌站比赛的第二天，保罗终于忍无可忍地在众目睽睽之下打了自己的儿子。

比赛的时候，两人因为彼此意见不同，保罗在第二次提出自己的意见时，遭到儿子的反对。积郁已深的保罗，突然扬起手来狠狠地打在儿子的身上："你为什么会那么笨？你有没经过大脑想过？"森龙试图用手挡住爸爸再次抢来的手掌，保罗看到儿子要反抗，更是愤怒之极，加大了力度打向儿子。主持人赶紧奋力拉开保罗。

在打儿子的时候，保罗心中积聚的愤怒并没有消失，另一种东西又重新压上心头。当天晚上，他打电话给广州的妻子，当他听到妻子的声音时，心中的话就像洪水开了阀般汹涌而出。他不停地讲，讲他和儿子比赛中的事情，讲他为什么打儿子，讲自己的病，儿子的伤……电话那边的妻子静静听着，丈夫讲得很快，讲述的事情全是一些零散的碎片，电话那头，丈夫的声音沙哑而疲惫。良久，保罗终于停了下来。这时，他听到妻子温柔的声音："没事的，我都知道，你爱森

阳关积分赛，保罗、森龙父子二人携手过梅花桩

阳关积分赛，保罗、森龙比赛落后，但依然努力，决不放弃

157

龙。"一瞬间，保罗感觉到内心深处某个地方突然被击中了，他鼻子一酸，眼泪夺眶而出。

是的，不管怎样生气，在内心深处，他仍然深深地爱着自己的儿子。他的愤怒，他的满腹怨气，只是因为恨铁不成钢。他希望儿子成为一个认真负责的大男人，可是他的心太急了。急躁的父亲，顽皮的儿子，他们需要不断地磨合。森龙需要成长，而爸爸保罗，同样也需要成长。

亲子感悟：

很多送到我们门诊的孩子，经过一段时间的"治疗"后,父母会惊奇地发现，他们的孩子真的"治"好了，也纷纷跑过来向我讨教，一定让我告诉他们都给孩子讲了什么大道理。在这里,也给父母们透露几招：

（1）如果你的孩子在你们认为真的是学坏了、有太多的坏毛病时，千万不要拿大道理教训你的孩子，因为你的那些"伎俩"他们都太知道了，他们知道的道理甚至比父母还多。太多的教训，会让孩子更加厌烦，放弃原本想克服的"坏"毛病，而继续让坏毛病"发扬光大"。反叛就是在大道理下催生的。

要让孩子看到自己的"坏"，父母只需要做一面镜子。镜映，是治疗师的绝招。对孩子最好的教育是给他们一面镜子，我们可以这么说："妈妈看到的是，其他同学都在认真地听老师讲课，只有你低着头在玩文具盒，是吗？"

让孩子从镜子里看到自己的行为，看到自己和别人的不同，就会去思考。社会的规范早早就告诉了孩子什么是好的、什么是坏的，他们会在镜子中调整自己的行为。

（2）孩子真的"错"了吗？或者只是和父母认为的"对"不同。

我们姑且可以认为被父母送过来接受"治疗"的孩子满身是错误，但在我和同行们交流时，大家都有一个比较一致的观点，那就是：很多被父母认为"有问题"的孩子，其实是没有任何问题的，问题其实在于父母要如何接受孩子和自己的不同。

刚刚结束的北京奥运会，让全世界的人再次惊叹美国神童菲尔普斯的神奇。但就是这样一个奇才，小时候曾一度被认为是患有多动症的问题孩子。菲妈妈为了让菲尔普斯成为安静乖巧的孩子，带着他寻遍了良方，依然没有好转，直到菲尔普斯跳进游泳池的那一刻。菲妈妈才放弃了对儿子的"治疗"。从那一刻起，菲尔普斯成为了世界泳坛的一颗奇才，也让菲妈妈成为了北京奥运会最伟大的妈妈。

你的孩子绝对是这个世界唯一的孩子，他们和其他任何一个人都不同，所以父母要正确地对待孩子的不同个性，即使这种个性符合社会对"好孩子"的评价标准。只要尊重他们，善待他们，他们一定能够成为有成就的好孩子。

选择使用拳头，也许可以培养成一个"好孩子"，但这已经不是你原本的孩子，而仅仅是一个"模型式的好孩子"。

爱你的孩子就收起你的拳头，爱他就给他发自内心的自由吧！

贵州第二场 PK 赛，森龙与李晓对决，面对李晓多次 PK 多次不败的记录，森龙不敢有一丝懈怠

成长讨论

很多父母在面对孩子不听话时，惯常使用的手段就是——拳头。频频地使用拳头，只能说明你对孩子的教育没有用心，没有付出实在的努力。

面对比自己弱小的孩子，父母拳头只显示你比他们"高大"，却不表明你比他们"高明"。作为孩子的父母，需要不断地思考，该如何让顽皮的孩子懂得界限和规则，这些有赖于你读懂他们内心的真实需要，要用他们的眼睛看世界，进而用他们可以接受的方式达到你的目的。

阳关终极对决，保罗、森龙被淘汰出局。曾经多少的不理解，此刻父子二人都已经释怀

一个愿意用心去观察和思考孩子内心的人，才是他们的真正父母，而不只是用拳头来说话。

孩子真正听从你时，并不是出于对你的畏惧，而是源于对你的认可和尊敬。当你成为他崇拜和敬重的偶像时，孩子自然而然地会用他的行动来表达对你的顺从。

有一种爱
叫 "狠心"

他，从顽劣少年到柔道冠军，化蛹为蝶的过程，倾注着父亲怎样的关爱？

他，从百万富翁到低保家庭，历经人生巨变，曾经有过怎样的心酸历程？

他们是父子，却曾经疏离得形同陌路。桀骜不驯的少年，粗糙暴戾的父亲，他们之间，需要一座桥梁，穿过柔韧的时光，抵达彼此的心灵，让爱握住爱，风雨同舟，一路前行。

参加《我是冠军》比赛前：

儿子胡伟："我爸很凶，我怕他，非常怕！打多了，我见了就躲，我打别人，他打我！"

爸爸胡永华："我和儿子比较陌生，十多年了，像一种抚养关系。他小的时候，我回到家来，他都不认识我，不和我玩！"

参加《我是冠军》比赛后：

儿子胡伟："我们的心并不遥远，他很乐意听我的心里话。他老了，需要我去照顾他！"

爸爸胡永华："我们现在无话不谈，变成了好兄弟！"

从百万富翁到低保家庭，父子形同陌路

2000年夏天的一个傍晚，厚重的乌云压在头顶，远处传来野兽般低吼的雷声，一场暴雨即将来临。此刻，路上的行人都加快了脚步往家里赶。胡永华也疾步如飞，只是，他不是回家，而是赶往菜市场。他要赶在菜市场收摊前拎点便宜青菜回来。

"砰，砰！"儿子胡伟紧咬着牙，重重的拳头接连不断地落在沙袋上。胡伟的眼睛里闪着凌厉的目光，他的手背破了，可他仿佛不知道痛似的，一拳比一拳重，沙袋上已经印满了斑斑血迹。

雨终于落了下来，胡永华湿透的衬衣贴在略显肥胖的身上，雨水顺着脑门上的几缕头发往下流。看着刚才和菜贩讨价还价买到的廉价的小白菜，他忍不住叹了一口气。

谁能想到，5个月前，象征着南京先富起来的一部分人的胡爸爸，还常常开着前苏联吉普款的私家车，一家人到处去旅游。而且每天的晚餐从不在家里吃，都是带着妻子儿女光顾各个装修豪华的饭店，尝尽美食。然而，天有不测风云，一次不慎，胡永华在满洲里做生意被骗，几百万的家底转瞬间化为乌有。紧接着，他又和妻子闹矛盾离了婚。短短的几个月里，突遭人生巨变，胡永华难以承受。他终日沉默，总觉得抬不起头，也对不起孩子。

推开门，一身不吭的儿子胡伟在一心一意地打着沙袋，胡爸爸一眼就望见了放在桌上的一堆奶粉和牛肉，顿时黯然神伤。他什么也没问，默默地坐了下来。儿子停下练习，轻轻地说："妈妈刚来过，走了！"

胡永华把还滴着水的两棵白菜放在桌上，抽出一支烟，低着头狠狠地抽了几口。

这是胡家最艰难的一段时光，胡永华把车卖了，家里值钱的东西也都卖了。他每天买菜都选在下午5点以后，因为这个时候菜贩都急于回家，菜很便宜。有时候，亲戚朋友也会送点水果和肉过来给他们打打牙祭，已经分手的前妻也隔三岔五地回家来给他们送点好的。从百万富翁沦落到靠每月200块钱过日子的低保生活，家里还有个残疾的女儿，胡永华必须精打细算艰难度日。

女儿因为患小儿软骨病，19岁的个子只有1米3高，初中毕业就回家了，但家里的家务活女儿做了不少，搭着板凳炒菜，带着弟弟写作业，她默默地支撑着爸爸。

面对这样的灾难，胡永华觉得自己快要疯了。他每天独来独往，在家里也是阴着脸，对儿子更是不管不问。直到有一段时间，胡永华常常接到儿子班主任的电话。儿子逃学，打游戏，和同学打架，考试不及格，顶撞老师……胡永华异常吃惊，儿子怎么会厌学到如此不可救药的地步？

他决定和儿子好好谈谈。他苦口婆心地给儿子讲了一堆读书的好处后，问儿子："你要好好读书吗？"儿子的回答竟然出乎意料："不读。"爸爸问："为什么？"他说："太累。"

看着儿子一副无所谓的表情，胡永华震动了，他开始检讨自己。他想起儿子有时候会装着不经意的样子突然对他说："老爸，你有好长时间没有和我单独在一起说话了。"是的，生意失败后他一直陷在自己的痛苦中，和儿子沟通的时间太少，也没有帮助儿子辅导功课，儿子自然就变得懒散松懈了。胡永华心里深深自责。

不久后，胡永华又接到班主任老师的电话："胡爸爸吗？你到学校来一趟！胡伟出事了！"

胡永华急得一下子从椅子上蹦起来，抓起件衣服就往学校跑。原来，胡伟在学校里和同学打架，胡伟一拳就把那个同学的眼睛打青了。胡爸爸第一时间赶到学校，看着在班主任办公室耷拉着脑袋的胡伟，简直又气又恨！胡伟偷瞄了老爸一眼，爸爸脸色铁青，眼睛里窝着一团火，一触即发。仔细询问完那个同学的受伤情况，给对方家长道歉，出了100多块钱的医药费，胡永华把儿子拖回了家。

"啪！啪！"胡爸爸拿出棍子、皮带，他用所有能用到的武器，抽在儿子的屁股上、腿上、胳膊上……胡爸爸下手很重。"练拳击是要你用来打人的吗？！"愤怒至极的胡爸爸狠狠地教训儿子。胡伟大哭起来，可胡爸爸不理他，继续打。

胡伟心里开始恨起爸爸来，他很希望此刻有一个人能一脚把爸爸踢到西伯利亚去——可是这样的希望太渺茫了。他痛得在房子里跟爸爸绕着圈子，忍不住对着老爸大叫："妈妈不在，你就打我！"

这一句话戳到了爸爸的痛处。妻子不在的时间，儿子的心里话都憋着不和爸爸说，犯了错爸爸就用棍棒作为"二进制刺激式教育"，平均每个月要打五六次！以前只要胡爸爸打儿子，心疼儿子的妈妈就挺身而出，护在儿子身前，大义凛然，像是一只护崽的母狼。

而现在，妻子走了，儿子顽皮得令人头疼，这个家对胡爸爸和儿子而言了无生趣。父子之间的话越来越少，两个人几乎形同陌路。

心理点评：
　　孩子是家庭的晴雨表，他们最能感受到家庭的气味了。胡伟重重落在沙袋上的拳头，压抑的是太多的负性情绪，孩子用这种方式无声地表达自己的不满和反抗；此时被生活压迫得喘不过气的胡爸爸不但忽略了这一切，还用粗暴的打骂回应了孩子，这在胡伟的心中扎下痛苦的种子。

当父母面临着家庭关系巨变时，父母亲应该用正确的方式，向孩子解释清楚所发生的一切，并帮助孩子用正确的方式面对，这才是优秀父母的能力和智慧的所在!

亲子感悟：

孩子表达自己情绪最习惯的办法是变成"坏"孩子。

我的一个战友，转业到政府单位工作。她在部队期间非常优秀，到了地方后，为了打开新局面，一心扑在工作上。等到她的工作越来越有成绩时，她儿子的"病"却越来越严重，从懂事听话变成了让老师头疼的坏孩子。老师隔三岔五地把她叫到学校里，数落她儿子的"罪状"。头疼之余的她，只好把儿子带到了我面前。

我鼓励孩子把内心的话讲出来，他说："我就是要当一个坏学生。变坏了，老师才能把妈妈叫过来，妈妈教训我的时候和我说的话最多。我病了她可以天天和我在一起!"听到儿子的话，战友落下了眼泪。

家庭事件会影响整个家庭，尤其是孩子。孩子在承受家庭变故时，不能很好地表达情绪，这时候需要父母的细心关注。如果父母只关注自己，而忽略了孩子。孩子在没有任何回应的时候，就会寻找"表达"的途径，最常用的方法，就是让自己变得更糟，这样才能引起父母注意。如果父母没有读懂孩子变"坏"的意义，只是简单粗暴地应对，会让孩子压抑的情绪变成愤怒，将亲子关系越推越远。

2. 复婚，重给儿子一个温暖的家

和妻子离婚后，因为怕影响儿子，胡永华没有告诉儿子实情。但对于一个正在成长中的孩子而言，妈妈是多么重要啊。儿子不明白妈妈为什么不回家来，他哭过闹过，找各种借口想要妈妈回来。常常对胡永华大嚷："我的衣服找不到了，我要妈妈回来找!""我想买那件衣服你买不起，你让妈妈给我买回来!"

而此时，当初因经商受骗闹矛盾而草率离婚的胡永华，对妻子也心存悔意。善良的妻子看到他的日子过得如此不堪，也同样心疼。只是碍于面子，谁也不愿意说出口。妻子隔三岔五就来看看孩子，但从没在家里吃过饭。有时候妻子和儿子在房间里说话聊天，胡爸爸就出门去抽烟主动回避。

每当这个时候，胡永华的心里就特别不是滋味。他给不了妻子任何帮助，反过来她还帮助他们父子。妻子一个人在外面租了个十平方米的小屋，只能放得下一张小床，每天都要上班，实在很不容易。

一年之后，朋友给胡爸爸找了个活，开大货车跑运输，当汽车驾驶员，每个月工资 2000 块。得到这个消息，胡永华很高兴，他终于可以凭自己的能力挽救这个家了。

从 90 年代初在南京市第一批买私家车的百万富翁，到 2000 年帮别人开货车的大货司机，命运造化弄人。但胡永华勇敢地担当了起来，他主动找到了妻子，诚恳地说："我要出去工作了，这个家还得交给你，你愿意接受吗？"妻子义无反顾地接受了，她知道，患难之时，她必须帮助丈夫站起来，保护这个家！

家，重新恢复了原来的和谐和幸福，虽然不如以前富裕，但一家人的心却更近了。胡伟和爸爸回家时，妈妈总会炒很多菜。吃完饭他们会一起去散步，每天晚上会聊天到很晚才睡。

回想起那段艰难的日子，胡伟也感慨颇多。爸妈离婚的时候他不知道，就是总也见不到妈妈，爸爸的解释是妈妈工作忙。偶尔开学的时候，妈妈会给他送书包和文具。他问妈妈在哪里住，妈妈也不肯告诉他，说几句话就走了，然后又很长时间见不到她。爸妈复婚之后他才偷偷看了他们的离婚证。不过他想，他们既然已经复婚了，就表示以后肯定会在一起，一起生活到老，不会再离婚了。

爸爸胡永华对那段岁月更是刻骨铭心："那时候，我觉得我的孩子非常怕我。做什么事两个眼睛看着我，看我的脸色做事。我身边的朋友也提醒过我，现在想想，我确实做得很不好，孩子在我面前有一种恐惧感。总的来讲，就是沟通太少，印象中都是小时候打他的情景！"

胡永华其实也很心疼孩子们："我曾经跟孩子的母亲分开了两年的时间，那时孩子还小，我们不想让孩子知道这件事情，所以没有跟孩子讲。离婚后他妈妈搬出去住了，孩子后来发现妈妈老不在家，就表现得比较郁闷，跟我说话的时间更少了。我看出孩子心情不好，虽然没有讲，但是我能感觉到。过了一段时间孩子跟我提出来，要找妈妈回来，经常找个借口叫妈妈回来帮他做事情。孩子当时不知道我们已经办理了离婚手续，只知道我做生意做失败以后产生了矛盾，妈妈出去走了。后来孩子们要求妈妈回来，在我面前讲妈妈在家怎么好，怎么想妈妈，其实这已经能表达他们的意思，要圆这个家，我非常能理解这一点。"

胡爸爸开始认真审视自己的行为，复婚一是因为孩子，孩子需要母亲；第二个原因是当初离婚非常草率，只是两个人在赌气。但两个人感情还是很深，离婚两年，他们还是相互惦记着对方。后来终于又复婚了，才知道原来有一个温暖圆满的家，家里有一个女人，对他和孩子都是那么重要。爸妈复婚以后，胡伟变得格外开心，每天回家就争着做家务，在学习上也很用功。经历了离婚之后的胡永华，这才深切地体会到，一个温馨和美的家，才是生命中最重要的。

心理点评：

　　家的完整对于孩子的健康成长至关重要。在胡爸爸和妻子离婚之后，他们对胡伟隐瞒了实情。这和很多离了婚的父母一样，他们担心父母分开的事实让孩子无法接受，但这种欺骗会更深地伤害孩子。还有另一种家庭，他们为了让孩子有个完整的家，会继续在已经死亡的婚姻中相互僵持。

　　家的"完整"之真实意义并不体现在表面结构上，而是要求家庭中父母的关系和谐，不缺失爱。一个家庭中，如果父母整天争吵，孩子在这样的环境中成长，不但不感觉温暖，还会出现自我毁灭性的倾向。

虽然身体强壮，但胡伟父子面对残酷的轮胎阵挑战，同样不轻松

3. 子随父业，做一对摔跤父子

　　虽然不幸的家庭各有各的不幸，但幸福的家庭几乎都是一样的。2002年，拼命挣钱的胡爸爸开了一年大货车以后，用积攒下来的血汗钱，开办了一家小小的货运公司，他的事业重新起步了。

　　儿子的成绩仍然不尽人意，但对爸爸从小就教他的摔跤很有兴趣。每次爸爸回来，儿子总是主动提出和胡爸爸摔一把。爸爸以前在家练拳击，沙袋被他打得左右直晃，和儿子摔跤自然不费吹灰之力。儿子对摔跤似乎情有独钟，尽管每次都被爸爸摔得找不着北，但他每次都站起来，重新和爸爸叫板。

　　2005年，儿子上初一的时候，胡永华把儿子带到了体校。胡伟看到人家在摔跤，就迫不及待也想上去过过招。胡永华告诉儿子："这是柔道，你要是想练就去练了，但是有一点，拿不到名次不要回来见我。"

165

当时，胡爸爸就有了自己的主意："我这个孩子好动，体格从小就挺健壮的，爱跑爱运动，有点天分。所以从他几岁开始，就在家里有意识地训练他，我看他还行！进中学后，他的学习成绩一般又好动，运动项目成绩倒不错，在小学的时候跑步拿全年级的第一名。我想，既然有这个爱好，不如就让他学习体育。其实柔道是全身运动，协调性灵敏度要求非常高，训练起来非常辛苦。我是知道的，我有思想准备送他去的，要锻炼人就得这样！"

2005年，胡爸爸把儿子送到区体校试水。2006年，南京市体校把儿子招过去了。为了儿子训练，胡爸爸在南京市里租了套一室一厅的房子，一边工作一边方便照顾儿子。40多公里外的家里，妻子一边上班一边照顾残疾的女儿。

因为是封闭式训练，每个星期只有半天休息，只能见一次面。胡爸爸又要忙自己刚刚开始的货运公司，每次只好拎一大堆吃的去慰劳辛苦训练的儿子。有时候业务忙，没赶上时间，只好把东西寄放到老师那里。

胡爸爸也开始慢慢意识到自己的疏忽："我们这个年龄段的人，孩子还没有长大工作，家庭生活也有压力，所以对孩子会有一些疏忽。有时候在外面忙，事情一多，就耽搁了。但是从做父母的心来讲，总想给孩子多一点关心，和儿子的沟通比较少，这一点我比较惭愧。孩子毕竟是孩子，需要我们去引导、主动跟他沟通。孩子其实也非常想跟我多沟通，我每次见到他，带他出去他都非常高兴。但总是没有太多时间，他要住校，上午训练下午训练，晚上晚自习，星期天才有半天时间可以和家人在一起。"

虽然父子俩一起来到南京，但儿子并没有认为他们之间的关系有多大的改善。胡伟说："以前和爸爸关系很僵，见到面我只是喊声爸，没有过多的话。所以我和爸爸之间一直很生疏，平时也很少见面，在学校我一个人过，他有事才来找我，没事就自己在外面忙。我跟他的关系，就跟普通熟人之间的关系一样。有时候见面，谈到高兴的就聊聊，谈到不高兴的就都沉默。两个人有一点间隔，感觉我们之间有代沟。我的心事不会跟他讲，讲了怕他会不理解我反对我，有时候跟他讲了他也不会怎么了解我的，他太忙了，对我说的话有点心不在焉。他有时候也带我出去吃吃饭，虽然表面上看不出来，但是从心里面我知道他还是很疼我的。有一段时间我跑步多了，每天晚上睡觉的时候腿会抽筋，爸爸就每天送好多营养品过来，放在老师那边他就走了，我每次一下课回去就听到老师说：胡伟，你爸爸又送东西来了！"

心理点评：

　　胡爸爸其实是一个粗中有细的父亲。他在儿子成绩不如人意的时候，并没有完全否定孩子，而是根据孩子的特点培养其兴趣，并且在孩子训练过程中，会送来必需的营养品。

亲子感悟：

　　很多父亲都不善于在儿子面前表达自己的感情，选择了将感情收敛起来。父亲要学会表达自己的感情，这样才能教会儿子在长大成人后，也能顺畅地表达自己的感情。

　　中国很多家庭，父亲都是铁着脸，常常以为这样才能营造出权威的感觉，让孩子自觉听话。但他们的确忽略了，孩子在这样的环境下生活，也会学着压抑自己的感情，而不知道怎样顺畅地表达和交流。这种生活态度，在孩子遇到无法承受的挫折时，会严重影响他们的自我调节能力，不能及时健康地宣泄自己的情感。所以父亲在家庭中把压抑的爱讲出来，会让孩子变得更加积极开朗。

虽然胡永华的体力已经达到极限，但父子二人毅然决定奔赴最后的沙漠总决战

4. 患难见真情

胡永华、胡伟父子用必胜的信念开始了200公里的徒步暴走

　　2007年5月的一天，胡永华在工地上因为施工不慎被火烧伤，面部全部烧黑，头发眉毛都烧没了，他被工人火速送到医院紧急抢救。

　　医院里，神志尚且清醒的胡永华，首先想到的是儿子胡伟，他打电话叫儿子过来。心急如焚的胡伟进了病房，他几乎不敢相信，床上那个全身裹满纱布、已经面目全非的人是他的爸爸。胡伟吓傻了，他扑到爸爸的身上，痛哭流涕。胡永华告诉儿子："我叫你来是想让你知道，爸爸这段时间不能去看你了。而且，爸爸受伤的消息必须跟家里面封锁，不能让奶奶、妈妈、姐姐她们知道，知道也只有瞎操心。你明白爸爸的心意吗？"胡伟眼中含泪，没有说话。

身体疲惫的胡永华不得不停下来休息，儿子胡伟虽然体力充沛，但为了爸爸的身体，也不得不一起停下

　　此后，每天一放学，胡伟就跑到医院守在爸爸床前，问爸爸想吃点什么，需要买点什么。怕爸爸孤独寂寞，胡伟一天要往医院跑两三趟，和爸爸一起吃一起过，给爸爸讲学校里的趣事，讲笑话分担爸爸的疼痛，每天都要到很晚，爸爸不断催他走他才回去。胡伟始终没有把爸爸受伤的消息告诉家里人，他像个真正的男子汉一样，把照顾爸爸的责任独自

担当起来。

儿子持久的精心照顾，让爸爸胡永华非常感动。胡永华甚至在心底里感谢自己的突然受伤，这场意外仿佛一抹春日里灿烂的阳光，让他和儿子间冰冻的情感开始慢慢苏醒。

胡伟说："以前爸爸总是以为我的学习差劲，可是我自己努力了，他不理解我。他对我的生活缺乏足够的关心，只是定期给我钱，他不知道，其实我更需要的是他感情上的抚慰。现在不一样了，我犯什么错误了，他就跟我谈一大堆话，尽量让我去理解。虽然有些东西我现在还不能完全明白，但我开始认同爸爸的这种教育方式。"

祸不单行，今年3月份，儿子胡伟又发生了一次意外。他在训练中左手撑地，胳膊上一块骨头骨折了。学校把胡伟送到医院，打电话通知胡永华的时候，已经拍出片来是骨折，上夹板处理。胡永华看孩子的伤并无大碍，就狠心地对儿子说："立即回到队里面去，继续参加训练。你这只胳膊不能动了，那只胳膊还可以动，你的双腿还可以动！儿子，你要记住，只要还有一个地方能动，你就不能趴下！"

胡伟很坚强也很有勇气，没有休息一天就回到学校继续训练。

胡永华说："我身边的朋友都说我狠心，把孩子送到这种学校，训练太苦了。我说我们国家运动员都是这么训练出来的，那些家长也都是能狠下心来的！其实我不是一个心狠的父亲，儿子胳膊骨折以后，没有出一个礼拜，因为这个手打了绷带还继续在训练，蹦上蹦下，还要背人，他的平衡掌握不了，结果又栽了一个跟头，在眉峰这里缝了四针。儿子很坚强，他缝好了针才告诉我。当时我听了这个消息，二话没说就往学校跑，路上一直流泪。我心里非常难受，但是到了孩子跟前我必须装作若无其事。我跟儿子说你一定要坚强，这一点伤不算什么！男子汉流血不流泪，你一定要撑下去。这次儿子又是没有休息一天，继续训练！"

最让胡爸爸感动的是，胡伟受伤以后对爸爸千叮咛万嘱咐，让他千万不要跟家里人讲，不要告诉奶奶和妈妈，他不想让她们为他担心。那一瞬间，胡永华知道，经历过那次烧伤事件后的儿子长大了，儿子学会了爸爸的坚强，他正在成长为一个男子汉！

妈妈后来看到儿子脸上的伤痕才知道胡伟受伤的事，妈妈流泪了，她心疼地抱住儿子说："早知道训练这么辛苦，妈妈肯定不会让你去！"

两年的柔道训练，胡伟终于在今年的5月迎来了的第一场比赛。他拿了一个南京市少年柔道比赛的冠军。儿子练柔道两年，第一次比赛就拿了冠军，胡爸爸很高兴，笑开了怀，天天在别人面前夸自己儿子是冠军。胡永华也得意地告诉儿子："爸爸以前是练摔跤的，60公斤级，中国古典式摔跤，跟柔道差不多，爸爸那时候也是个冠军，在20岁左右的时候。咱们是虎父无犬子啊，哈哈！"

越来越大的儿子开始渐渐理解爸爸的辛苦，每年爸爸的生日他细心记着，早早地为爸爸准备礼物。生日那天会用自己的零花钱请爸爸吃一顿饭。每当这个时候，爸爸就会忍不住热泪盈眶，儿子终于知道心疼爸爸了！

心理点评：

胡伟父子的情感互动，在彼此"受伤"时淋漓尽致地表达了出来。

父母在孩子面前，一般总会摆出一副权威的架势，营造"父母在上，孩子在下"的氛围。其实有时候，父母弱下去，孩子会意想不到地站起来，那时候，你会发现他们其实很早已成为有责任感、有爱心的人！

为重回《我是冠军》赛场，胡永华、胡伟父子合力垒啤酒罐

东江湖。胡伟和大家一起搭建简易洗澡间

我是冠军，父子俩的垒罐之旅

为了参加《我是冠军》节目，胡爸爸从刚接到电话的那一刻起就定下计划：每天晚上去跑步，绕着球场跑一个小时。早上去游泳，下午去健身房去健身。父子俩每天的训练量比吃饭时间还长，一天三顿饭他们基本上只能吃两顿，要训练七八个小时。胡伟原来不会游泳，爸爸估计比赛时可能会有这一项，就天天带儿子去游泳。

父子俩有备而来，可是，在第一天的抢滩比赛中他们就落伍了。

赛后，父亲分析失败的原因："我们力量上占优势，体力上占优势，但是没有商量好方案，缺乏策略。"

儿子胡伟很失落："下来之后我爸跟我说话，我也没怎么理他。别人都晋级了，我哪有心情跟你在这儿聊天呢？"

看到儿子情绪低落，胡爸爸开始给儿子鼓劲："咱们得打起精神来，虽然晋级给别人拿走了，但是没关系，明天还有，后面还有，你得有信心才能赢啊。通过这个事情，你也要接受一个教训，就是无论什么时候都不能轻敌！要尽量把自己的潜能发挥出来。"

胡爸爸心里有个小秘密，他看过去年的《我是冠军》节目，觉得很有意思。他也希望通过比赛，让他和儿子像去年的那些父子一样，一起比赛，一起吃饭睡觉，朝夕相处，可以改善疏离的父子关系，把他们变成无话不说的好兄弟。

因此，他一直在默默观察和靠近儿子。

第一天与大自然零距离接触的荒岛生活，晚上吃饭的时候，胡永华发现，饭刚做出来时，有好多小朋友可能都饿了，儿子看到别的小朋友争先恐后地在吃，他就很自觉地等别人吃得差不多了自己才去吃。吃饭时看见碗筷不多了，又主动用他的碗盛了一碗饭给爸爸。一个小小的细节，让胡永华觉得，儿子懂事多了。

第二天早上儿子的表现更让胡爸爸欣慰："以前在家里，都是先照顾他，让他吃好。但是今天的早饭，一共9个鸡蛋，30多个人，儿子放弃了，他说给其他小朋友吃吧，我就不用了。他觉得自己大一点，应该让着别人。"

但是接下来的比赛却让父子俩陷入了尴尬之中。上阵父子兵中钻轮胎阵的环节，胡爸爸身体太胖，实在钻不动了。胡伟非常着急，鼓励爸爸再试一次。但此时的胡永华，早已紧张得手脚发软大汗淋漓，在儿子焦急的鼓励声和众人的目光下，他没有咬牙坚持，而是选择了放弃。

胡爸爸的放弃，意味着他们将在节目中就此淘汰。胡伟满脸的遗憾，但仍然坚持要把那个墙给爬过去。他要完成这个比赛，爸爸半途而废，他不想半途而废，他要把这一关闯完。

坐在雷区里，胡伟哭了。他觉得心里很虚弱，像是失去了什么人一样，很难受。看着儿子的样子，爸爸心里也不是滋味。想想刚才比赛的情景，他深深自责，其实只要再坚持一下，也就过去了。可关键时刻，他没有战胜自己。面对悲伤懊恼的儿子，他不知道该怎么安慰他，似乎所有的语言都是苍白无力的。让胡永华欣慰的是，他看到儿子身上有一种向上的精神，一种不屈不挠的坚韧的精神。这种精神，正是他希望儿子要具备的。

回到南京，父子俩整整一个星期都彻夜难眠，深深的懊悔和自责让胡爸爸食不知味、夜不能寐。父子俩每天都在思考一个问题：到底有没有什么办法，能够重新参加比赛？

就在这时候，父子俩在电视上看到全国都在举办"青岛啤酒垒罐王"比赛，只要成了垒罐王，就可以重回赛场，参加最后的沙漠决战。

父子俩欣喜异常，滴酒不沾的他们从超市买回1000多罐啤酒，琢磨研究用什么办法可以垒得最高。可不管怎么摆弄，最高也只能垒到8层，而且摔坏变形的啤酒罐就不能用了，必须再买。

求胜心切的胡伟急得像热锅上的蚂蚁，胡爸爸却不急不躁地说："儿子，沉住气，总有一个办法可以做到的，我们动脑筋想想！"

有时候，胡爸爸蹲在地上蹲久了，脚就抽筋，只好靠在椅子上。胡伟马上过来给爸爸按一按，揉一揉。儿子的体贴，让爸爸心里甜滋滋的。

胡伟在玉门关进行汉诺塔比赛

两人不停地琢磨，终于找到了一种方法。那一次，父子俩最高垒到了17层！欣喜若狂的他们马上翻找网上的垒罐王记录是最高多少层，估计应该有希望成为垒罐王！于是，他们马上开始到处征战垒罐现场。

第一场，他们就近选择了南京西祠社区，现场垒到了16层。为什么达不到在家里垒出的17层呢？父子俩回来后再练习，找技巧。紧接着，到处收集情报的妈妈告诉他们：深圳和成都的比赛已经开始了，可能赶不上了！

重新制定了办法的父子俩打听到厦门有个赛区，匆匆赶到厦门时，正好赶上比赛。顾不上休息的父子俩一杀进去就垒了个最高：17层。但是这个成绩并不具备绝对优势，很可能还会被其他人破记录。

第三场，到了上海比赛现场，父子俩提出要求要新罐。这次他们装备整齐，买了游标卡尺和水平尺，而且准备了砧板把罐的底部垫平。这次他们一下垒了21层！垒22层的时候，胡伟站在桌子上，桌子上又加了一个椅子，终于垒出了22层！

胡伟开心极了，他蹦跳着大叫："终于能回到《我是冠军》的赛场上来了，我要当冠军！"胡爸爸也像个孩子一样，为他们的胜利雀跃不已。他越来越欣赏儿子："每次握手时我们都在暗暗地使劲，握手的力量在加大。做体育的有一种精神就是顽强拼搏，这一点在胡伟身上体现出来了！"

重新获得了比赛的机会，他们格外珍惜这次失而复得的机会，下定决心无论如何也要战胜自己夺取冠军。胡伟和爸爸一路过关斩将，和对手斗，和自己斗。

比赛的最后一关是沙漠暴走。胡伟和爸爸方向感不好，在沙漠里绕了整整两天才找到方向，8月的戈壁滩又热又晒，连喝水都成问题，顶着生理和心理的极限，两人虽然明知道夺冠基本无望，但没有人开口说放弃，还是拼尽全力朝前冲。这个时候他们要战胜的已经不是对手，而是自己，胡伟爸爸说："上次轮胎阵我轻易放弃了，至今还后悔。今天虽然比那天困难一百一千倍，但我决不会放弃。这才是真正的男子汉，我要证明给儿子看。"最终他们只得了第三名，父子俩却激动万分，骄傲不已，他们觉得自己虽败犹荣，能够战胜自己就是英雄。

经过这一次共患难，父子俩的关系亲密多了。胡爸爸对儿子的未来充满信心："我的孩子身上有一种坚忍不拔的精神，我非常欣赏，还有我的孩子比较诚实，积极向上。我相

信我的孩子会在他的成长道路上做出成绩来！我希望我儿子将来能成为国家级运动员，拿冠军为国争光！"

看着这样一位严酷而狠心的父亲，忽然觉得：父爱的难于体会，就因为这是一种羞于表露的情感。而父亲不苟言笑的外表下面，隐藏着怎样一颗细致柔软的心呢？

心理点评：

《我是冠军》让胡爸爸在和儿子的"较量"中彻底败了下来。胡爸爸放弃往日的权威，从内心中认同了父子之间的平等，并在胡伟身上学到了永不放弃的精神。凭着这股精神，父子俩重新踏上"冠军"之路。

亲子感悟：

为了维护自己的权威，很多父母都不愿意承认自己可能比孩子弱些，不愿意在孩子面前承认错误。他们认为，这样会让自己在孩子面前失去威信。事实上，坦然地面对自己的错误，在孩子面前勇敢地示弱，不但不会降低父母在孩子心目中的威信，反而更加能树立起自己在孩子面前能屈能伸的高大形象。

平等的心理位置会让孩子感受到父母的真实。即使这真实中有软弱，也远远比虚假的强大来得更高大。

成长讨论

当孩子处于情绪动荡的青春期时，父母往往处在自己的中年期。

这时候的父母，一方面要对外承受着工作事业中的各种压力，另一方面要不断对抗身体的逐渐衰老。这些都会使很多中年父母产生挫败感，还有抑郁或狂躁等负面情绪。因为自身的生理、心理环境紊乱，他们往往会不加处理地把这些坏情绪直接投向自己的家庭和孩子。这让孩子在关键时期承载了更多困难因素，有可能会对孩子的成长产生负面影响。

父母要合理地处理好自己的负面情绪，这对整个家庭，尤其是对孩子的成长至关重要。孩子因为弱小或不能清楚地表达自己的感受，而成为父母负面情绪的替罪羊，这对孩子未来情绪的稳定性不利，所以一般动荡家庭的孩子，性格也会比较情绪化。

跟大家分享三种方法，帮助疏解工作中的"坏情绪"：

一是健康为本，工作再忙也不随意改变自己的生活作息。

二是时间分隔法，把坏情绪留在办公室。例如可以在每天结束工作后，想象手中拿着一个大包，并把工作中的所有坏事情想象成实物体，然后把这些实物体统统塞进"大包"里，锁进办公桌的抽屉里，再起身回家，不再想这些事情。

三是帮生活设立快乐目标，分散注意力。例如可以预计某时要到某地旅行，或在某时要爬上某山顶。人有了生活目标，才不会一直被工作牵着鼻子走，也不会一直陷于工作情绪中。

胡伟和好朋友傅翔

决战，大漠篇

8月的敦煌大戈壁，一望无际的大漠，湛蓝的天空中飘浮着洁白的云朵，绵延起伏的沙丘错落有致，几棵胡杨树在阳光下泛着晶莹透亮的金光。视野所到之处，空阔辽远，浪沙滔滔。天地相接之处，白云、蓝天、黄沙，勾勒出一幅奇美的风光画卷，令人惊叹。

这是全世界驴友的朝圣之地，也是湖南卫视2008年《我是冠军》的终极PK场。在这里，三对来自全国不同地方的亲子选手，将经过5天200公里的沙漠徒步之旅，挑战生命的极限。一包压缩饼干、一听牛肉罐头、几颗糖、两壶水，是他们每天的定量补给。没有通讯信号，没有坐标参照，GPS定位器、地图、指南针是他们到达终极目的的前行工具。

比赛的过程残酷而充满艰辛，然而接受挑战的亲子选手们，用他们坚忍不拔永不放弃的精神，为生命和爱抒写了美丽的华章。在这里，他们体验了疼痛、犹豫、恐惧，也收获了快乐、幸福、心灵的震憾。这段沙漠之旅，将成为他们一生中刻骨铭心的记忆。

1. 胡伟父子：
携手向前，永不放弃

8 月 24 日，比赛第二天。

持续的高温和暴走，父亲胡永华已数度出现中暑现象。脚上磨出的水泡，挑破旧的马上又起了新的，每走一步都是钻心的疼痛。痔疮也在流血，体能迅速下降。

9 点 30 分，因为脚上的水泡，胡伟父子不得不再次停下休息。

胡永华用针把脚上的血泡挑破，用纱布擦干净，但血水还是透过纱布渗了出来。

筋疲力尽的胡伟，看到爸爸血迹斑斑的脚，忽然忍不住哭了。他对父亲说："不走了，你都病成这样了，放弃吧爸爸。再这样走，到不到目的地，我们就累趴下了。你不好说我来说，你痔疮犯了，我陪你到医院去开刀！"

胡永华坚定地说："我没事儿，我能坚持。我们不能放弃！"

胡伟嚷："你都这样了，又没有谁逼着我们一定要走，这样辛苦值得吗？"

父亲胡永华也发了火："要放弃不是早都放弃了吗？为什么还要垒罐再次进到赛场？既然来了，就要坚持下去。你是不是自己怕了不想往前走了？起来，走！这么高的温度，不能再拖了。"

胡伟躺着没动。

胡永华更生气了，他几乎是在吼："能挪一天是一天，这个地方荒无人烟，往回走就是死。往前走，还有胜利的希望。"

胡伟以沉默对抗父亲的暴怒。

此时的胡伟，除了心疼爸爸的伤痛，自己心里也打起了退堂鼓。干渴和饥饿，荒无人迹的大漠，遥遥无期的目标，让这个14岁的少年，感觉无比绝望。

胡永华看出了儿子的害怕和退缩，他不管不顾自己站起来就往前走。一边走，一边威胁儿子："往前走还可以得到每天的补给，回头只可能有戈壁上的狼候着你。要放弃，你自己放弃，我绝不会再放弃。"

胡永华强忍疼痛，抛下泪眼婆娑的儿子，独自一人蹒跚前进。

胡伟远远看着父亲艰难前进的步履，心中百味杂陈。父亲年龄大人又胖，走起来比自己困难得多。他都不愿放弃，自己还有理由放弃吗？

停顿片刻后，胡伟终于又跟在了父亲身后，像是父亲的护卫一样继续前行。

8月25日，比赛第三天。

早上到达玉门关后，胡伟父子居然看到了小龙父子。这是第二天以来，他们第一次看到前面的选手。父子俩很兴奋，比赛意识又回来了，两人互相打气：我们再冲一冲，一定能超过他们！

胡伟和爸爸在汉诺城迅速地完成了汉诺塔比赛，这时他们距离第一名小龙父子已不到1公里。

不久，父子俩开始争执。他们刚刚学会用GPS（卫星导航仪），现在又换了指南针和地图，这让两人很郁闷。因为使不惯指南针和地图，他们一直在偏离方向，走了不少弯路。

中午12点时，天气很炎热，父子俩却似乎离目标点越来越远，两人走得

有些气馁，都赌气不肯再往前走了。

"你只带一壶水和一袋面包，够谁吃啊？"胡永华为儿子没有带齐补给大发雷霆，"在大漠里行走，食物和水是最重要的，是生存的根本，你懂不懂？"

胡伟也在赌气："我腿都麻了，背太重的东西走不动。"

胡永华："知道你辛苦，也知道你累，但我们要坚持到底。现在你不带够补给，我们怎么往前走？怎么超过别人？"

胡伟不语。

胡永华脚上的伤更严重了，胡伟过来帮父亲缠纱布，被父亲"啪"地一掌推开，胡伟背过身去，眼里噙满了泪水。

因为求胜心切，再次出发后，父子俩急操近道，却迷失了方向。

眼看着夜幕降临，父子俩孤零零地行走在荒漠上，已经离开摄制组的视线很久了。

伸手不见五指的戈壁，无声无息，看不到路，找不到方向。深深的恐惧，第一次涌上了父子俩的心头。原本赌着气的两个人，又开始紧紧地靠拢。

深夜23点，胡伟父子突然发现前方有一抹晕暗的灯光，那是摄制组一直在寻找他们的汽车灯。此时，他们的心总算是踏实下来。

父子俩长舒一口气，紧紧依偎着。挨着玉门关的汉长城营地里，父子俩找到一处扎下帐篷，休息下来。

8月26日，比赛第四天。

早晨6点钟，父子俩就急急地出发了。为了让儿子学会自立，父亲胡永华坚决不让儿子和自己并排前行，他告诉儿子："要么你在后面跟着我走，要么你就在前面带路让我跟着你前行，别跟在我旁边寻找任何依靠。"

这个历经坎坷的强硬男人，很希望儿子能像自己一样，干脆、利落、不黏糊、有主张、有担当地决定自己的方向。

就这样，父亲在前，儿子在后，途中4个半小时都没有休息，时速一直保持在5公里左右。就这一路的奔走，他们一度与一直领先的选手只相差约半小时路程，到达标志点月牙泉时，他们再次看到了前面选手的身影。

8月27日，比赛第五天。

今天终于迎来了大决战，最后的冲刺时间到了。胡伟父子俩铆足劲，只用了18秒时间就迅速完成了找驼铃的任务，得到骆驼后又不断催促着骆驼师傅往前赶，居然赶上了一直领先的何阳倩雯母女。

弃骆驼步行后，胡永华因为腿伤实在走不动，他意识到自己有可能会拖慢儿子的速度，于是对胡伟说："你不要管我，你要一路往前冲，超过她们。"

胡伟憋足劲，一口气超过了倩雯母女。到达沙山顶时，胡伟回头一望，发现父亲并没有跟上来。

目的地近在咫尺，父亲却在后面踟蹰不前。

"怎么办，怎么办？"胡伟很想折回去找父亲，但沙山一旦下去就很难上来，而且父亲肯定会骂自己，但父亲没有跟过来，自己到了终点也没有用。胡伟固执地停在原地不肯再走，他要等着父亲一起去拿冠军。

胡永华此时已经筋疲力尽，脚伤，痔疮，体重，都成为他爬上沙山的沉重阻力。他想，自己既然爬不上去，就让儿子独自轻装前进，要让儿子在最后的冲刺中充分展示自己的运动天分，让全国观众都看到儿子的潜能和爆发力。

看到儿子停滞不前，胡永华很着急，冲着山坡上大叫："你为什么不往前走啊？"

胡伟回答："我要等你一起走！"

胡永华气不打一处来："你等我干吗？你赶紧去追前面的选手啊！"

胡伟毫不退让："我不走，我要和你一起把这段路走完！我一个人走完又有什么意思呢？"

就这样，父亲固执己见，儿子据理力争，父子俩一个在山上，一个在山下，凛然相持，互不相让。

时间一分一秒地飞过，胡伟突然不再说什么，迅速冲下了山，伸出手想要搀扶爸爸一同前行。

不曾想，他的手刚刚伸出，就被父亲一掌狠狠打开。

这重重的一击，把毫无防备的儿子一下子推倒在地上。猝不及防的胡伟被打懵了，旋即委屈得嚎啕大哭起来。

面对坚强、倔强的儿子，胡永华突然意识到——儿子长大了！这个一直在他的保护下成长的小孩，在最困难的时候，选择了永不放弃，与父亲携手同行。

胡永华沉默良久，没有再固执己见。他似乎与儿子赌气般，甩开儿子的手，一路小跑冲到沙山顶端。

胡永华转回身来，父子俩相视一笑，那两张布满汗水的黝黑的脸，此刻显得异常生动。

这一刻，父子俩突然发现，原来两个人的心竟靠得那么近！

不再有争执，不再有埋怨，胡伟背上爸爸的背包，紧紧搀扶着父亲，一步一个脚印向终点接近。尽管他们知道自己已是最后一名，但此时的父子俩，内心却无比的快乐和宁静。

2. 何阳倩雯母女：
收获快乐，感恩生活

何阳倩文母女疯狂驾驶着沙漠摩托车，寻找下一目的地

8月23日，比赛第一天。

巨大的沙漠热浪让何阳倩雯有些窒息，这个生长在长江边的14岁女孩开始怀念起家乡的水来。她微微闭上眼睛，似乎能看到学校水龙头里哗哗流着清水，咂咂嘴似乎还能尝到这股清水的清凉滋味。

"看，是胡伟他们吧！"倩雯突然看到了胡伟父子、傅翔父子在远处一阴凉地休息。

"我们居然可以追上他们，他们怎么离我们这么近啊？"倩雯有些兴奋，脚步也有些轻快起来。

"我们也休息一下吧。"何阳妈妈显然也很累了，她不停地摆弄着GPS，想要寻找一处最佳的歇息地点，"我们不能因为休息浪费时间，胡伟他们绕了一个弯，绕这个弯起码要多走1公里路，我现在累得连1公里也不想多走了。"

这时正是晌午，太阳毒辣辣悬在头顶上，让人感觉似乎自己是放置在炙热铁板上被炙烤的热馒头；倩雯母女继续顶着烈日径直朝前走，她们的目标是前面不远地方的一处阴影。

"喔，还以为这里是一个洞呢？原来这么小，都遮不了阳光。"倩雯有些失望，但她实在太累了，仍然一屁股坐了下去。

何阳妈妈也坐了下来，并打开一直随身带着的阳伞撑在女儿头上。

"你喝盐水还是吃榨菜？"何阳妈妈边翻弄背包边问，"我们不要着急呀，趁着休息先补充一下能量。"

"喝盐水。"何阳懒懒地躺在妈妈腿上，似乎有些昏昏入睡了……

午后的沙漠依然死一般的寂寞，小憩过后的母女俩又有了些精神。她们刚刚问过导演，已经走了7公里多，距离第二个坐标点只两三小时的路程了。平时在家里连2公里都很少走，这7公里却似乎走得不是特别困难，母女俩陡然间觉得心里轻松起来，变得有说有笑了。

夜幕渐渐沉下，零零散散的星星爬上天空；没有了太阳的炙烤，空气中的热浪散发得很快。"几点了？"倩雯和妈妈下意识地看了一下表，指针指向了19:20。

"瞧，那不是小龙和他爸爸吗？"倩雯比中午看到胡伟时更兴奋，在她和妈妈的眼里，小龙父子简直就是超人，是不可战胜和超越的，现在自己居然撵上了他们。

"哎！"何阳母女兴奋地朝着不远处的小龙打招呼，向他们跑了过去。

"哇！我们见到你们了，天啦！一整天啦，我们都没见过面。"倩雯像一只快乐的喜鹊，几乎忘了一整天的干渴和疲倦。

小龙爸爸很喜欢这个快活的女孩，笑着说："我们怎么没见过面啊？你们睡觉的时候我们就跑到你们前面去了。"

夜幕越来越深沉，空气变得十分凉爽起来，何阳母女、小龙父子一边说笑着，一边继续赶路。也许是因为有了同龄伙伴，倩雯觉得时间过得很快，路也走得比白天轻松些，时间一下子就指到了21:20。

"我们不走了吧，夜太黑了，容易走错路。"何阳妈妈叫停倩雯，决定不再跟着小龙父子继续往前走，"而且离禁赛的时间也不远了。"

倩雯有些不情愿："小龙他们越走越远了，以后很难有机会赶上他们的。"

"算了吧，又不是只走一天，我们要保存实力。"何阳妈妈决定还是先扎营休息。

8月24日，比赛第二天。

早晨6:00，当闹钟把何阳母女叫醒时，天刚蒙蒙亮。披着晨光，踏着柔软的沙丘，母女俩简单梳洗过后，收拾好行囊又继续上路了。上午8:32，何阳母女再次撵上小龙父子，第二个到达了第三个坐标点。这一次看到小龙父子，倩雯显然没有昨天那么意外了，她微微笑着，俯在妈妈耳边悄悄地说："说不定我们能拿冠军呢！"妈妈会心一笑，刮了下倩雯的鼻子。

之后路程似乎特别顺畅，并且因为小龙父子走错了方向，何阳母女下午1点时终于拿到了沙漠之旅的第一个冠军，第一个到达了第四个坐标点。

主持人张伟对于这唯一一对母女能拿到第一有些惊讶，顾不得叫她们休息直接就问，"得了第一，什么感觉呀？"

"水——"为了超过小龙，刚刚发补给时倩雯没有要，只是一路往前赶，到了目的地才发觉自己的嗓子都快要冒烟了。

接过工作人员递过来的水，倩雯快速地喝了起来，妈妈怜爱地看着她，不停地为她拭汗。

稍事休息后，何阳母女再次上路。一路上，妈妈时不时避开倩雯的视线，仔仔细细地观察地上的每一块石头，看见心仪的石头就拿起来看一下，没有人知道她在做什么。

"不好，不满意，怎么就不像呢。"妈妈嘴里不停地念叨着，掩饰不住有些失望。

"妈，你快点呀。太阳就快没有了，怎么还不快走呀？"倩雯走出很远，看见妈妈还在后面磨磨蹭蹭，心里十分着急。倩雯心想，妈妈怎么搞的，明知道天黑了路不好走，还在那里欣赏什么石头。

天色渐渐暗下来，一个又一个的石头被妈妈装进了包。

"呀，这个不错，很像！"妈妈突然像捡了个宝似地跳了起来，还挤眉弄眼地笑着对节目组的人悄悄地说："今天我女儿生日，我要送给她一件很有意

杨巧芝拼劲尽全力，誓要追上在敦煌影视城反超自己的胡伟父子

181

水壶的绳子断了，何阳倩雯为了
不耽误行程，让妈妈先走

义的礼物。嘘，先别告诉她，要给她一个惊喜。"

夜幕完全笼罩下来，一望无际的沙漠里只有何阳母女的帐篷透着温暖的灯光。

"女儿，今天你生日，还记得么？"妈妈说，"想要什么礼物？"

"在这大沙漠里？"倩雯有些疑惑，难道妈妈还给自己准备了什么特别的礼物吗。

"我只要一瓶水，能痛痛快快地喝瓶水是我现在最大的梦想。"倩雯夸张地张开双臂，做出一副很渴望的样子。

"你看，这是什么？"妈妈突然从包里掏出一块石头，有些得意。

"什么呀？没看出来。"倩雯还有些莫名其妙

"这就是你呀，你不是属小狗狗吗？"妈妈说着，忍不住怜爱地刮了下倩雯的小鼻子。

"真的，真的，真像一只狗。"倩雯开心地叫了起来，"妈妈，好逼真呀！你在哪里找到的？"

"我一直惦着你的生日呢！"妈妈告诉倩雯，"这个生日虽然说很累，但老了以后能回忆起来可能就是这个，和妈妈一起过沙漠。"

"妈妈，谢谢你，这是我收到过的最好的生日礼物了！"倩雯狠狠亲了一下妈妈。

女儿明白了，妈妈的落后其实是为了女儿，妈妈背负这么重的石头，在热浪袭人的沙漠里走了这么久，却始终在女儿面前满脸笑容，更是为了女儿，为了让女儿开心，让女儿懂得哪怕在最艰难的时候，妈妈都会是她最坚强的依靠。妈妈真的不在乎最后的名次，她只想让女儿在过程中体会快乐，收获感恩和人生历练。

"这是个头"，"这是个尾巴"，两人兴奋地讨论着各个部位都像什么，似乎她们手上拿的不是石头，而是一块价值连城的玉……

8月25日，比赛第三天。

终于，何阳母女俩迎来沙漠里的第三个早晨。早晨的第一个任务是玩汉诺塔，因为以前在家玩过，何阳母女只花了不到一个小时就完成了。

背上行囊，母女俩准备出发，回头再看小龙父子，他们似乎还没有找到规律，正手忙脚乱地摆弄来摆弄去，急得满头大汗。

"今天我们要争取赶到二敦村，听摄制组的人讲，那里的葡萄特别甜，我

们可以向村里的人讨一些来吃。"何阳妈妈虽然被沙漠的烈日晒得要脱皮了，却似乎越战越勇，第一次给自己提出明确目标。

"好啊，好啊。"想起甜滋滋、水灵灵的新疆葡萄，倩雯口水都要流出来了。

顶着一路烈日，何阳母女俩停停走走、走走停停，穿过一片很难走的湿地，一直走到下午两点多才找到一个休息的地方，母女俩的体力似乎已经透支，看来今天是没有希望到达二敦村了。有了夺冠的想法，今天的路却走得格外不顺畅，一不小心又落到小龙父子后面了。

8月26日，比赛第四天。

今天依然是个艳阳天，似乎沾染了昨天的坏运气，一大早何阳母女就走偏了方向，比小龙父子晚了一个多小时才到达二敦村。

"葡萄，葡萄"一进村，何阳和妈妈嘴里就一路念着，急急地去找葡萄架。找到葡萄架，母女俩向村民们讨了很多葡萄吃。"哇！"她们觉得这简直比任何东西都好吃，"真是世界上最好吃的水果，我们以后还要来这里。"

母女俩接着来到村长家，讨来一盆热水，泡起脚来。妈妈告诉倩雯："我们比赛很辛苦，主要靠一双脚，可要善待它呀。"

泡完脚，两人一身的疲惫都被抛得干干净净，再次劲头十足地踏上了征程。

8月27日，比赛第五天。

今天终于迎来了最后冲刺。由于早上找驼铃的项目进展不顺畅，原本重新领先的何阳母女再次落到了小龙父子后面。

"咦，妈妈，你看，那是不是胡伟和他爸爸呀？"倩雯突然看到了已多日不见的胡伟父子，心里有些慌起来，"妈妈，我们不会落到最后吧？"

妈妈也有些心急，不停地回头张望，却还安慰倩雯："不怕，不怕，我们本来也不想拿第一的，我们能走到终点，就是胜利了。"

"妈妈，那里有两根树枝，可以拿来当拐杖！"倩雯忘了疲劳，跑过去捡起树枝，递给妈妈一支，自己留下一支，又变得快活起来。

有了胡伟父子在后面追赶，何阳母女俩走得特别快。终于他们看到了小龙父子的背影："我们快赶上小龙了……呀，是主持人，小龙他们拿第一了。"倩雯既有些兴奋也有些失望，兴奋的是快要到终点了，终于可以好好地喝水睡觉了，失望的是自己拿不到第一了——转念想一想，也不错，"妈妈，看来我们只能拿女子组的第一了，嘿嘿！"

"你们只比第一名晚20分钟，作为唯一的母女选手，你们真让人不可思议！"在终点站，主持人张伟看到这对被沙漠阳光晒得黝黑的母女，丝毫不吝啬自己的赞美，由衷地竖起了大拇指。

3. 孔小龙父子：沙漠之旅，冠军之旅

8月23日，比赛第一天。

"G－P－S"小龙爸爸嘴里喃喃地念着，现在他已经被这个小小的仪器弄得有些心烦意乱了。

"你如果调不好你就别调！"看到儿子又在摆弄那个东西，小龙爸爸有些没好气。

"没调！"小龙也没有好气，自顾自地喝起水来。

小龙爸爸接过儿子手中的GPS，试图要搞清楚里面那些数字、线条的含义。

"你刚刚的直线距离是多少？现在没有了，应该是到达终点了。这应该是很简单的，但是你这个还是乱七八糟的。"小龙爸爸问。

"行了行了，你休息一下。你看他们如果在那边停了就是有坐标，没停就不是。"小龙对爸爸的质疑并不服气，心想，为什么刚才工作人员教的时候你不学呀，这又不是我一个人的事。

小龙爸爸继续埋怨小龙："人家有坐标是人家有坐标，你还是没弄明白。你如果不明白，少说话，少喝水，又有什么用？"

争执归争执，路还得继续走。

看到不远处的胡伟、傅翔父子都不在同一路线上，小龙爸爸突然意识到自己低估了这场比赛。虽然同样是走路，但走在戈壁滩上和走在家乡的路上，是两个完全不同的概念。

一路跌跌撞撞，凭借超人的脚力，尽管中间走了一些弯路，小龙父子还是第二个到达了第二个标志点，而且只比第一名傅祖兵父子稍微落后一点点。

　　傅翔父子显然也很累，正躺在营地里休息。小龙爸爸却顾不得休息，找到主持人张伟指着GPS很虚心地问："这个东西不好弄，你能不能再教教我？"

　　"行啊，这一次可要认真学。"

　　"好的，好的，这一次不偷懒了。"张伟很爽快，小龙爸爸倒有些不好意思了，"小龙，你也过来一起学吧。"

　　走出第二个标志点已经是午后3点，小龙父子和傅翔父子结伴同行，一路有说有笑，忍不住的干渴还是阵阵袭来，

　　"我要冰可乐！"傅祖兵带头叫了起来。

　　"我要雪碧！"小龙附和着。

　　傅翔："我要冰红茶！"

　　小龙爸爸："我只要来杯冰水就行了。"

　　每个人都在想象着平时这些司空见惯的甜美冰饮，干渴感变得更加强烈，每个人都觉得嗓子眼仿佛要流出血来。

　　天渐渐黑了下来，小龙父子和傅翔父子因为意见分歧分开了，各走各的。突然，眼前出现了一座连绵起伏的山峦，父子俩兴奋得跳起来。

　　"爸，我实在口渴得不行了，向节目组先借一瓶水吧！"小龙的嘴唇有些干裂，似乎要渗出血来。

　　"好啊，我去说说看。"小龙爸爸自言自语，"前面就有山，就一定能找到水。"

　　两人向节目组预支了一瓶水，扬言到达那座山后，找到里面的山泉，要大口大口喝个够，再还节目组一瓶水就行了。

　　山看起来就在前面，可父子俩走了半天还是没能到达，预支的水又快见底了。两人有些绝望，身体也变得疲惫不堪，走几分钟就要歇一会儿，终于走不动了，父子俩倒在地上一动也不动，嘴里念叨着："水，水……"

　　8月24日，比赛第二天。

　　也许是由于昨天太累了，尽管很想早些起来赶路，父子俩却直到6:00，天已经蒙蒙亮了才极不情愿地爬了起来。

　　小龙钻出帐篷，忽然看见前放有两盏灯忽明忽暗，一下子着急起来："爸爸，爸爸，倩雯她们在我们前面了，要快些走。"

孔小龙在敦煌影视城内
艰难地寻找飞天图案

因为之前没有折过帐篷，小龙父子俩弄了大半个小时，才把帐篷收拾好，也没顾得上吃早饭，便急匆匆地赶路了。两人的心里有些吃惊，原本以为会中途放弃的倩雯母女竟有如此能量，仅仅在第二天便超过了自己，看来这可能才是自己夺冠的最大威胁。

小龙父子和倩雯母女一路上不停地互相追赶，互相赶超。也许因为突然意识到相互之间的竞争关系，两支队伍徒然少了平时的亲热，一路上很少说话，只是自顾自地往前赶。一开始，凭借体力和速度的优势，小龙父子第一个到达第三个标志点。

赶往第四个标志点的途中，小龙突然感觉有些不舒服，因为水喝得太少了，他从昨天到现在都没有吃什么东西，出现了轻微的中暑症状。

小龙爸爸抚摸着小龙的额头，有些担心："没有难受吧？身体是最重要的，还是休息一下吧。"

"现在才11点，休息到下午2点不可能吧？"小龙不想错过中午之前赶路的好时间。

"是脚难受吗？那就多休息一会吧。"小龙爸爸让小龙坐下来，学着队医的样子很认真地帮小龙按摩腿，然后调了些生理盐水给小龙喝。

可能因为身体状况有些不佳，小龙在调GPS时又出了偏差，到达第四个标志点时，足足比倩雯母女晚了半个多小时。小龙对自己的体力优势开始有些怀疑了，他觉得应该和爸爸好好商量，也要像倩雯母女那样注意配合，合理分配体力了。

8月25日，比赛第三天。

一早，小龙父子就碰到了一个难题——玩汉诺塔，这是一个古老的智力游戏，之前他们连听都也没听说过。

主持人张伟宣布比赛规则："谁能先完成，谁就能先出发。"

一旁的倩雯母女进展得显然很顺利，小龙爸爸见自己也帮不上小龙的忙，便凑到倩雯母女这边，想看个究竟。看了半天，小龙爸爸更糊涂了，他感到有些无助，觉得自己拼体力已经很勉强了，现在拼智力又落了下风；看来，倩雯母女真是不可小觑。

忙乎了一个多钟头，小龙终于把轮胎都移到了第二个柱子上，这时候倩雯母女已经出发有好一会儿了，一直落后的胡伟父子也赶到了汉诺城。

这一天的比赛，三队选手相隔很近。GPS显示，三队距离下一个标志点：小龙25.9公里；胡伟25公里；倩雯夹在两队之间。

8月26日，比赛第四天。

一早，小龙父子就率先到达标志点二敦村。

也许因为感觉到终点逐渐临近，小龙的状态突然变得好起来，鼻子也不流血了，一路上他们走得很快。

夜幕即将降临时，小龙父子又率先来到这一天的一个赛点棉花地，经过半个多小时的奋战，两人终于采够10斤棉花，可以继续向鸣沙山进发了。

按照摄制组的要求，这一段16公里的路程必须骑单车前行。这短短的16公里却几乎成了小龙父子沙漠之行的最大难题。

比起其他亲子拿到单车代替走路的兴奋劲，小龙爸爸看着前方的路，眉头紧了又紧。心中暗生嘀咕，小龙学骑单车那会是自己教的，但也只是帮他把把龙头，自己其实并不会骑。在家干农活时，膝盖受过伤，这次走沙漠又复发了，生疼生疼的，现在突然要学着骑自行车，心里实在是没有把握。

小龙父子俩各骑着一辆单车，小龙在前面打头阵，为了不把爸爸落在后面，小龙的脚上没有用太大力气。尽管如此，小龙爸爸还是踩得很艰难，一下子就落后了好大一截。

"哐当"一声，小龙爸爸的单车生生横钣下来，整个人摔进了路边的水沟里。

小龙被这一声惊得一颤，赶紧停了下来。回头一望，爸爸正从水沟里艰难地爬起来，拍拍身上的泥水，摇摇晃晃地又上了车。

前方一束车灯格外刺眼，小龙爸爸稍一闪神，又摔了下来。这次摔得可不轻，着急赶路的小龙爸爸"噔"一下没站起来又坐了下去。

小龙爸爸感到有些无助，又害怕会拖累儿子，看着回过头来的小龙，小龙爸爸咬咬牙喊道："你在前面骑快些，不要管我。"

一辆货车从他们中间呼啸而过，挡住了父子俩的视线，小龙突然看不见爸爸，那一刻心跳像是停止了一样，很害怕爸爸会被车子撞到。"我们放弃吧。"一直都很坚持的小龙忍不住脱口而出，但路上来往车辆的嘈杂把这声音掩盖了下来。

小龙爸爸揉搓着膝盖，休息了一会，又赶紧爬了起来，重新骑上单车。为了不再摔倒，小龙爸爸很小心地控制龙头，在沙漠公路上艰难、缓慢地走着Z字路。

小龙竭力控制着内心的焦急，每骑一段路，都会回头望一望，每次看到爸爸又摔到地上，小龙都会惊得皱起眉头，等到爸爸咬牙忍着巨痛爬起来，小龙的嘴唇也被自己咬得发白。

对于从没有指南针的孔小龙，每当休息的时候就会研究指南针

在离目的地6公里时，一直落后的倩雯母女微笑着从小龙父子身边呼啸而过，一会儿就不见了身影。小龙爸爸有些沮丧，自己和儿子拼命赶路，好不容易才和倩雯母女拉开了距离，现在因为自己又落在了后面，能不能有机会再赶上，真的很悬。小龙爸爸不敢再往下想，心中只有一个念头，要拼，一定要拼，为了儿子，豁出去了。

"加油！好样的！"节目组的工作人员也被这场生死较量震住了，目睹小龙爸爸为了儿子豁出去的坚强，不由自主地为他们呐喊起来。

小龙和爸爸最终只比倩雯母女晚3分钟到达月牙泉，但能够拼过这段自行车比赛，小龙父子已经对自己很满意了。这一晚他们睡得很实、很甜。

8月27日，比赛第五天。

今天的比赛进展很顺利，早上找驼铃的任务小龙父子很快就完成了，第一个离开营地。

抱着冲刺的态度，父子俩并肩作战，勇往直前。偶尔爸爸因为腿疼放慢脚步，小龙便牵起爸爸的手拉着他往前走。

有时候实在走不动了，两人便蜷着身子往沙坡下面滚。现在父子俩很有默契了，翻过一座座沙山，他们感到胜利离自己越来越近了。

"欢迎你们，我们的冠军。恭喜你们，小龙父子，你们是第一个到达的！"主持人张伟证实他们夺得了冠军，小龙和爸爸还几乎有些不相信自己的耳朵，不停用眼睛在人群中寻找，他们终于没有看到倩雯母女，也没有看到胡伟父子。啊，自己真的成了冠军！

4. 冠军采访：相互扶持，是最大收获

小龙看着壶里剩下的水，虽然极度口渴，但还是不忍心喝

赛后，我们专门采访了冠军选手小龙和他的爸爸，父子俩异口同声认为，如果没有对方，自己拿不到冠军，两人的相扶相持是他们一路同行的最大收获。

记者：看到主持人，意味着自己是冠军时，有没有感觉是在做梦？

小龙：是最后那会吧？别人说我们是排在第一位的，但还是担心何阳倩雯她们会赶超上，我爸已经不能跑了，我就扶着他往上走，那个脚步很慢，如果她们冲上来真说不定就会那个……

记者：冠军从遥不可及到变成现实，你对"冠军"的看法发生了什么变化？

小龙：冠军简单来说就是第一名，但是要获得这个冠军，从中付出的努力和艰辛有很多很多。因为付出了代价，我们才有了冠军这个代号。

记者：总结一下你跟爸爸的状态？

小龙：一开始第一天，我们争吵得特别严重、特别频繁；第二天还是有点争吵，就是食物分配、吃东西之类的；第三天开始注意；第四天就开始慢慢融合了；第五天就是大团结冲刺。

记者：在家里和爸爸没有这么多的交流？

小龙：是啊，在家里就是说两句话，反正在家里他是务农，我就是做一些很简单的，扎玉米啊，基本上不用什么交流。

记者：你在走的过程中拉爸爸走，要爸爸不放弃，这很难得，怎么做到的？

小龙：我觉得这好像是很自然的，因为他既然是我的父亲，我就应该去关心他，我必须关心他。因为我是他生的，他养的，这么多年了，是吧？他是怎么熬过来的？实际上像我家里这种情况，他完全可以出去打工，可以不管我，把我丢给爷爷，但他没有这么做。作为一个儿子，我应该去感恩他，对

他有所感激。人都是有感情的，不是冷血动物，这是很自然的一件事。

记者：你爸爸在这个过程中经常鼓励你？

小龙：对，他总是说，如果我们这次走出这个沙漠，只要走出去，回去别人问起也不白来一趟

记者：就是这么简单？

小龙：有一天我中暑了，晕了，躺在那他给我擦药；流鼻血时，他给我弄风油精，他的行动在鼓励我，最主要还是他的坚持，他自己脚痛，还在走，这对我是一种精神上的鼓励。

记者：在整个比赛中你学到了什么？

小龙：我最主要学到的是坚持，坚持就会胜利。第一天的时候，我没想到太阳有那么大，根本不适应，我想说走，我内心想说走了。第三天我爸脚受伤了，我更想说走了，那样的环境，沙子温度很高，水又很少，食物又很难吃，我心里真的很想走了。但想想如果就这样回去，真是一种耻辱，所以我就忍了下去，坚持了下去，终于拿了这个冠军。在这个比赛中，我学到了坚持、责任和感恩。

记者：在家里担子很重吧？

孔爸：是啊，就像别人说的，早上太阳出来我就开始做农活，晚上有时候天黑了还没回家。这种情况是很正常的，对我来说。

记者：在家里又当爹又当妈？

孔爸：在家里虽然感觉累，但看到两个孩子也不觉得累。

记者：你为什么没出去打工呢？

孔爸：出去打工一年大概能赚个2万左右，但我是这样想的，农村外出打工的一般都是年轻一点的，有力气一点的，孩子都交给婆婆爷爷或者外公外婆带。我也可以这样，但他们的婆婆爷爷只能保证他们吃、穿、住，教育却是不行。看到这一点，我没有出去。

记者：你是不是有时候觉得自己很没用？

孔爸：我是觉得很窝囊，小龙妈妈在外面打工，肯定也是觉得自己很没用，自己要是有本事的话，她也不需要在外面打工，可以在家里帮忙把孩子照顾好，但是我没有这个能力。

记者：孩子知道吗？

孔爸：我在孩子面前还是很开心的，从不说这些，就是为了让孩子心理健康，他们还小，不能让他们为父母的事操心。

记者：这次拿了冠军，有没有觉得自己都不敢相信？

孔爸：是啊，直到现在我还不敢相信自己拿了冠军，而且这一路上我们好像比得特别顺。

记者：这是什么原因呢？

孔爸：也许是某种原因逼着我们这么做。我想，主要还是为了小龙。我不想让小龙看到一个没有能力的父亲，想给他一个好的印象。作为一个父亲，你

不能太没有能力，你要是太没能力，他不可能那么尊重你。这是我的一个心愿，我不想让小龙失望。

记者：通过这次节目，你觉得小龙长大了吗？

孔爸：通过这次，我真的觉得小龙长大了，他变得比以前更自信了。还有就是，我也不知道该怎么说，他应该是比以前更有主见了，他以前在家里也承担家务，通过这一次，他比以前更加懂事了。

记者：在这个过程中，最让你感动的是什么？

孔爸：在这个过程中，让我最感动的还是走沙漠、走戈壁的时候，我很想喝水，在家的时候想喝多少就喝多少，每次我都想喝个痛快。小龙总是告诉我少喝点，没走多远我就休息了，他就说再坚持一下。如果他顺着我的意思，说休息就休息，我们不可能拿第一。

记者：你怎么看待这个冠军？

孔爸：这个冠军，我也不能拿，儿子也有一半，应该是一大半。如果没有儿子鼓励我，我跟儿子不可能拿第一。

记者：走沙漠的时候看见小龙拉着你走。

孔爸：对，在沙漠里他拉着我走。我对他说，你也不容易，也很累，不用拉我，他偏要拉着。他还说把你的手搭在我肩上，后来他强制地把我的手搭他肩上走了一段路，这让我很感动。

记者：觉得儿子突然间长大了？

孔爸：当时我是这样想的，当把手搭他肩上的时候，我觉得他长高了，我的手已经搭不上去了。我把手搭他肩上感觉很舒服，我觉得儿子懂事了，像个男子汉，他能够承担我想象不到的负担，我没有想到的，他都能够想到、能够承担。

记者：最后那天的冲刺过程是怎样的？

孔爸：到了最后一天，儿子对我说，既然是最后一天了就拼了吧。我说那好吧，今天老爸这只左脚不要了，扔到沙漠里也要拿第一。快要到终点时，我这只脚已经受不了了，但偏偏也奇怪，第一个坡是儿子拉着我上去的，上去以后又下去又是一个坡，全是儿子拉着我上去的，没有这个懂事的儿子，很难拿到第一的，所以这次冠军应该归功于儿子。

记者：在这里你们是不是交流越来越多，感情越来越深？

孔爸：在家里的时候，我跟儿子也经常在一起，但在一起聊天或是一起做什么事还是很少。怎么说呢？这五天我跟儿子的感情可能真的是加深了。

记者：你们两个在感情上都是不喜欢表达的那种？

孔爸：我跟儿子都不擅于表达，就是想到也不会说，而且也不知道该怎么说。这五天在沙漠里相处，我跟儿子每时每刻都在一起，虽然我们都不善表达，但感情比以前更深了，我更加喜欢我的儿子了。小龙，你是爸爸心目中的冠军，爸爸永远支持你，永远爱你！

5. 孔小龙父子夺冠启示

当主持人张伟在行程终点宣布他们夺冠时，孔小龙和爸爸孔庆纯还几乎不相信自己的耳朵。依我看，这小龙父子夺冠，虽偶然，也必然。三对亲子走完全程，自然，哪一对都有可能夺冠。这就是小龙父子夺冠的偶然性。只是，他们夺冠成了必然，则是因为他们之间的父子之大爱、深爱，化作了不可限量的精神支撑力量。因为这爱，他们的沙漠之旅，似乎早就注定是一次冠军之旅。

比赛第一天，为了摆弄那个山里人从来没有见过的小小仪器GPS，小龙和他爸爸也被弄得有些心烦意乱，彼此之间没有好气，然而，很快他们就调整了自己的心态和情绪。一路上，小龙中暑，小龙爸爸骑车摔跤，采够10斤棉花继续向鸣沙山进发，爸爸腿疼放慢了脚步儿子就牵起爸爸的手拉着他往前走，有时候实在走不动了，两人便蜷着身子往沙坡下面滚，……父子俩并肩作战，勇往直前，很有默契。

一起竞争的选手里，却有情景不太一样的。比如，持续的高温和暴走，拖累得胡永华数度中暑，脚上磨出了水泡。儿子胡伟不忍心看到爸爸血迹斑斑的脚，哭了，劝父亲放弃不要再走了，自己心里也打起了退堂鼓，甚至绝望。父亲却发了火，生了气，几乎暴怒，甚至"啪"一掌推开了过来帮自己缠纱布的儿子。一路上，父子二人赌气没完，争执不断，甚至到最后，已经超过了倩雯母女，一口气冲到了沙山顶上的胡伟冲下山来，伸出手想要搀扶爸爸一同前行时，他那刚刚伸出的手，又被父亲狠狠地一掌打开。毫无防备的儿子遭遇这重重一击，一下子倒在地上，委屈得嚎啕大哭起来。这，让他们很难获得冠军。

两对父子之间的差别在于相互的情感。夺冠以后，记者采访小龙和他爸爸，他俩异口同声地认为，如果没有对方，自己拿不到冠军，两人的相扶相持是他们一路同行的最大收获。

其实，如果平时有好的家庭教育，有父母的大爱作支撑，不用"沙漠暴走"的方式去磨练孩子的意志与毅力，到了关键时刻，孩子同样会迸发出超常的意志和毅力来。我家的子墨就是这样过来的。

1992年8月，19岁的子墨负笈大洋彼岸，到坐落在美国东北部新罕布什尔州汉诺威小镇的达特茅斯学院读书。去学校那天，她姐姐送她一起飞到了离汉诺威最近的机场——黎巴嫩机场。那是一个小得可怜的机场，以至于机场外连一辆等候的出租车都找不到。若不是每天有几班载客十几人的小飞机进进出出，往返于纽约和波士顿，真的很难相信，这一大片平地再加上一个小小的平房，竟然会是一个机场。天已经黑了下来，子墨和她姐姐孤零零地站在机场外，愁眉苦脸地看着那两个从北京带来的巨型行李箱，还有一大纸箱姐姐为她准备的食品和日用品。连开车都要20分钟的路途，她们总不能拖着行李徒步走到学校吧？于是，姐姐找出几枚硬币，叮嘱子墨好好看管行李，转身便去找公用电话，希望能够叫到出租车。

这时，一个高高壮壮的年轻男子向子墨这边望了望。他身高绝对超过1.90米，体重也足足有200多磅。他是谁？什么人？子墨警惕地盯着行李，下意识地把所有箱子都靠拢在一起，然后，就听到了"嗒嗒"的沉重脚步声越来越近。机场外面的道路上空无一人，安静得连自己一阵急过一阵的紧张心跳都能听得清清楚楚。子墨想，如果他真来抢东西，自己该冲哪个方向求救？如果他有刀有枪，自己要和他争斗防卫吗？如果没人来救，自己又该怎么办？短短的几十秒种里，子墨假想无数。慌乱间，抬起头，子墨发现这个穿着破旧牛仔裤和T恤衫的年轻人已经站在了自己面前，像一座山一样，挡住了阳光。内心一番较量之后，她便和他攀谈起来。原来，这小伙子在黎巴嫩机场工作，刚刚下班，看到子墨孤立无援的样子，便主动提出要开车送子墨到学校。正巧姐姐回来了，说出租车一小时以后才能到，于是，姐妹俩欣然接受了他的好意，坐上了他那辆老掉牙的吉普。

到学校后，年轻人才说，其实他住在和达特茅斯校园完全相反的方向，回家还有近50分钟的路程。惊讶、感激、意外……特别是惭愧，百般滋味涌上了子墨的心头。

校园打工，子墨在学校剧院里做舞台制景也挺有意思。第一次做制景，是给一部音乐剧调灯，她要跟着主管Serena从一架"天梯"一直爬到顶棚下方。那铁制的"天梯"，很像原来在北京见过的烟囱上的梯子，细、高，而且很窄。梯子的宽度不过1米，几乎直上直下，与地面呈90°角。顶部也是一团漆黑，望不到尽头。

她回头瞥了一眼观众席上的房顶，才大约估测出，梯子至少有四五层楼那么高。虽然一向不恐高，子墨却变得犹豫不决：这么细窄的梯子，万一踩空了摔下来，不是一失足成千古恨吗？　稍稍犹豫之后，子墨全副武装跟随着Serena开始一步步向上攀登。借着昏黄的灯光，她紧紧扶着铁梯两侧的扶手，目不转睛地盯着脚下的隔板，不敢抬头往上看，更不敢低头往下看。似乎是过了一个世纪那么久，她终于来到剧院的最高处，在高空操作，让她的双腿软绵绵的。看地面上的一切遥远得如同小人国里的世界。那天，从来没做过体力活的子墨，居然让自己的上半身完全悬在半空中，忘记了害怕，顾不上发抖，甚至没感觉到肩膀和腰部被绳索勒出的疼痛，在十几米的高空中，精准地调整了一个又一个舞台灯。这让子墨明白了，面对巨大的压力，人总有无限潜能可以被激发。

对子墨来说，之前特别艰苦的磨砺，大概也就是在北京读书时参加的军训了。不过，子墨所富有的，恰恰就是父爱、母爱，还有哥哥、姐姐的手足之情！生活中的点点滴滴、潜移默化，作用不亚于为时五天的沙漠暴走，这也就是孔小龙父子为什么能最终夺冠的必然所在。他们经历了没有妈妈却依然一片无雨的天空，小龙的网络迷失、妹妹的病痛、爷爷高龄劳作……平日艰难生活的锤炼，早就让父子俩有了一份不同于普通亲子的默契。

日常生活经年累月的积累和敲打是生活的常态，对于亲子智慧的考验不亚于沙漠暴走，其强度和意义都更甚于五天的沙漠暴走。但是，沙漠暴走可以应一时之急。五天的沙漠暴走类似于一个短暂的模拟绝境，各种关系中的亲子会爆发性地呈现出他们之间的寓言，并且能够更快速地寻求答案，这在温吞水似的常态生活中是难以想象的。

教育讲究的是春风化雨、润物无声，但是有时候特殊的案例也需要用非常规的手段来处理；这时，往往能够取得意想不到的惊人效果。

跋1：我的育子心经

曾庆瑞

1. 不要对少不更事的孩子狠心绝情

《我是冠军》的冠军小龙父子之间的大爱、深爱，还在大山深处时就有淋漓尽致的表现。在当下中国上亿的农村留守儿童里，小龙算是幸运的，充其量也就是半个留守儿童。他的爸爸认为，孩子虽然可以交给婆婆爷爷外公外婆带，但他们只能保证孩子的吃、穿、住，教育却是不行。因为看到了这一点，他没有出外打工，踏实本分地守着两亩薄田，又当爹又当妈，把自己的大爱无私地给了儿女。小龙不仅比同龄孩子更成熟、懂事，更拥有一份缘于父爱的独特幸福感，这种幸福感让孩子在成长的道路上敢于和能够接受更多挑战！

比起来，胡永华在大漠中打在胡伟身上那两巴掌，却让我不能苟同，更不能理解为"有一种'爱'叫狠心"。

……胡伟在学校里和同学打架，胡伟一拳就把那个同学的眼睛打青了。胡爸爸第一时间赶到学校，看着在班主任办公室耷拉着脑袋的胡伟，简直又气又恨！胡伟偷瞄了老爸一眼，爸爸脸色铁青，眼睛里窝着一团火，一触即发。仔细询问完那个同学的受伤情况，给对方家长道歉，出了100多块钱的医药费，胡永华把儿子拖回了家。

"啪！啪！"胡爸爸拿出棍子、皮带，他用所有能用到的武器，抽在儿子的屁股上、腿上、胳膊上……胡爸爸下手很重。"练拳击是要你用来打人的吗？！"愤怒至极的胡爸爸狠狠地教训儿子。胡伟大哭起来，可胡爸爸不理他，继续打。

这已经是家庭暴力了！这样的"狠心"不是爱，就算有人把它理解为一种"爱"，即使是在道德层面上也不值得提倡。

我对"绝情"也不认同。

赵雄身为湖南某著名英语学校的校长，却对自己厌学的儿子顺由其意，选择"'放养'教育"。这不能褒奖，更不能提倡，称之为"绝情"，倒是贴切。

给儿子办完退学手续后不久，赵雄带儿子去了一个建筑工地，以从未

195

有过的严肃口吻说："铭铭，退学是你自己选择的，现在我再让你做一个选择。回家后，你可以不学习，每天只是吃、睡、玩，我和你妈妈会无条件养你到18岁。但是，18岁后，我们不会再给你一分钱，你必须自己养活自己。将来如果你没有知识，就得像那些民工一样，每天日晒雨淋地靠干重体力活挣钱。如果你想将来像爸爸这样凭知识去创造财富，那就得在家里继续学习。当然，你还可以去做理发、修自行车等到简单的工作，不过爸爸得告诉你，越是简单的事，很多人都有能力去做，竞争会越激烈，挣钱也会越难。"赵铭当即不假思索地大声回答："我不当民工，我要用知识去挣钱！"

且不说，赵雄把自己不尊重乃至蔑视、侮辱建筑工地民工的落后文化意识，传播给了一个年仅6岁的小孩子，并且轻率地以现行学校教育有缺陷为理由，自作主张地替一个尚没有公民自主行为意识和能力的6岁儿童选择"退学"，选择拒绝带有某种强制意味的九年义务教育，这从某种意义上就是违法。

赵雄的误区在于，他也以为"绝情"有利于孩子的成长。其实这是大错特错的。由他们父子的故事，我想起了鲁迅的一句诗："无情未必真豪杰，怜子如何不丈夫。"还想起了儿时子墨的故事。

记得子墨还在人大附小读书时，北影厂的一个电影摄制组看上了子墨，要她出演一个小女孩的角色。我拒绝了。我的担心在于，进了剧组，和那些成年人在一起演戏，耳濡目染，她会过早地消逝自己的童年，那非常不利于她的身心健康成长。当时，她也许会很不高兴，会很伤心，不过，后来的良好教育，包括在北京人大附小、附中、人大和美国达特茅斯学院的优质教育，打下了她日后事业的基础，我想，她就能明白，就不会以为我当年的拒绝是"狠心"和"绝情"的。

到了1992年，快20岁时，已经长大成人的子墨瞒着我和她妈报名参加北京"新世纪礼仪小姐"竞赛的时候，我弄明白了那不是一般意义上的"选美"，而是展示自己青春美丽和睿智才华的时候，我就支持她了。因为，我把那活动看作是学校教育的延伸，看作同样是一种良好的社会教育。当然，在她预赛第一名的成绩和照片刊登在《人民日报》上以后，深圳一家广告公司找上门来要她拍广告，我又坚决制止了。我还吓唬她，她要是拍了那个广告，我就和她解除父女关系。我还是那个理由，她还是个大学生，还在受教育，不应该参与商业活动赚钱。后来，无论在国内还是在美国、日本，她都专心致志地读书。她会理解，我的两次拒绝，都不是"狠心"和"绝情"，而是一种诚挚的父爱！

2．家里有大爱，学校和社会也就有爱

《我是冠军》里的选手，也有这样把大爱给予自己的孩子的。

身居美国的福建人赵利坚，曾经是一个严谨、传统的中国父亲，将大儿子培养成为了纽约曼哈顿的高级白领，45岁那年小儿子杰伦出世后，却萌发童心，突然变得"疯癫"起来，并发誓要保护儿子的音乐创造力，所以虽然外人都认为杰伦是一个音乐天才，他却深知自己的天才来自父亲的培养。他很喜欢父亲陪自己一起疯，一起听美国爵士音乐，一起跳街舞，一起到电视台参加比赛。他觉得父亲越活越年轻，已经越来越接近自己的年龄了。

> 父亲："我要做儿子的第一观众，称赞他好！给他自信！"
> 儿子："我觉得我爸第一很开放，第二很活泼，第三就是我觉得他的行为比他的年龄小20年。他像个小孩子一样，天天哈哈大笑，蹦蹦跳跳的样子。"

有这样一个父亲，杰伦是幸福和幸运的。当然，父子之间也有矛盾，十分难得的是，赵利坚对儿子赵杰伦的教育可以说是非常用心，在许多细节上都处理得非常巧妙。爱，就是这么伟大！

14岁的杨紫是情景喜剧《家有儿女》中夏小雪的扮演者，妈妈马海燕总是默默地把爱的阳光雨露洒向孩子，所以杨紫既拍好了电视剧，又考上了理想的高中，在父母的良好家教中，迅速成长起来。这家人的故事里，我特别看重的，是妈妈从小就教育杨紫：一个人成功与否不重要，重要的是要有一颗善良的心，要品行端正，尊老爱幼。耳濡目染之下，杨紫早早地就有了一颗体贴孝顺的心。女儿越来越懂事，父母也很欣慰，每每遇事都会感动不已。他们深深地感觉到，女儿的懂事是他们最大的成功，女儿是他们的所有骄傲和希望。

尤浩然是《家有儿女》里的另一个小主角，扮演了三弟夏小雨。尤浩然3岁就进入演艺圈，少年成名成绩斐然，妈妈李静却对他忧心忡忡，总是摇头叹息，总怕儿子将来会付出代价。妈妈对儿子呵护有加关怀备至，浩然却总视妈妈为对手，最烦的是妈妈老对他说："你应该这样，你不应该那样！"他们之间有无数的矛盾和战争，却也在不断地磨合着，在爱与爱之间，努力寻找一条途径，通往彼此的心灵。

相反，黑色父子龚庆国和龚浩然，美女作家顾文艳和妈妈顾扣玲，独当一面的外科专家孙兵和儿子胡笑诚，意大利父亲保罗和儿子森龙，两代人之间问题丛生，是一个又一个"问题家庭"，一个又一个"问题孩子"，其中的原因很复杂，但家庭成员之间缺失爱，缺失原本就不可或缺的父爱或母爱，却是不容忽视的重要原因之一。

"家里有大爱，学校和社会也就有爱。"这是常情，也是真理！

家里的大爱，所谓"家和万事兴"，孩子在家，温馨无比，走出家门就一片阳光，心情舒畅，在学校，在社会上，都会感觉到世上还是好人多，人间自有真情在，他或她就会热爱生活，热爱世人，就能感觉到爱的无所不在，无时无地无人无事不在，就能接受包括学校教育在内的社会教育，就能促使自己身心健康地成长，而少有成长的烦恼，乃至痛苦。

我自己的切身感受就是这样的。上个世纪，1961年、1963年和1972年，我和我爱人先后有了子犁、子剑和子墨三个孩子。我们俩都是大学教师，手头拮据自不必说，特殊年代的国情给我们的精神生活还带来了无法诉说的磨难。子墨在她的《墨迹》里不是写了么，她妈妈，中国人民大学中文系的教师，因为出身国民党高官家庭，"文革"期间遭受残酷迫害，几乎走上人生的绝路。也就是因为家人中有大爱，她顽强地活了下来。可以说，不管生存状态多么不好，我们的文化心态都保持良好。再困难，我们都不能少了对孩子的爱。

我至今也坚信不疑的是，正是这样的大爱，使得我们的三个孩子走出家门后受到了良好的学校教育和社会教育。如今，他们或在异域，或在国内，都事业有成，生活安康，家庭幸福，都在努力服务社会报效人民，都有良好的为人素质。前不久，9月21日，在北京，在我为之服务了43年的北京广播学院——中国传媒大学，学校联合中国电视艺术家协会、中央电视台中国电视剧制作中心举办了一个大型的"曾庆瑞电视剧艺术理论研讨会"。开幕式上，曾子墨代表家人致答谢词说：

> 作为曾老师的女儿，有一些不同，我想，最大的不一样，是我内心当中有一种作为主持人面对话筒时候从来没有过的骄傲和自豪。尤其是在今天研讨会的现场，看到了我父亲很多年来的好朋友、合作伙伴，而且还有最让他引以为自豪的、遍布天下的学生，我想这也让我对他所从事的工作和他所追求的事业，有了一份新的理解和尊重。

> 大家都知道，我父亲是一位特别热爱生活的人，有非常可爱认真的一面。他永远积极乐观向上，正像刚才所说的那样，他说他要把这份工作一直做到85岁。每当这种时候，我都会跟他开玩笑，如果你做到85岁，怎么给年轻人机会呢？但是这正体现了他对这份事业的热爱。曾经有很多的夜晚，他面对电脑在那里敲敲打打地爬格子，而且我知道他为了这次研讨会已经准备了一年多的时间。在过去的这一年多里，每逢长假我都会跟他说要不要去欧洲玩或者旅行？他都说他还有很多工作没做完。

> ……

> 当然最后我还想代表我的哥哥、姐姐还有我自己向我父母说，其实无论你们从事什么样的工作，无论你们是否会有今天这样的学术成就，在我们的心里，你们永远是最好的父母！能够在你们的呵护下成长，永远是我

们一生最大的幸福和骄傲!

这令我们感到无比欣慰。

这里,我想特别说到学校教育的问题。

我不否认,我们的教育模式有缺陷。从小学到中学再到大学本科直到研究生,我在学校接受了连续21年的教育,之后又在大学教了43年书,对学校的了解应该不比赵雄这位湖南省某著名英语学校校长差多少。期间,我到过包括美、英、法、意、俄、日、韩、新加坡、澳大利亚、新西兰和香港、台湾在内的将近20个国家和地区,参观访问考察了解了不少的学校,还在大学讲过学,比较而言,我当然清醒地看到了,我们国家现行的教育模式乃至制度,的确存在不少问题,有的甚至是结构性的问题。但任何一种制度都有其弊端和优势,一味地否定或崇尚,都不可取。我的三个儿女分别在美国大学里读了本科、硕士和博士,孙子、孙女和外孙女眼下都在美国的中小学读书,周末还上中文学校。他们接受的学校教育,客观地说,的确是大有优势,却也弊端犹存。

当然,不管怎么说,我们仍然要重视我们国家教育改革的问题。事实上,我们的教育模式也一直不断地在进行改革,而且取得了可喜的成绩。我们期望整个学校教育体系的深刻变化,甚至是结构性、体制性和机制性的深刻变化。但是,这需要一个相当长的时间过程。当下,我们千万不能因为教育模式有缺陷就轻易让孩子脱离学校教育。

我给天下父母的忠告是,一定要努力创造条件,让自己的儿女接受学校里的正规、良好教育!

3. 做父母的不要把烦恼带进家门

湘西汉子孔庆纯在妻子外出打工的7年里,又做爹又做妈,心情自然好不到哪儿去,但他甚至来不及有什么埋怨,就把所有的心思都投入到孩子身上去了。这,要算最好的了。做父亲的,只把烦恼留给自己,决不让它殃及儿女。

杨巧芝面对变心背叛的丈夫,支离破碎的家庭,在彻骨疼痛之后,选择了坚强和快乐,却还是不可避免地让自己的烦恼波及到了相依为命的女儿:

> 倩雯的记忆里,印象最深的是白色。自从开始记事起,她大半的时间都是在医院里度过的。白色的天花板,白色的窗帘,白色的床单,空气中充斥着消毒水的味道,手臂上的针孔还没愈合,马上就会扎出新的。
> 杨巧芝每天都很忙,虽然生病的时候她会推开一切陪在女儿的身边,但是在生活重压下的她,大多数时候都是沉默的,在倩雯的眼里,妈妈总是疲惫不堪。

好强的女人孙兵在丈夫投入了别人的温柔怀抱后，儿子也视她为敌人了。没有处理好母子关系的原因之一，是她让自己的烦恼影响了儿子身心的健康成长。

　　而在几年前，这个儿子曾是母亲的骄傲，他的乖巧和聪慧令孙兵感到心疼。在与丈夫离婚之后，孙兵已经把自己所有的希望和寄托都放在了这个儿子身上，儿子不仅仅成为了她孤独的唯一慰藉，也成为了她的梦想所在，现在，梦碎了。

　　令孙兵更感无奈的是，她不知道这个梦究竟是如何碎的，她更不知道，究竟怎么样，才能弥补自己和儿子之间的裂缝。

意大利人保罗对自己的混血儿子森龙实行棍棒教育，"一次次愤怒的拳头，在父与子之间，筑起了矛盾的高墙"。

　　工作不顺，儿子难管，家庭硝烟不断，郁闷的保罗学会了吸烟。当妻子上班，儿子女儿上学，家中只剩下他一个人的时候，他就开始吸烟。只有在这样的时候，他才能得到暂时的平静。

　　"为了家庭，我放弃了自己喜欢的工作，离开了养育自己的父母；为了家庭，我全心全意教育儿子，想尽办法改变儿子，而到头来，妻子不理解我，儿子只是依赖我，并不爱我。"保罗想不明白，到底是儿子错了还是自己错了。

胡永华对儿子胡伟的粗糙暴戾，也是源于工作事业的不顺，因为经商受骗，他一夜之间从百万富翁变成了低保户，他开始和家里人大闹矛盾，和妻子草率离婚，打骂孩子……

　　父母的这些上述行为其实都是人格和心理障碍，也是为人父母者自身脆弱的表现。我这一生，也犯过这样的错误。

　　那是在十年"文革"时期的1969年，我所在的北京广播学院，按林彪反革命集团的所谓"1号命令"，战备疏散到河北望都，驻地是离县城火车站不远的西张庄。当时，我爱人被"四人帮"骨干戚本禹"钦点"为"值得怀疑"的人，莫须有地被人民大学的"红卫兵"和"军宣队"、"工宣队"、"革委会"扣上了"炮打康生"、"炮打中央文革"、"炮打无产阶级司令部"的"现行反革命分子"，"混进党内的阶级异己分子"，"国民党潜伏特务"，大难临头，关进"牛棚"，"私设公堂""刑讯逼供"，几乎被残酷迫害致死。

　　8岁的女儿子犁和6岁的儿子子剑无人照管，只能跟着我到了望都乡下。在那里，我也受到爱人的牵连在挨整，情绪跌落到了人生的谷底，坏极了。有一天，不懂事的儿子学乡下的孩子要光着屁股出去玩，怎么说服都不听，我气急败坏之余，动手打了他。事后，我悔恨不已，一个32岁的男人，深夜捂在被窝里泣不成声。对孩子做了这样的蠢事，让我这大半辈子里想起来就痛苦不堪。今年夏天，他照例带着孙子孙女回北京度假，笑谈中偶尔还提到这桩往事，我真的感到十分惭愧和歉疚。我对孩子都是疼爱有加的。这在学校同事、亲朋好友当中都是有了名的。不幸，那一次，情绪很坏的自己在6岁不到的儿子身上作了发泄。

从那以后，我就告诫自己，绝不能在孩子身上撒气，欺负孩子无力反抗。

从1984年到现在，我在系里做管理工作。大学的系主任，是最累也最容易让人心烦的工作。我给自己立了一条规矩，就是：绝不把烦恼带进家门！我基本上做到了。我想的是，家，应该是最温馨的一个爱的乐园；家，不仅仅是自己一个人的，还是和妻子儿女共有的。在家里，在正常的情况下，应该始终是阳光普照一片明媚，一派灿烂，让每个成员都积极、乐观、向上，都相亲相爱。为什么要让自己一己的烦恼破坏这种氛围呢！？

要是大家都这样做了，都不把自己的烦恼带进家门，我们的孩子们也就都拥有了一个能够让他们在父母的大爱中快乐地成长的环境和氛围了，也就都能够拥有一个幸福、快乐的童年了。

跋 2：愿天下每一个家庭
都浸润着无疆的大爱

曾庆瑞

看《我是冠军》最后一篇《决战，大漠篇》，我想到了 2000 年播出的 14 集电视连续剧《女子特警队》。当然，还有各种版本的电影、电视剧《长征》，以及前苏联电影《这里的黎明静悄悄》。

《长征》和《这里的黎明静悄悄》，艺术地演绎的是战争年代两个国家红军战士的绝地生存。《女子特警队》则聚焦于严酷的野外生存训练。那一大段戏，虽然充溢着无限悲凉的意味，却是全剧的华彩篇章。9 个年轻的特警队姑娘，十七八岁的女孩子们，一下子就被投放到了常人难以坚持的恶劣而又恐怖的生态环境中。饥饿、严寒乃至突然降临的死亡的危险，威胁着她们，她们硬是凭着信念、勇气和集体的情感与力量，战胜了饥饿、严寒和死亡的威胁，也战胜了怯懦、软弱和意志薄弱的祸祟，最终，七天七夜之后，她们结伴走出了雪山、死亡湖和沼泽地，也走出了心灵中的脆弱、恐惧而赢得了果敢和坚强。就在死亡湖畔，剧中的女子特警队战士沙学丽和战友讲到了前苏联电影《这里的黎明静悄悄》中牺牲在湖水中的红军女战士，而我们看到的，却是中国女子特警队员在战胜自然和战胜自我，从此走向人生的辉煌！

《决战，大漠篇》展示的是类似的理念与行为。虽然 8 月的敦煌大戈壁上，一望无际的大漠里，白云、蓝天、黄沙、胡杨，勾勒出的是一幅令人惊叹的奇美的风光画卷，这里却又分明是湖南卫视 2008 年《我是冠军》的终极 PK 场。在这里，三对来自全国不同地方的亲子选手：胡永华、胡伟父子，杨巧芝、何阳倩雯母女，孔庆纯、孔小龙父子，经过 5 天 200 公里的沙漠徒步之旅，即人们称之为"沙漠暴走"的磨练，挑战了生命的极限。据说，每天定量补给他们的，只是一包压缩饼干、一听牛肉罐头、几颗糖、两壶水。没有通讯信号，没有坐标参照，只有 GPS 定位器、地图、指南针是他们到达终极目的的前行工具。对此，本书的撰稿人这样评价："比赛的过程残酷而充满艰辛，然而接受挑战的亲子选手们，用他们坚韧不拔永不放弃的精神，为生命和爱抒写了美丽的华章。在这里，他们体验了疼痛、犹豫、恐惧，也收获了快乐、幸福、心灵的震撼。这段沙漠之旅，将成为他们一生中刻骨铭心的记忆。"

这样的磨练有一些好处，并且节目组考虑到十三四岁少男少女们的法律和道德意义，让孩子们和父母一起来接受绝境磨练，既考验了他们的身心，也逼迫着他们开始学着和大人相扶相持、相互理解，迅速缝合了两代人在日常生活中形成的情感裂缝。